KB091082

시인들

시인들

정재율

김선오

성다영

김리윤

조해주

김연덕

김복희

박참새 대담집

참새의 일러두기

몰라도 괜찮지만 염두에 두고 있다면 더욱 알찬 독서를 즐기실 수 있는 장치를 몇 가지 마련했습니다.

이 대담에는 몇 가지의 공통 질문이 있습니다. 일곱 명의 시인에게 모두 같은 질문을 드리고, 다른 대답을 받았습니다. 듣고 되묻는 동안 다른 질문과 이야기가 파생되었습니다. 어떤 질문이 반복되고 있는가를 잘 살펴보시는 것도 하나의 재미일 겁니다.

제가 생각하는 좋은 '대담'이란, 서로의 부싯돌이 되는 일입니다. 그러니까 서로 거의 비슷한 에너지로 맞받아쳐야만 발생할 수 있는 어떤 불꽃 같은 게 있다고 믿는데요. 그러기 위해서는 묻는 저 역시도 꽤 몸집 있는 돌이 되어야 합니다. 궁금한 이야기를 듣기 위해서는 제가 먼저 마음을 열고 더 많이 이야기를 꺼내 보여야 할 수도 있습니다. 이런 이유로 일반적인 인터뷰이와 인터뷰어의 관계성에서 조금 벗어나 있습니다. 불쑥불쑥 자꾸만 나타나는 저의 자아가 불쾌하실 분들에게 미리 양해를 구합니다.

더불어 제가 추구하는 대담의 분위기는 '격식 없음'입니다. 경어와 평어가 마구 뒤섞인 부분이 있어 불편함을 느끼실 수도 있는데요. 너무 즐거워서 그랬던 것이니, 그러려니 해주십사 부탁드려봅니다.

중간중간 고딕으로 처리된 부분은 대화를 나누며 속으로만 삼켰던 저의 속엣말을 풀어낸 것입니다. 이중의 대화처럼 보이길 바라며 만든 요소입니다.

시집과 단행본 제목은 『』로, 시 단편과 논문 제목은 「」로, 잡지는 《》로, 이외 영화 및 사진 등의 작품은 〈〉로 표기하였습니다.

들어가며

"난 그냥… 엄마가 날 좋아해줬으면 좋겠어."

I just wish… I wish that you liked me.

"물론 널 사랑하지."

Of course I love you.

"나도 알아. 근데 나를 좋아하냐고."

I know you love me, but do you like me?

Lady Bird
—영화 〈레이디 버드〉 중에서

이렇듯 사랑하기와 좋아하기는 양립할 수 없다. 배합 금지, 상극, 틀린 전제… 하지만 '애호한다'고 말할 수 있다면 대화의 차원이 달라진다. 거기엔 사랑(愛)과 좋음(好)이 모두 있기 때문이다.

나는 이 책을 만들며 늘 애호가의 위치를 자처했다. 글 쓰는 사람, 시 쓰는 사람, 조용히 책을 파는 사람, 책을 만들고 싶어 하는 사람… 그 무엇도 아닌 애호하는 사람이었다. 시를 애호하는 사람. 여기서 나의 역할은 언제나 '시 애호가'였고 그래서인지 반쯤은 눈이 멀어 있거나 때때로 바보 같은 말을 하기도 한다. 사랑과 좋음의 소용돌이에서 제정신을 유지할 수 있는 사람은 없거나, 있다면 거짓말쟁이이거나, 둘 중 하나다. 나는 당당히 유약했기에 모든 시 앞에서 무릎 꿇고 아파하면서도 바짓가랑이를 붙잡고 계속 나의 옆에 있어주기를 부탁했다. 다행히 시는 사람이 아니어서 내가 떠나지 않는 이상 나를 떠날 일은 없어 보였다.

하지만 정말로, 정말로 시는 사람이 아닐까?

시를 쓰는 일곱 명의 사람을 만나 시가 아닌 것에 대해 이야기하면서도 결국은 모두 시 이야기로 돌아갔다. 대화하는 도중에는 조금의 지루함도 여유로움도 없었다. 나는 다 기억하면서 잘 질문하기 위해 바짝 긴장했고 그들은 아무도 다치지 않는 선에서 자신을 분명히 말하기 위해 매우 신중했다. 그 모습을 보면서 나는, 그들이 시를 쓸 때 혹은 쓰지 않을 때 꼭 저런 표정과 몸짓을 하고 있을 것만 같았다. 내 눈에는 그들이 시였다.

시와 시인을 분리하기란 쉽지 않다. 시 자체에 배어 있는 알 수 없는 기질 때문이기도 하겠지만, 우리가 시에게 바라는 것이 시가 아닐 수도 있기 때문이다. 인간상(人間像), 내가 아닌 인간의 상, 그것을 거울처럼 바라보기 위해 시를 읽는 것인지도 모른다. 그래서 시집을 읽으면 그 모든 것이 시인의 이야기이고 살아낸 삶 같다. 이것은 시의 약점이 되기도 하지만 (혹은 시인의 방패를 찌르는 창이거나.) 나는 이 접착점이 시 쓰는 재미와 읽는 재미를 더욱 배가시킨다고 믿는다. 시와 시인을 맹신할 수도, 일말 믿지 않으며 완전히 의심할 수도 있기 때문이다.

시를 읽을 때면 꼭 사람을 떠올리게 된다. 그게 꼭 시인 당신이 아니더라도. 나는 이런 빗금에서 빚어지는 생각의 가지들을 사랑하고, 그 누구도 침범할 수 없는 나의 무법지대에서 이리 뒹굴고 저리 뒹굴며 험한 상상을 펼치는 일을 좋아한다. 그러니까 나는, 시를 정말 사랑하고 좋아한다. 나는 시를 애호한다.

이 시대에 시를 읽는다는 일이 아무런 쓸모가 없을지도 모른다는 것을, 나는 매우 잘 알고 있다. 그럼에도 한구석에서는 반드시 읽어야 하는 사람들이 끝끝내 모여 살벌하게 살아 있어야 한다고도 믿는다. 시가 세상을 구하거나 망하게 할지는 알 수 없지만, 우리를 쥐고 흔들 수 있다는 것은 안다. 그러니 시 앞에서 나는 마음껏 조이고 흔들리고 싶다. 그것이 나를 조금씩 더 나은 사람으로 만들어왔기 때문이다. 그리고 나는 내가 혼자가 아니라는 것을 믿는다. 당신이 이 글을 읽고 있다는 것이 선명한 증거이다. 당신 역시 시를 사랑하지 않는가? 좋아하지 않는가? 하지만 때때로 밉고 서러워서 포기하고 싶기도 하지 않은가?

그것이 사랑과 좋음의 속성인 것 같다. 사랑하지만 좋아할 수 없고, 좋아하지만 사랑할 수 없다는 것처럼 아주 복잡하고

본능에 가까우며 언뜻 투쟁에 비등해 보이는 치열한 혈투. 당신도 시를 앞두고 이 지난한 싸움을 함께 해오고 있었다는 것을 나는 안다. 이제는 당신도 알게 될 것이다.

정재율, 김선오, 성다영, 김리윤, 조해주, 김연덕, 김복희.

안다고 생각했지만 이만큼이나 몰랐을 것인 일곱 시인, 모른다고 생각했지만 꽤나 가까울 것인 일곱 시인. 당신을 대신해 만났고 물었고 들었다. 열심이었지만 돌아보면 언제나 구멍이 보인다. 일말의 아쉬움이 있거나 부족한 점이 있다면, 그것은 나의 역량이 부족했던 탓이니 너그러운 양해를 구한다. 매번 아쉽기에 다음이 있고, 다음에서 나는 더 나아가고 싶다는 생각을 하고. 그러니 일곱 시인과 나의 다음을 기꺼운 마음으로 기다려주길. 우리 역시 다채로울 당신을 언제나 궁금해하고, 환대하는 마음으로 매일 쓰고 있으니. 이 책에서 비롯되는 접점이 또 어떻게 시가 될지, 또 시가 아닌 것이 될지, 나는 무척 기대된다.

책을 만드는 일이 쉽지 않았다. 특히나 그랬다. 어떤 마음이든 너무 크면 그 무게에 내가 짓눌리기 마련이니까. 나는 종종 압도당했고 실제의 나보다 큰 역할을 짊어진 것 같다는 생각에 공허하게 보낸 날들도 많았다. 시인은 기다릴 줄 아는 사람이라고, 그런 날들을 헛헛하게 보내면서도 나는 생각했다. 이 대화들은 언제든 내가 준비된다면, 곧 아름다운 꼴을 하고 나올 것이라 그저 믿고 있었다. 조용히 이 책을 기다리며, 모두의 다음 시를, 다음 시집을, 천천히 다가올 다음의 독자를 기다리고 있었던 것이다.

우리가 마침내 만나게 되어 기쁘다. 돌아보면 참 빛날 시절이겠지. 당신과 우리 모두에게. 이 책의 미래를 나 역시 묵묵히 기다리며, 읽고 쓰며 살아 있겠다. 시와, 시가 아닌 전부를. 그 모두를.

박참새

차례

선에서 시작하는

정재율

『몸과 마음을 산뜻하게』, 민음사, 2022
『온다는 믿음』, 현대문학, 2023

나는 가끔 아무런 이유 없이 시집을 산다. 제목이 좋아서, 시인의 이름 석 자가 좋아서, 뒤표지의 말이 좋아서, 추천사가 좋아서, 해설이 좋아서, 발문이 좋아서, 다 아니다. 정확한 끌림 같은 건 모르겠고 그냥 손이 가게 되는 때가 있다. 마음대로 사는 것이다. (마치 내 인생처럼.) 이유 없는 사랑이 있을 수도 있겠다고 생각한 건 이런 식으로 정재율 시인의 첫 시집 『몸과 마음을 산뜻하게』를 알게 된 이후였던 것 같다. 마음 가는 대로 읽었던 그때를 한참 지난, 그 후.

좋으면 만나고 싶다. 이제는 그렇다. 어떤 생각을 하는지, 어떤 모양의 마음을 가졌는지, 궁금하고 묻고 싶다. 정재율에게는 유독 궁금한 게 많았고 그런 그를 붙잡으며 이런저런 일을 벌였다. (사실 내가 일방적으로 한 것이지만.)

"재율 시인께 부탁드리고 싶은 일이 세 가지 있어요. 이것과 저것… 그리고 제 두 번째 대담집의 첫 시인이 되어주세요."

이제 와 생각하면 초면인 사람에게 꼭 오래된 동료처럼 굴었구나, 혹 무례했던 것은 아닐까 싶지만 이제 그런 것을 걱정할 사이는 아니게 되었고, 지금의 나는 이 사실이 정말 좋다. 해가 뉘엿뉘엿 져가던 그 여름날에, 끼니를 잘 챙겨 먹지 않는다는 내 말을 한참이나 보관해두었다가 결국 나를 끌고 가서는 밥을 먹였던, 축하받는 일을 너무나 어려워하지만 그것을 꼭 잘 기억하려고 하는, 내가 건넨 꽃의 꽃말까지 챙기려던, 말하기 전에는 꼭 얼마간의 침묵이 있는, 그렇게 조심스레 조립한 말을 공기처럼 내려놓는, 미세히 도톨한 질감이 느껴지는 백지 같은 그의 시가 그해 여름 내내 내 마음속에서 떠나질 않았다.

투명하다는 말도 정재율을 설명하기엔 이제 촌스럽게 느껴진다. 여름이었고, 계절은 바뀐다. 하지만 여전한 듯 보이는 재율 시인과 앉아서 오래 이야기를 나눴다. 시간 가는 줄 모르고. 우리 마음대로.

● 박참새
○ 정재율

● 오랜만이에요, 재율 시인. 요즘 바쁘게 지내는 것 같던데요.

○ (고단한 웃음) 네, 아무래도 학업과 일을 병행하려니 쉽지 않네요. 이번 학기에는 해야 할 것이 많아서… 아니 쓸 것이 많아서….

● 뭘 자꾸 그렇게 쓰래.

○ (웃음)

● 그런데 (소논문 같은 여러 종류의, 무고하고 순수한 대학원생을 괴롭히는) 글을 쓰면 교수님들이 정말 다 읽으시나요? 꼼꼼하게? 진짜로?

○ 워낙 바쁘셔서 잘 못 봐주실 때도 있지만, 또 꼼꼼하게 봐주실 땐 엄청 잘 봐주셔서 오히려 더 무서워요…. 함께 이야기하다 보면 막혀 있던 순간이 확 뚫리기도 하고요!

● 저는 다 읽었어요.

○ 네?

● 재율 시인 논문이요. (웃음)

○ 아니 그것을 왜… 왜 그런… 시간을 아껴 쓰세요.

● 좋던데요. 잘 썼던데요!

○ 아…. 되게 부끄럽네요. 검수도 많이 못하고 급하게 냈었는데….

● 근데 이렇게 탁월하게 썼다고요?

○ 끝나고 혹시 계좌이체 해드려야 하나요. (웃음)

● 무슨 소리예요. 진짜예요, 진짜.

○ 논문에 인용된 시가 좋죠. 이제는 기억도 잘 안 나요.

● 기억하지 마세요. 본인이 쓴 건 원래 다 까먹어야죠. 기억해봐야 슬프기만 하고.

○ 슬프다고요?

● 더 잘할 수 있었는데, 그런 생각하지 않아요?

○ 아, 그렇죠. 많이들 그래요. 석사는 특히 더 그렇고요. 시간이 없기도 하고 공부량도 비교적 적으니까요.

● 박사 논문 주제는 어떤 걸 생각하고 있어요?

○ 아직 정확하진 않지만 요즘엔 잡지에 관심이 있어요. 잡지 매체 연구라고 해야겠죠? 제가 석사 논문을 시인론으로 해서 그런지 이번에는 성향이 조금 다른 연구에 관심이 가더라고요. 《창작과비평》《문학과사회》 등의 문예지를 초창기 호부터 읽고 있어요.

(잠시 머뭇거리더니) 그런데 지금 저희 대화가…

● 왜요?

○ 너무 대학원생의 대화 같아서요.

● 제가 이런 걸 어디 가서 누구한테 듣겠어요, 전 좋아요!

○ 그럼 조금 신나서 더 말해볼게요.

《창작과비평》 초창기에 실린 작품들을 보면 대부분 정세와 관련된 것이 많아요. 해방 이후에 문학이 어디로 갈 수 있을지, 우리가 어떻게 모일 수 있는가를 고민한 흔적이 많이 보이죠. 그 흐름을 따라서 읽다 보면 새롭게 발견되는 지점도 있고, 재밌는 글들도 많아서 전반적으로 흥미롭게 읽고 있어요.

● 재밌네요.

활자로 옮기니 영혼 없어 보이지만 진짜 재밌다고 생각했다. 아니, 재미보다는 흥미.

○ 그 흐름에 대해 흥미가 생겨서, 기회가 된다면 조금 더 파고들어보고 싶어요.

● 그런데 정말 어려울 것 같아요. 시인론과는 또 다른 결일 텐데요.

○ 맞아요. 시인론은 시 안에 표현된 것을 파악하기 위해

그것에서 파생된 산문을 살펴볼 수도 있는데, 잡지는 그렇지 않고 게재된 글 위주로 봐야 하거든요. 당시 시대 상황도 고려해야 하고요.

● 양도 너무 방대하고요.

○ 그렇죠. 게다가 지금까지 계속 이어지고 있으니… 5년, 10년만 잡아도…

● 머리가 아파지는군요….

○ (책상 위에 놓인 『나의 사유 재산』을 가리키며) 이 책 다 읽어보셨어요?

● 아뇨. 사놓고 안 읽다가, 어제 재율 시인께서 〈문장의 소리〉[1]에서 추천해주신 것 듣고 오늘 조금 살펴봤어요. 슬픔을 색채로 묘사한 부분이 재밌었다고 하셔서, 그 부분만 아주 조금.

○ 하지만 제가 제일 좋아하는 꼭지는 「나의 사유 재산」이에요. ‘슈렁큰 헤드’에 관한 글.

● 왜 그걸 얘기 안 했어요.

○ (웃음) 예전에 죽은 사람을 기리기 위해서 그 사람의 머리만 잘라내어 압축시켰대요. 머리를 말 그대로 ‘슈렁크’(shrunk) 한 거죠. 그걸 늘 소지하고 다니면서 고인을 생각했다고 하더라고요. 저자인 메리 루플이 한 박물관에서 마주친 가장 강렬한 기억이었대요. 그런데 어떻게 생각하면 조금 폭력적일 수 있는 데다가, 굉장히 슬픈 마음이기도 하잖아요. 그 사람의 죽음을 애도하는 방식으로 신체의 일부를 압축해서 가지고 다닌다는 일이요. 그런데 그걸 직접적으로 표현하지 않아서 좋았어요. 슈렁큰 헤드를 소지하는 일을 ‘동반’처럼 표현하더라고요.

정재율 시인의 시 「0」에도, 죽은 친구의 뼈로 집을 짓는 펭귄의 이야기가 나온다. 펭귄의 애도 방식. 어쩌면 비슷한 동반의 행

1 〈문장의 소리〉는 2005년 시작된 인터넷 문학 라디오 프로그램이다. 제727회 1부 참조.

위이지 않을까.

● (아직 『나의 사유 재산』을 들춰보는 중이다)

○ (책상 위에 놓여 있던 다른 책인 『몸과 마음을 산뜻하게』를 집어 든다)

● (들춰보는 재율 시인을 향해) 거기 이상한 메모 진짜 많은데.

○ (놀라며 내려놓는다) 아, 그래요?

● 이상하다기보다는… 열심히 읽었죠. 지금도 시 수업을 듣고 있는데, 이제는 감상하듯 읽지 말라고 하시더라고요.

○ 왜요?

● '내가 이 시인이라면 어떻게 썼을까?'를 정말 진지하게 고민하며 읽어보라고 하셨어요. 옆에서 모니터를 같이 들여다보고 있는 심정으로. 그런데 종종 슬퍼져서 가끔은 그냥 읽으려고 해요.

저 수업 시간에도 재율 시인 이야기 많이 했어요. (웃음)

○ 무… 무슨 얘기요? (초조)

● 좋다고요. (웃음) 선생님이 학생들에게 요즘 어떤 시집 인상 깊게 읽었는지 종종 여쭤보시거든요. 바로 대답했죠. 정재율의 『몸과 마음을 산뜻하게』.

○ (웃음) 그러니 뭐라 하시던가요.

● 인상 깊은 말씀을 해주셨는데, 입말을 전하는 거다 보니 정확하지 않을 수 있어요.

재율 시인의 시에는 화자가 거의 보이지 않을 만큼 투명한데 그러면서 정황에 완전히 지긋하게 끌려가는 듯하지만, 마지막에 가서는 그러지 않는 모습을 보여준다고요. 그때 반짝하고 불투명해지는 화자가 주는 울림이 매우 크다고 하셨어요. 이번 주 과제가 '죽음과 삶'인데, 재율 시인의 「현장 보존선」을 아주 훌륭한 예시로 들기도 하셨고요.

○ 맞아요. 그 시도 많이들 좋아해주셔서 너무 감사했죠. 저는 「줄눈」이라는 시도 좋은데 생각보다 언급이 많이 안 되더라고요. (웃음)

● 그 시의 어떤 부분이 좋아요?

○ '줄눈'이라는 제목처럼 깔끔하게 떨어지는 선을 좋아해서 언젠가 써보고 싶다고 생각했어요. 딱 떨어지는 느낌을 원했고, 마지막 진술인 "소수는 끝도 없어"도 꼭 하고 싶은 말이었어요.

나는 「홀」을 특히 더 좋아한다고 말하고 싶었는데 말하지 못했다.

(잠시 생각하더니) 한 선생님께서 제가 등단하고 나서 해주신 첫 말씀이 기억나요.

● 어떤 말이었어요?

○ 사실 많은 말들을 해주셨는데….

● 그중 무엇이 가장 기억에 남았을지….

○ 너무 착하게 다니지 말라고… 나쁜 생각도 좀 하라고… 그러셨던 것 같아요.

● (웃음) 다른 부연 설명은 없었나요?

○ 딱 한 명의 친구만 있으면 괜찮다고도 하셨어요. 많이도 필요 없고… (웃음) 처음에는 이해를 못했는데, 이제는 조금 알 것 같아요.

● 그런 의미에서 친구를 벌써 찾지 않으셨어요?

○ 친구… 사실 동료랑 친구는 조금 다른 개념이잖아요? 좋은 동료이자 친구는 있어요! 그 점이 아주 좋아요. 정확히 말하자면 이곳에서(?) 너무 많은 친구를 두려고 하지 말라는 말이 아니었을까 싶어요. 쓸 때는 더 외로우니까. 아마도 그런 관계 속에서 제가 상처를 받거나 힘들까 봐 그런 의미에서 이야기를 해주신 게 아닐까 싶어요. 선

생님께서 해주신 말에 많이 동감해요.

● 어떤 소속감이 한편으론 중요할 수도 있을 텐데요.

○ 소속감이 중요할 수도 있지만, 사실은 정말 중요할까 싶어요. 한 명의 동료이자 친구, 그 한 명만 있다면, 서로 시도 주고받고 그렇게 가는 거 아니냐고, 그러시더라고요. 그래서 장난으로 제가 선생님께 "선생님은 친구 많으시잖아요." 했더니 "나 친구 없어."라고 말하시더라고요. (웃음)

● 그래도 각별해 보이는 시인들이 있는 것 같아요.

○ 아무래도 여기저기서 마주칠 일이 많아서 그런지 자연스레 각별해진 사람들이 있어요. 꼭 그런 자리가 아니더라도 따로 시간을 내서 만나기도 하고, 여러모로 공감대도 많고요. 늘 배울 점이 있는 사람들이라 신기해요. 너무 소중한 사람들이에요.

● 귀인들이네요. 귀한 친구들.

○ 참새 작가님도 친구 많지 않으신가요?

● 저 없어요.

○ 이렇게 말하면 다 기만이에요….

● 저도 동료가 많은 거지, 친구는 없는 것 같아요.

○ (뒤쪽에 투명하게 앉아 있던 사진작가 류한경을 슬쩍 바라보며) 작가님… 서운하시겠어요….

(일동 폭소)

아무도 속일 수 없는, 속지 않는 거울

● 요즘 시 수업도 하고 계시죠? 어때요, 어렵지 않아요?

○ 너무 어렵죠. 가르쳐서 될 게 아닌 것 같기도 하고….

● 근데 왜 가르쳐요.

○ 저한테 왜 이러세요…. 알면서 왜 그러세요. (웃음)

● 맞아, 독자님들도 다 아실 거야.

○ 어려운 일인 건 정말 확실해요. 배우고 가르친다고 해서 되는 건지도 늘 생각하게 되고 의문이 들기는 하는데요. 저는 시에서 가장 중요한 것이 시인이 세상을 바라보는 태도라고 생각해요. 그런데 그 태도 자체를 가르치는 건 조금 어렵거든요. 그러니까 시다운 것, 시의 느낌은 가르칠 수는 있을지도 몰라요. 그런데 본인이 무언가를 바라보는 관점 자체를 가르치기란 사실 많이 어렵죠.

● 그렇죠.

○ 그 (시를 쓰는) 사람이 조금 중요하단 생각이 들어요.

● 경험도 필요할 것이고요.

○ 경험도 너무 중요하지만, 저는 상상력도 굉장히 중요하단 생각을 해요.

실제 수업을 예로 들자면, 말하는 사람도 중요하죠. 그러니까 저의 역할이요. 그런데 역시 중요한 것, 혹은 그보다도 중요한 것이 바로 듣는 사람의 태도일 거예요. 이건 저 또한 마찬가지고요. 잘 받아들이고, 그것 너머를 상상해서 더 넓게 받아들이는 것. 결국엔 같은 걸 말해도 자기가 얼마나 자기 것으로 만들고 흡수하느냐에 따라 작품이 많이 달라지기도 하니까요.

● 맞아요. 정말 필요하면서도 냉혹한 말들이 오가죠.

○ 같은 걸 보고서 다르게 느끼는 바를 이야기하는 자리는 될 수 있을 거예요. 가르친다기보다는요. 또, 배우려는 자세보다는 그 대화에서 본인이 얼마나 어떻게 가져

와서 흡수하는지가 중요하다고 느껴요. 비단 시뿐만 아니라 타인과 소통하는 과정에서도 제가 그렇게 생각하는 듯해요.

● 그런데 형식적인 작법은 실제로 존재하긴 하잖아요.

○ 음…. 산문을 시의 형식으로 만드는 건 가르칠 수 있어요. 여기서 이렇게 행과 연을 나누고… 그런데 그 안에 들어오는, 들어와야 할 태도, 대상을 바라보는 마음은 늘 가르치기 어려워요.

● 일단 그게 뭔지 잘 모르겠기도 하고요.

○ 맞아요. 그래서 시 수업을 할 때마다, 굉장히 추상적인 걸 가르친다는 생각도 들어요. 다만 저는 너무 멀리까지 가지 않도록 잡아주는 정도의 역할을 한달까요.

● 그거 정말 중요해요. 혼자 쓰면 멀리 가기 너무 쉽잖아요.

○ 불안하기도 할 것이고요. 마냥 기쁘고 신나서 시를 쓰는 분들도 더러 계시겠지만, '이게 맞나?' 속으로 계속 의심하면서 쓰는 분들이 사실 더 많다고 생각하거든요.

● 그럼 배울 때는 어땠어요? 학생 입장이었을 때요.

○ 그땐 우선 이해를 많이 하려고 했던 것 같아요.

● 예를 들면요?

○ 대학교 1학년 첫 합평 시간 때 들었던 말이 기억나요. 제 시에서 '자의식 과잉'이 느껴진다는 거예요. 사실 별말 아니잖아요? 농담 삼아 많이들 이야기하는 거기도 하고요. 그런데 저는 그때부터 밥을 먹을 때도, 자려고 침대에 누워 있을 때도…

● '자의식 과잉…? 자의식 과잉…? 내가…?'

○ 맞아요. 도대체 자의식 과잉이라는 게 뭘까. 인터넷에 검색해보기도 하고 그랬어요. 자아가 그렇게 세다고 생

각해본 적 없는데, 조금 충격받은 거죠. 게다가 시 안에서의 자의식 과잉이란 더더욱 모르겠는 거예요. 그래서 결국 교수님을 찾아갔어요.

● …진짜요?

○ 네. 시 안에서 어떤 게 자의식 과잉인지, 배우고 싶다고 했어요.

● 어떤 대답을 하셨는지 기억나요?

○ 기억나요. '나'가 등장하게 되면, 다른 걸 바라본다고 하더라도 결국 결론이 '나'로 귀결되기 쉽잖아요. 물론 그러지 않을 수도 있지만요. 시선이 잠깐 다른 대상이나 타인에 머무를 수는 있었겠지만, 결국 그 방향이 전부 '나'로 귀결될 때, 다소 자의식 과잉처럼 느껴질 수 있다고 하시더라고요. 그렇게 말씀해주시니까 그대로 받아들여졌어요.

자의식 과잉인 편이라 생각이 많아졌다.

그때는 시 안에서 아무리 시적 화자를 잘 만든다고 해도 그 화자랑 제가 굉장히 가까울 수밖에 없어요. 시를 보면서도 '내가 왜 또 이렇게 '나'를 많이 쓰고 있지?'라고 생각하기도 했어요. 시간이 조금 지난 후에 다시 찬찬히 생각해보니, 내가 스스로를 자꾸 설명하려고 쓴 게 아닐까 싶기도 하더라고요.

● 그런데 '나'가 중요할 때가 있지도 않나요?

○ 그렇죠, 많죠.

● 저는 주어를 자주 생략하는 습관이 있는데, 고치라는 조언을 종종 듣거든요. 말의 방향이 뒤틀어진다고요.

○ 그럴 수 있죠. 독자 입장에서는 모호하고, 발화하는 인물이 많아질수록 헷갈리는 부분이 생길 수도 있고. 게

다가 궁금하잖아요. 누가 무슨 말을 하는지.

● 그래서 당신은 자의식 과잉인 것 같습니까?

○ 그때요?

● 지금요.

○ (손사래 치며) 아뇨. 아닌 것 같은데… 사실 잘 모르겠어요. (웃음)

● 그런데 예술을 하려면 어느 정도 자의식이 과잉된 상태여야 가능하지 않나요?

○ 과잉될 때가 있죠. 그리고 과잉된 상태가 도움이 되는 순간도 있지만 사실 예술이란 것과 무관하게 저는 생각이 조금 많은 편이에요. 그런데 타인의 입장과 시선을 걱정하는 것도 일종의 자의식 과잉이기도 하잖아요. 정작 당사자는 별로 신경 안 쓸 텐데 나만 지나치게 걱정하고 있을 때가 종종 있어요. 그리고 이게 저를 조금씩 갉아먹을 때가 있기도 해서 주의하려고 하는 편이에요.

● 그런 경계심이 시를 쓸 때도 조금 적용이 되나요? 그러니까 모든 과잉 상태를 조심해야겠다는.

○ 자의식 과잉이 곧 감정 과잉으로 갈 확률이 높아서, 그 감정을 조절하려고 노력해요. 감정을 다 빼는 것이 아니라 감정이 느껴질 수 있는 무언가와의 거리 조절이 중요하단 생각이 들거든요.

● 그런데 시라는 것 자체가 결국 자기 내면을 탐구하는 거잖아요. 화자가 '나'라고 직접적으로 불리지 않고, 숨은 채로 타인을 바라보거나 조명해도 시를 쓴다는 것 자체가 '내'가 어떤 걸 어떻게 바라보는지에 관한 거니까요. 그래서 저는 늘 모두가 조금은 과잉된 상태가 아닌가 싶은데요.

○ 맞아요. 아마 제가 시를 처음 배울 때 조언을 해주셨

던 그 교수님은, 자의식을 인지하고 조절하려고 하는 것과 과잉된 것의 차이를 알아야 한다고 말씀하고 싶으셨던 것 같아요. 그러니까 본인이 본인을 얼마큼 알고 있는지는 중요할 수 있어도, 시 안에서 그것을 굳이 과하게 말할 필요가 있을지, 신중하게 생각해보라는 의미였던 것이죠. 아직 받아들일 준비가 되지 않은 독자들에게는 다소 갑작스럽게 느껴질 수도 있으니까요.

● 윌리스 반스톤이 보르헤스더러 '이기적인 사람'이라고 하더라고요.

이유는 모르겠지만 정재율 시인과의 대담을 준비하며 아르헨티나 출생의 작가이자 시인인 호르헤 루이스 보르헤스가 말년에 한 인터뷰를 모은 책[2]을 계속 읽게 되었다. 반스톤은 당시 보르헤스의 인터뷰어였다. 위의 말은 둘의 인터뷰 내용 중의 일부를 인용한 것이다. 이어지는 대담에서도 보르헤스가 종종 등장할 것인데, 이러한 맥락으로 이해해 주시면 된다.

○ 음….

● 당신이 무엇을 쓰든, 시든 소설이든, 어쨌든 너는 너의 내면만을 탐구한 것이고 그것을 써서 알리게 내버려두고… 그러니 당신은 어쩔 수 없이 이기적인 사람이 아니냐고. 그런데 보르헤스가 맞다고 대답해요. (웃음)

○ 의미심장한 말이군요.

● 이기적이라는 것은 복잡한 문제니까요. 악한 것과 동일한 선상에 있는 문제도 아니고… 이기적이면서도 선할 수 있죠.

○ (잠시 생각하더니) 이기적이면 악한 것 아닌가요? (웃음) 보르헤스 선생님의 말처럼 나의 내면을 탐구하기 위해서 이기적인 것은 괜찮을 거예요. 그런데 그 내면을 그대로 표현하는 것과 강요하는 건 또 다른 것이니까

2 호르헤 루이스 보르헤스·윌리스 반스톤, 서창렬 옮김, 『보르헤스의 말』, 마음산책, 2015

요. 그 과정에서 타인에게 조금 악할 수도 있을 것 같고요…. 저도 그 책을 제대로 읽어봐야 알 것 같네요.

● 그래요? 왜 난 될 것 같지.

○ 예술에 한정해서 생각해보자면, 어떤 면에서는 이기적인 면이 강하게 작용할 수도 있겠죠.

● 그러면 쓸 때, 윤리나 도덕 같은 것도 많이 생각하나요? 그것에 어긋나지 않고 싶은 욕심이 강한지요.

○ (생각하지 않고) 윤리, 도덕 좋아해요.

● 그렇구나. 나쁜 생각 좀 많이 해요! (웃음)

○ 저도 나빠요. (웃음) 그런데 착하게 살고 싶어요. 정확히는 선하게 살고 싶어요. 아마 제 욕심이겠죠? 그런데 스스로를 완전무결하게 생각하는 것도 되게 위험한 생각인 것 같다고 느끼거든요. 동시에 저도 어쩌면 누군가에겐 나쁜 사람일 수도 있잖아요. 그런 이면이 조금 무서워요.

● 그렇죠. 누군가에게는….

○ 단 한 번도 자신을 불편한 사람이라고 인식하지 않는 사람, 그러니까 스스로를 의심하지 않는 사람도 어떤 면에서는 조금 무섭게 느껴지고, 그 자체만으로도 타인에게 불편함을 줄 수 있다고 생각하거든요. 그래서인지 윤리나 도덕 같은 것을 더욱 깊이 생각하게 돼요. 하지만 그것을 최우선으로 여기는 것은 아니에요. 쓰다 보니, 다른 장면보다 (비교적으로) 선하고 올바른 장면이 더 낫겠다는 판단이 들 때가 있는 거죠.

● 그런데 "시가 착하다."라는 말이 있잖아요. 그건 어떻게 받아들여져요?

○ 그냥… 그렇구나? 아니, 사실 조금 놀라워요. 이게…

착한가?

● (웃음)

○ 2022년 6월호 《현대문학》에 발표한 시 중에, 개미를 보는 아이들이 등장하는 시가 있는데요. 그 시로 합평을 받았을 때, 화자로 등장하는 이 아이들이 개미를 그냥 바라만 보고 있다는 게 너무 착하다는 거예요. 아이라면, 조금 더 뭔가 악한(어떤 의미에서는 더욱 순수한) 행동을 할 수도 있다는 거예요. 개미를 죽인다거나 개미구멍을 막는다거나…. 그런데 저는 이 시 안에서는 그런 걸 생각해본 적이 없었던 것 같아요. 그래서 그 말을 처음 들었을 때 사실 많이 놀랐어요. 착한 화자가 문제 된다고 생각하진 않아요. 화자가 바라보는 태도가 한정적이거나 단조로워서 아마도 그런 것이 아닐까 싶어요.

● 뭔지 알 것 같아요.

○ 그렇지만 조금 놀라긴 했어요. 화자에 대한 합평을 받을지는 몰랐던 거죠. 그날 은은한 충격을 받았던 기억이 나요.

● 저도 수업을 들으면서 그 말을 엄청 많이 들었거든요. 시가 착하다고. 그런데 저는 그게 너무 고민인 거예요. 같은 말을 너무 많이 들으니까 조금 짜증이 나기도 했고요. 그래서 다른 시인께 비슷한 고민을 털어놨더니, 방금 재율 시인이 해준 말과 비슷한 조언을 해주셨어요. 그러니까 착한 건 문제가 아닌데, 그것을 말하거나 바라보는 방식이 재미없었을 수 있다고요. 그래서 그 말이 칭찬처럼 안 들렸을 거라고요.

놀랍게도 그 이후로 수강한 수업들에서는 '시가 착하다'는 말을 단 한 번도 들어보지 못했다.

○ 맞아요. 상대적으로 어떤 큰 행동을 취하지 않기 때문

에 그렇죠. 예시로 들었던 제 시 같은 경우에는 그저 바라보는 것에서 그치는데, 조금 더 다른 행동을 보여주거나 다채롭게 보여주었다면 시 안에 나오는 아이들도, 개미도 더 입체적으로 보였을 거예요.

● 근데 그런 시도 있어야 하는 거 아니에요? 그냥 바라보기만 하는 시.

○ 그렇죠. 그런데 여기서 착하다고 느껴지는 화자 자체에 초점을 맞추기보다는… (잠시 생각한다) 제가 그 시를 조금 고쳤거든요, 합평 받고 나서요.

● 어떻게요?

○ 바라보고 가다가, 뒤를 돌아봐요.

● (감탄)

○ 저는 뒤돌아보는 이 마음도 정말 중요하다고 생각하거든요.

● 너무, 너무요.

○ 그리고 조금 더 생각해보니, 구멍이 개미들의 것으로만 한정되지 않으면서 더 환상적으로 풀 수 있는 공간이라고 느껴졌고요. 그래서 그 아이들이 가고 난 자리에는 맨홀에서 새벽 공사를 하는 인부들이 등장해요. 다른 구멍을 개입시킨 거죠.

● 퇴고를 기가 막히게 하셨군요. 어떻게 보면 완전히 다른 장면이잖아요. 개미구멍을 보는 아이들, 그리고 맨홀에서 작업하는 노동자들. 많은 시인이 그런 이질적인 장면을 엮으면서 시의 긴장감을 자아내기도 하는데요. 장면을 엮는 방법은 저마다 다르다고 생각하는데, 재율 시인만의 장면 직조법이 있나요?

○ (오래 생각한다)

● 그럼 질문을 조금 바꿔볼게요. 재율 시인이 잘하는 게 뭔지, 스스로 알고 있나요? (웃음)

○ 제가 잘하는 거요? (웃음)

● 네. 재율 시인의 필살기!

○ (잠시 생각하더니) 음… 감정?

● 감정?

○ 거리 조절을 잘하려고 노력하고 있어요. 정확히는 감정을 켜켜이 쌓아가는 것이라고 해야 할까요? 매 문장을 격렬하게 올리는 편은 아닌 것 같고요. 다만 차근차근 쌓아나가면서 마지막에서 긴장감을 폭발시키는 것을 잘하지 않는지….

사실은 잘하고 싶어서 이렇게 말하는 거고요. 시적 긴장감이란 게 파도처럼 밀려올 수도 있지만 물에 잉크가 퍼지듯…

● 아직도 〈헤어질 결심〉에 빠져 계시는군요.

이것도 너무나 오래된 일이구나…. 하지만 이 영화를 생각하면 언제나 여기로 돌아가게 된다.

○ 맞습니다. (웃음) 영화를 여러 번 보기보다는 각본집을 많이 읽었어요. 방금 말한 대사가 굉장히 인상 깊었고요.

● 시인으로서의 장점을 스스로 잘 알고 있는 편이네요?

○ 사실 장점이라고 하기엔 너무나 민망하고 부족하네요. 부끄럽습니다.

● 감정을 절제하며 동시에 적절한 거리를 찾아나가는 조절감.

○ 잘하시는 선생님들이 너무 많은걸요….

● 거기다 재율 시인도 잘하는 거죠, 이제는.

○ 아니에요. (웃음)

칭찬했을 때 다소 건강하게 건방진 그의 모습도 보고 싶다고 생각했다.

● 그런데 저는 그거 정말 어려운 시의 기술이라고 생각해요.

○ 사실 거리 두기보다 더 어렵게 느껴지는 건, 감정 조절인데요. 그것이 다소 질척거리지 않게 보이도록 하고 싶거든요. 그러려고 많이 노력하기도 하고요. 감정을 계속 주입시키는 일 자체의 어려움도 있고, 꼭 시가 아니더라도 타인에게 제 감정을 전달하는 일 자체가 어렵기도 하고요. 그래서 시 안에서도 타인을 바라보거나 그에 대해 이야기할 때 내가 너무 함부로 말하고 있을 수도 있다는 생각을 늘 하는 편이에요. 그래서 최대한 감정은 걸러내되, 오히려 그것을 사물 같은 외부적인 대상과 연결하거나 타인을 대하는 마음을 조금 더 끌고 오는 편이에요. 그렇게 쓴 시가 「레몬과 회개」이고요.

● 또 이렇게 마음을 먹으면 되는군요. 너무 멋있다.

○ 근데 그 시 같은 경우에는 쓰면서도 계속 의심이 들었어요. 이렇게 쓰는 게 맞는 건지….

● '이렇게 쓴다'는 것이라면요?

○ 「레몬과 회개」 같은 경우엔 두 사람이 전면에 드러나서 대화하는 형식이기도 하고, 또 산문시를 많이 쓰는 편이 아니라서요. 그들이 얼마나 말하게 하고, 또 얼마큼 보여야 하는지 고민을 많이 했었어요.

● 의심한 것 치고는… 너무나 훌륭하게 쓰셨는걸요. 저는 비슷한 결로 또 좋았던 시가 「여름은 온통 내가 사랑한 바깥이었다」였어요. 그것 역시 고민을 많이 하며 썼겠어요. 게다가 훨씬 길이가 긴 장시잖아요.

○ 맞아요. 원래는 더 길었어요. 게다가 시 자체를 조금

환상적으로 써보고 싶기도 했고요. 평소에 제가 잘 못하는 것이라고 생각하기 때문이었는데요. 그런데 결국에는 밥을 먹는 장면이라든가, 장마라든가, 일상적인 장면들이 자연스레 겹쳐졌어요. 그리고 그 시에는… 굉장히 많은 요소가 들어가 있기 때문에, 화자들이 서로 엉키지 않으면서 명확하게 쓰려고도 많이 노력했고요. 조금 어렵긴 했죠.

● 보르헤스도 자기가 생각했을 때 산문이 훨씬 어렵다고 말하더라고요. 그러니까 시는 운율이나 각운 같은 장치를 발견하게 되면 그걸 반복하기만 해도 완성되긴 하는데, 산문은 그런 장치를 때마다 계속 변주해줘야 한다고요. 독자가 지루하지 않게요. 그래서 산문이 쓰기 더 어렵다고. 그런데 좋은 건 시가 더 좋대요. (웃음) 재율 시인은 어때요? 산문과 시를 두고 보았을 때, 그것의 차이를 느끼나요?

○ 정말 맞는 말을 하셨네요. 그런 의미에서 저도 시에 더 애정이 있어요.

● 그래요?

○ 물론 둘 다 어렵지만… 서로 다른 차원에 있는 어려움인 것 같고요. 사실 어렵다는 느낌 자체도 상대적인 거잖아요. 물론 다 다르게 느끼시겠지만, 시라는 것은 비교적 짧은 순간에 그 사람의 세계나 메시지를 아주 단박에 알아봐야 하는데, 그 자체가 어려우면서도 참 매력적이라는 생각이 들어요. 그래서 시를 읽다가, 그 시를 쓴 시인의 세계가 전면에 드러나는 걸 느끼는 순간 너무 재밌고, 시인에게 되묻게 되는 순간도 있고요. 이런 이야기를 하려고 했던 게 맞을까? 내가 잘 읽은 게 맞을까? 참새 님도 비슷하게 생각하지 않나요?

● 그렇죠. 시 재밌죠. 재밌는데 어렵죠…. 그래도 본질은 같다고 생각하지 않아요?

○ 시와 산문이요?

● 장르라는 장치를 다 빼고, 시와 시가 아닌 다른 모든 것의 본실이요.

○ 장르를 구분 짓는 것도 조금 조심스러운 일인 것 같아요. 경계가 많이 허물어지기도 했고요. 그래서인지 무엇을 쓰든 간에, 조금 더 많이 솔직해져야 한다는 생각이 들어요.

● 솔직한 게 두렵나요? 그러니까, 내가 솔직한 모습을 보여야 한다는 것이요.

○ 누군가에게는, 굉장히 두려울 것 같아요.

● 재율 시인이 시 이야기를 할 때 상상력에 대해 종종 이야기하더라고요. 의식하지 않은 상태에서요. 그래서 그것이 어쩌면 감정이나 거리를 조절하는 데에 굉장히 좋은 기술이 아닌가 그런 생각을 했어요. 저는 상상력이 부실하거든요. (웃음)

○ 그렇지 않을 거예요.

● 그래서인지 저는 타인을 제 글 안으로 초대하는 일이 너무 무섭게 느껴지기도 해요. 초대를 하고, 그 사람을 새로이 탄생시키려면 최소한의 가공을 해야 하는데, 그걸 못하는 느낌이랄까요.

○ 그렇죠. 실제로 아는 사람을 초대한다고 해도, 그 사람을 잘 알고 있다고 착각하는 것일 수도 있고, 도리어 내가 생각한 것보다 훨씬 더 다채로운 이면이 있을 수도 있으니까요. 기법으로써의 상상력은 저마다 다를 거예요. 시인마다 초대하는 타인들이 제각각이겠죠. 그걸 어떻게 표현하느냐, 얼마나 잘 뛰어놀게 할 것이냐의 문제

일 것 같아요. 누구는 5분 안에 생각한 장면을 그릴 수도 있지만 다른 누구는 일주일 걸려서 한 사람을 겨우 놀게 할 수도 있는 거여서요. 그리고 상상력이 좋고 안 좋고의 문제라기보다는… 얼마나 깊이 생각하느냐, 그러니까 내가 상상하기로 한 이 장면을 얼마나 집요하게 끌고 가느냐도 중요하고요. 그렇게 진득하게 상상하다 보면 또 훌륭한 이질감을 가진 장면이 들어오기도 하잖아요.

● 최근에 저는 그들을 조금 도구적으로만 사용한 것이 아닐까 하는 생각을 많이 해서, 반성하는 중이에요. 저는 시 안에서 인용을 자주 하는 편인데, 예전에는 (인용한) 그 부분만 알면 된다고 생각했거든요. 그런데 아니더라고요. 티가 나요. 다 들켜요.

○ 저는 거의 인용을 하지 않는 편이어서, 인용이 많은 시를 보면 신기해요. 어떻게 이렇게 다들 책을 많이 읽으시지…?

안과 밖의 나

● 혹시 처음 시 썼을 때, 기억나요? 시를 쓰게 된 여정의 출발이랄까요.

○ 여정이라기보다는 문학에 가까운 글을 쓴 최초의 기억은 있어요. 초등학교 때 제가 연애편지 대필 사업을 한 적이 있거든요.

● 대필이요? 연애편지를 대신 써줬다고요?

○ 네. 주로 남자인 친구들이 "좋아하는 사람이 있는데, 네가 대신 편지 좀 써줘."라고 몇 번 부탁하더라고요. 그

래도 자기들이 쓴 것보다는 나으니까. (웃음) 자꾸 부탁하는 게 귀찮기도 하고, 써줘서 나쁠 것도 없으니 써줬는데, 사랑에 성공한 거죠. 그렇게 작은 사랑의 성공들이 쌓여서… 소문이 은은하게 났어요.

● 정재율에게 가면 백 퍼센트다? (웃음)

○ 근데 나중에 그 편지의 수신자였던 친구에게 들켰어요. "이거… 재율이 네가 쓴 거지?" (웃음) 그래서 그 사업은 아주 빠르게 종료되었답니다. 또 다른 기억이 있다면, 고등학교 때 쓴 시가 생각이 나요. 아마 그게 시라고 부를 수 있는 첫 시가 아닐까 싶어요.

● 어떤 시였어요?

○ 비가 내리는 날, 길가에 버려진 우산이 있었어요. 그런데 우산은 비가 올 때 필요한 물건이잖아요. 지금은 비가 오는데, 어느 때보다 지금 저 우산이 필요한 시간인데, 그것이 버려져 있던 게 마음에 남았나 봐요. 그래서 그 버려진 우산에 관한 시를 쓴 기억이 나요.

● 아직도 간직하고 있어요?

○ 아뇨, 없을 거예요.

● 왜요!

○ 너무 처음 쓴 거여서….

● 그때는 시인이 되고 싶은 고등학생이었는데, 지금은 정말 시인이 됐잖아요. 어느덧 5년이 다 되어가는데요, 어때요? 스스로를 시인이라고 느껴요?

○ (단호하게) 아니요.

● 왜요!!

○ 시인이라고 느낄 때는… 다른 사람이 '시인님'이라고 부를 때…? 그 호칭을 들을 때마다 '아, 나 시인이구나.'

이렇게 생각하긴 하는데요. 평소에는 자각을 잘 못하고 있어요. 그런데 그럴 때는 조금 느껴요. 머릿속에 항상 어떤 이야기로 무엇을 쓸지 생각하고 있을 때….

● 밥 먹을 때도….

○ 씻을 때도… 이동할 때도… 친구들이랑 있을 때도… “얘들아, 미안한데… 혹시 나 이 장면 시로 써도 될까?”

● (웃음)

○ 제 의지가 아닌데도 계속해서 머릿속에 시라는 것을 떠올리고 있다는 것을 느낄 때, 이게 정말 직업이구나 느껴질 때는 종종 있어요. 그런데 ‘나 시인이야~’ 이런 마음가짐은 전혀 없달까요.

● 상 받을 때도요?

○ 네. 그냥 받았구나….

● 세상에.

○ 들뜨지 말아야지. 그런데 이건 조금 슬픈 얘기네요. 제가 축하받는 걸 조금 어색하게 느끼는 편이기도 하고요.

● 맞아요. 첫 시집 나온 직후에 그런 말 종종 했잖아요. 너무 큰 마음을 받아서 미안하고 민망하기도 하다고. 그래도 지금은 좀 홀가분하죠?

○ 네, 확실히 시간이 조금 지나니까 마음이 한결 가벼워진 것 같아요. 그리고 이제는 다음 시집[3] 생각을 훨씬 더 많이 하는 것 같습니다.

● 그렇지만 일상의 대부분을 생활인의 자아로 살아가야 하잖아요. 동시에 시를 쓸 때에도 필요한 자아가 따로 있을 것 같은데, 그 두 개의 자아가 경계가 확실한 편이에요? 아니면 조금 혼합이 되어 있는 상태인가요?

○ 깔끔히 분리된 상태는 아닌 것 같아요. 게다가 제가

3 정재율의 두 번째 시집 『온다는 믿음』은 현대문학 핀 시리즈 시인선 45번으로 2023년 3월 25일 출간되었다.

공부하는 학문의 특성상, 보고 듣고 읽는 것이 모두 문학과 관련된 것이기도 하고, 그것이 어떤 시를 어떻게 쓸까 하는 고민으로 연결되기도 하거든요. 그래서 그렇게 구분 지을 수는 없을 것 같아요.

● 구분 짓고 싶지 않은 건가요? 아니면 이런 환경을 그냥 자연스럽게 받아들이는 건가요?

○ 오래 쓰려면 자연스럽게 받아들여야 할 것 같기도 해요. 사실 구분을 지으면 좋겠죠. 월요일부터 금요일까지는 어떤 일을 하고, 주말에 시간을 딱 정해서 시인의 자아를 장착한 채로 규칙적이고 안정적으로 쓰면 좋겠지만, 그렇게도 안 되는 것 같고요. (웃음) 그리고 사실상 다른 일을 하고 있다고 해도, 머릿속에는 늘 '그래서 주말에 뭐 쓰지?' 이렇게 생각할 것 같거든요. 그러니까 안 그런 척은 할 수 있어도, 분명 완전히 분리하지는 못할 거예요.

● 실제로 주말에 쓰나요?

○ 이제 그냥 시간 나면 써요.

● 시 쓰는 규칙이 정해져 있나요? 어떤 시인은 밤에는 절대 안 쓴다고 하시더라고요.

○ 밤에 쓰면… 아주 높은 확률로 그다음 날 후회하기 쉽기 때문입니다. (웃음) 그런데 저는 오후나 밤에 쓸 때가 더러 있고요, 자고 일어나서 아침이나 오전에 다시 한번 다듬으며 퇴고하는 식인 것 같아요.

● 퇴고 많이 하는 편인가요?

○ 음….

● 한번 쓰고 나면 그 작품을 빨리 보내주는 편인지, 아니면 완전무결한 상태로 갈 때까지 계속 세공하는 편인지요?

○ 저 한때 별명이… 레이먼드 카버였어요.

● (웃음) 왜요?

○ 레이먼드 카버는 한 작품인데도 조금씩 다른 여러 가지 버전의 원고를 많이 만들었대요. 저도 한 편의 시로 열두 번, 열세 번 퇴고한 적이 있거든요. 하나의 작품인데, 정말 한두 줄 바꾸고 이렇게…. 그러던 때도 있었는데요. 이게 뭔 소용인가…? 싶더라고요.

● (폭소) 지금은 안 그러는 편인가요?

○ 아무도 이 부분을 이렇게까지 신경 쓸 것 같지 않은데, 하는 생각이 조금 들더라고요. 그리고 어쨌든 선택해야 하는 거잖아요. '이것'이 될 때의 시와 '저것'이 될 때의 시는 고민을 끝내야 볼 수 있는 건데 그걸 못하고 있으니까, 시가 더 갈피를 못 잡는 느낌이 들더라고요. 그리고 무엇보다 굉장히 피곤한 일이에요. 레이먼드 카버는 진짜 레이먼드 카버니까 그렇게 할 수 있었겠죠. 그래서 요즘은 너무 깊게 생각하지 말고, '이것'이면 이것인 대로, '저것'이면 저것인 대로, 우선 가보는 연습을 많이 해보자고 스스로에게 말해주고 있어요. 퇴고 과정 자체는 매우 중요하니까요.

● 어떤 의미에서 중요한가요?

○ 실은 많이 쓰는 것도 중요하지만, 퇴고는 어찌 되었든 일련의 피드백이 오고 간 상태에서 진행되는 경우가 많기 때문에 피드백을 얼마나 자기 것으로 만들어내는지도 중요하잖아요? 그것을 훈련할 수 있는 과정 자체가 퇴고이고요. 합평이란 건 사실 어떻게 보면 '독자의 의견'이기도 하잖아요. 어딘가에 작품을 발표하기 전에 나의 것을 봐주는 아주 고마운 그 독자들을 어떤 식으로

어떻게 내가 수용할지도 정말 중요한 거라고 생각해요.

● 그렇게 정식으로 발표하기 전에 초고의 상태를 보여주는, 그러니까 최초의 독자가 되어주는, 동료가 있나요?

○ 있어요. 그 친구는 워낙 잘 봐줘요. 예전에는 서너 명한테 물어보기도 하고 그랬던 것 같아요. 불안하니까요. 그런데 서로 하는 말이 다 달라요. 그런데 그렇게 달리 하는 말들을 다 따라가다 보면 제가 원래 쓰려고 하던 것과 거리가 멀어지는 기분이 들더라고요. 오히려 더 갈피를 못 잡는 느낌이랄까요. 그래서 딱 한 명한테만 물어보자고 마음먹었어요.

● 정말 고맙겠어요.

○ 그럼요. 사실 안 그래도 하는 일이 많아서 바쁠 텐데… 너무 감사하죠. 그 친구도 가끔 자기 것 보여주고 그래요. 서로 많이 읽어줘요.

● 그분은 어떤 독자예요?

○ 눈이 밝은 독자예요. 제가 어디로 가고 싶었던 것인지를 잘 알아보고 방향성을 짚어주기도 하고요.

"혹시 이런 걸 쓰고 싶었던 거야?"

"응…."

● (웃음)

○ 게다가 늘 겸손하게 말해줘요. 너무너무 고마운 친구죠.

● 최초의 독자를 가진다는 일 자체가 매우 소중한 일이고 아무에게나 있을 수는 없는 일인데, 그 최초의 독자가 눈도 밝고 너무나 훌륭한 작가라니! 정말 복 받았다.

○ 맞아요. 저는 귀인이 많을 팔자라고 들었기 때문에 그것을 철석같이 믿고 있습니다….

● 팔자 이야기까지 나오는군요. (웃음)

○ 사주를 완전히 믿지는 않는데요, "내가 저번에 사주를 보러 갔거든."이라고 말하면 친구들이 그게 사주를 믿는 거라고….

● 인식하고 있는 거겠죠. 신념의 영역이라기보다는.

○ 맞아요. 정확히 말하면 인간이 할 수 없는 어떤 영적인 게 있다고 믿어요.

● 시 안에서 신의 이야기도 종종 등장하고, 믿음에 관해 말하는 시편들도 있고요.

○ 기본적으로 사람이 좋은데 싫은 것 같아요. 누구나 그렇겠지만. (웃음)

● 왜 좋은 것 같아요? 그러니까 너무 추악하고 추접스럽지만 그래도 뭔가 끄트머리의 희망 같은 게 느껴질 때 사랑하고 믿을 수 있는 거잖아요.

○ 제가 미처 보지 못한 모두의 선한 면이 있을 거라고 생각해요. 늘 제가 생각한 것보다 그들이 더 선하고 좋은 사람이길 바라고 그렇게 믿어요.

● 그게… 되던가요?

난 안 된다.

○ 어렵죠. (웃음) 힘들기도 하고요. 그렇게 생각하면서 제가 더 괴로울 때도 있거든요. 그런데 그냥 그렇게 믿고 싶어요. 적어도 제 주변에는 너무 나쁜 사람은 없지 않을까? 그런 마음이 없을 거라는 걸 믿고 싶어요.

(잠시 생각하더니) 아니에요. 또 저 모르게 있을 수도 있으니까 취소할게요.

● (폭소) 갑자기?

○ (한숨 쉬며) 그걸 서른 다 돼서 알아가지고….

● 그래도 누군가는 지켜야 하는 믿음이라고 생각해요. 미지의

선함을 믿고, 그리고 기다리는 거요. 그 누군가가 재율 시인이어서 조금 더 힘들겠지만.

○ 어렸을 때 종종 착한 척한다고 욕을 먹은 적이 있었어요.

● (충격)

○ 물론 착한 척을 할 수는 있겠지만 금방 들통난다고 생각해요. 저로서는 조금 충격이었어요. 내가 진짜 선한 마음으로 어떤 행동을 해도 누군가한테는 척일 수도 있겠구나. 그래서 더욱 조심하게 되는 것 같아요. 농담처럼 나도 나쁘게 살아볼 거라고 말하곤 하지만 사실 잘 모르겠어요. 그걸 생각하는 게 더 괴롭기도 하고, 어느 순간부터는 그냥 받아들이기로 했어요. 아니, 그리고 저 그렇게 엄청 착한 것도 아니에요!

● 어렵다는 게 상대적이라고 했잖아요. 착한 것도 비슷하겠죠. 상대적이고, 또 스스로에게는 그 역치가 더 높을 테고요. 그런데 저에게 재율 씨는 선한 사람, 맞아요. 그렇지만 저는 그 선함이 모두에게 적용되어야 할 필요는 없다고 생각해요.

○ 맞아요. 맨날 걱정만 하고….

● 그러니까 저는 재율 시인 안에 있는 그 귀한 마음을 잘 지켰으면 좋겠어요. 그것을 이용하려는 사람들 때문에 나빠지지 않았으면 좋겠어요.

○ 너무 무해한 대화 같고 좋네요, 감사해요. 사실 나쁘기 싫어요. 꼭 그래야 할 필요도 없잖아요.

● 그럼요.

○ 그래서 시인(詩人)인 거 아닐까요?

● 너무 훌륭한 연결입니다.

"시인은 왜 시인일까?" 사전 질문지에 있던 질문인데, 묻는 것을 깜빡

했다. 이러한 질문을 모든 시인께 공통적으로 하게 된 연유는 다음과 같은 글을 읽고 나 역시 궁금증이 풀리지 않았기 때문이다.

“서슬이 퍼런 판사, 검사라는 말에는 일 ‘사(事)’ 자가 붙어 있는데, 잘나가는 변호사에게는 선비 ‘사(士)’ 자를 붙인다. 의사·기사에는 스승 ‘사(師)’ 자를 쓰고, 소설가·화가는 집 ‘가(家)’를 쓰는데, 또 목수나 가수는 손 ‘수(手)’ 자를 붙인다. 광부·청소부 등에는 지아비 ‘부(夫)’ 자가 붙어 있다. 한데 특이하게도 시를 쓰는 사람만은 ‘시인(詩人)’이다. 의사처럼 시사(詩師)도 아니고, 변호사처럼 시사(詩士)도 아니다. 소설가와 같이 시가(詩家)라고 부르지도 않는다. 왜 그럴까?”—강은교 외 지음, 「책머리에」(권영민), 『시인으로 산다는 것』, 문학사상, 2014

○ 시는… 결국 ‘누가’ 쓰는지가 정말 중요한 것 같거든요. 시를 읽으면 이 세계를 이렇게 꾸미는 사람은 어떤 사람일까 궁금해지잖아요. 처음에 이야기한 것처럼, 결국 시인(혹은 화자)이 세상을 바라보는 관점과 태도들이 크고 작게 모여서 시 한 편이 되고, 시 세계를 이루게 되는 거니까 그 섬세한 시선들이 결국엔 다 느껴지거든요. 아름다움이건 추함이건, 그 역시도 시선마다 다 달리 보이고 표현될 테니까 결국에는 진짜 누가 쓰는지가 궁금해지는 장르가 시인 것 같아요.

● 시(詩)보다 사람(人)이 중요하다는 거군요.

○ 누가 어떤 마음으로 쓰는지 들통나기 쉬운 장르인 것 같기도 하고요.

● ‘눈이 헐었다’라는 표현 아세요? 자기가 쓴 걸 자기가 계속 읽고 보고 쓰고 고쳐야 하니까 눈이 헐어버린다는….

○ 그래서 눈 가리고 아웅 한다는 건가요?

(일동 폭소)

● 아뇨, 아웅을 못하는 거죠! 아웅 하면 그게 어디야, 그것조

차도 안 되는 상태만큼 헐어버린 거죠. 너무 많이 봐서 내가 쓰는 게 어느 정도 좋은 건지 아닌지 모르겠는, 판단력이 흐려지는 상태요. 그럴 때 어떻게 해요?

○ 음…. 시간을 둬요.

● 멀리 두고 보려는 건가요.

○ 왜냐하면 과거의 나와 현재의 나, 그리고 미래의 나는 너무나 비슷한 듯 조금 다른 생각을 가질 수도 있으니까. 객관적으로 판단이 어려울 때가 있다고 생각해요. 그리고 쓸 때는 미처 보지 못했던, 알지 못했던 것들을 한참 시간이 지난 후에 알기도 하잖아요. 저는 제가 무지해지는 순간이 올까 봐 너무 두렵거든요. 그래서 타인을 괴롭히게 될까 봐 두려운 것도 있어요.

● 무지해서 타인을 괴롭힐 수 있다는 건 어떤 거죠?

○ "나 진짜 몰라서 물어보는 건데."라고들 하잖아요. 악의가 없었더라도, 그 질문만으로도 누군가를 피곤하게 할 수 있다는 생각이 들거든요. 무뎌지지 않기를 바라고 있어요. 예민하더라도 말이에요.

● 그래서 판단력이 흐려지면 이렇게 거리 두는 걸 선호하는 거군요.

○ 좀 놔둬버리는 편이에요. 「여름은 온통 내가 사랑한 바깥이었다」는 거의 2년이라는 시간을 두고 천천히 썼거든요. 처음에는 아예 짧았고, 그러다가 엄청 늘려도 보고, 다시 줄이고…. 시가 왜 이 정도로 길어졌을지를 곰곰이 생각해보면, 있어야 할 문장과 없어도 괜찮을 문장들이 조금씩 보이거든요. 물론 시 안에 들어오는 문장 한 줄 한 줄이 다 중요하다기보다는 어떤 다른 문장으로 가기 위해서 쌓는 구조물이나 발판일 때도 있긴 하지만, 대

부분 중요해요. 그러니 있을 것만 있는 게 좋아요. 그래서 많이 줄이고 고치고… 그랬었죠.

● 고쳐 쓸 때, 그 부분을 아예 버려요? 아니면 보관(?)해뒀다가 다른 시에 쓰나요?

○ 보관하는 편이에요. 어디에서 뭘 빼고 그런 걸 일일이 다 기록하지는 않는데요. 완전히 버릴 때도 있고 버리진 않았지만 못 쓰게 되는 경우도 있고, 거기서 한 문장만 떼어서 아예 다른 시로 완성할 때도 있고… 신기한 것 같아요.

● 고착된 형태의 시 쓰기는 아니네요.

○ 고착된다는 게 어떤 의미일까요?

● 딱 정해진 의식적인 절차가 있고, 쓸 때의 규칙이 있다든지 하는 거요.

○ 그런 건 없는데 기본적으로 조용하고 집중할 수 있는 상태를 선호하긴 해요. 집중력이 그렇게 좋지 않아서… 집중력을 끌어올릴 수 있는 무언가를 먼저 해요.

● 예를 들면요?

○ 가사가 없는 클래식이나 영화 음악을 듣는다든가, 스도쿠 같은 거….

● 수학 천재?

○ 아뇨, 잘하는 거랑 좋아하는 거랑 다른 개념이죠. (웃고 있지만 매우 진지하게) 그리고 집중력 향상에 정말 좋답니다. 노래 한 곡을 진득이 반복해서 들을 때도 있고, 다른 시집을 읽다가 쓰기도 해요. 정말 시만 쓴다면 일정한 패턴이 생길 수도 있을 것 같은데.

● 그런 사람이 몇이나 되겠어요.

○ 솔직히 그래요. 다들 어렵죠.

결국 서로를 향해 올 것이라는, 온다는 믿음

● 좋아하는 시인으로 김종삼 시인을 여러 번 꼽았잖아요. 일면 비슷한 부분이 있다고 생각했거든요. 그런데 또 전혀 다른 이유로 좋아하는 시인도 있을 것 같아요. 그러니까 나와 너무 달라서, 나의 시 안에서는 절대 볼 수 없는 풍경인데 너무나 탁월하게 해내어서, 그래서 좋아하는 시인도 있나요?

○ 최근에 오규원 선생님 시를 다시 읽었는데 너무 좋은 거예요. 사물이나 장면, 혹은 사람을 바라보는 태도가 너무 흥미롭고, 단어나 문장들이 세련되게 느껴졌어요. 시가 일상과 밀착되어 있으면서도 다 읽고 나면 굉장히 먼 곳으로 데려다주는 느낌이 정말 좋더라고요. 그곳에서 무언가 새로운 출발을 할 수 있을 것만 같은 느낌이었달까요? '시란 무엇일까?'에서 '시란 바로 이런 것이구나!' 하는 것처럼요. 저도 그런 시를 쓰고 싶은 것 같아요. 일상과 사소한 것에서 출발해 더 먼 곳으로 가보는… 아주 조용한 강물에 돌을 하나 던지면 잔잔한 물결이 일잖아요? 그게 제 시인 것 같기도 해요. 조금 전에 말했던, 감정을 켜켜이 쌓는 것과 동일한 선상 같네요. 그런 시를 계속 쓰고 싶어요.

● 요즘은 뭐가 제일 무서워요?

○ (생각도 안 하고 바로) 사람.

● 변하지 않았군요….

○ 사람이 무섭고, 무지해지는 것도 무섭고, 귀신도 무섭고….

● 저는 귀신은 안 무서워요. 사람이 더 무서워요.

○ 그런 말 있잖아요, 어두운 복도에 서 있는 게 사람일

때가 더 무서운지 귀신일 때가 더 무서운지. 뭘 가려요, 다 무섭지. 저는 둘 다 무서워요.

● 그렇긴 해….

○ 그런데 귀신은 어쨌든 이미 죽은 사람이라 어떤 해를 가할 때 해지는 정도가 적을 거라고 생각하게 되잖아요. 그런데 인간은 그 정도가 어마어마하고 다양하고 무지막지하기 때문에….

● 재율 시인의 시는 어디에서, 혹은 무엇으로부터 오나요? 이 질문을 보르헤스식으로 조금 바꿔보자면, 당신이 시에게 가는 건가요, 아니면 시가 당신에게 오는 건가요?

○ 서로….

● (감격)

○ 서로 오는 거 아닐까요? 나도 가고 있고, 시도 오고 있는 것 같고. (반응을 보며) 원하던 대답이 아닌가요?

● 아뇨, 예상하지 못했던 답이었어요.

○ 나만 간다고 해서 시가 탄생하지는 않아요.

● 보르헤스보다 낫다.

○ (웃음) 보르헤스는 뭐라고 했어요?

● 보르헤스는 시가 온다고 했어요.

○ 보통 시가 오기도 하지만… 나도 열심히 가는, 가야 하는 것 같아요. 노를 한 방향으로만 저을 수는 없잖아요. 팀이라면 각자 맡은 역할에서 최선을 다해야 앞으로 나아갈 수 있는 것이니까요. 나는 오른쪽을 열심히 젓고, 시를 만나고 싶은 마음은 왼쪽을 열심히 젓는 식인 거죠. 시가 오고 있는 와중에 그러다가 딱 중간 지점에서 만나면 아주 좋은 시라기보다는, 제가 쓰고 싶었던 시가 탄생하는 것 같아요.

● 힘들 때는 어떻게 해요? 나도 시한테 가고 싶은데, 힘들 때도 있을 것 같은데요.

○ 대부분 힘들어요.

● (폭소)

○ 대부분 힘든데, 예전에는 끝까지 버텼어요. 뭔가가 떠오를 때까지 앉아 있기도 하고, 머리를 쥐어짜가면서 생각하기도 하고. 지금은 그냥 누워요.

● (은은하게 혼자 계속 웃고 있음)

○ '아~ 아직 멀었나 보다~' 하면서 쉬어요. 그러다가 또 갑자기 일어나서 쓰고…. 그럴 때의 가속도가 조금 좋은 편인 것 같고요. 못 간 만큼 한 번에 성큼 가는 기분이랄까요.

● 오래 쓰고 싶어요?

○ (잠시 생각하더니) 무서운 거, 그거예요. 못 쓰게 될까 봐. 무엇보다 시가 아닌 이유로, 그러니까 시 바깥에 있는 것 때문에 못 쓰게 될까 봐…. 그게 무서운 이유는 진심으로 오래 쓰고 싶어서겠죠.

● 다른 이유라면 너무 억울하잖아!

○ 시만 생각하고 쓴다면 문제 될 게 없는데, 시가 아닌 것들도 생각할 수밖에 없잖아요. 그래야 하고요. 그런 것에 지치지 않고 오래 쓰고 싶어요. 안 쓰게 되는 거랑 못 쓰는 거랑은 또 다르니까요. 혼자 작게 기도할 때, 늘 생각해요. 문제가 와도 되는데 문제가 오면 이걸 이길 힘까지만 꼭 주셨으면 좋겠다고.

● (중얼거리며 다시 왼다) 내가 이걸 이길 수 있는 힘까지만….

○ 아마 더 이상 쓰고 싶은 게 없을 때, 안 쓸 것 같다는

생각을 자주 하긴 하는데요. 사실 그런 생각을 하면 너무 슬퍼요. 또 누군가가 제 시를 더 이상 궁금해하지 않는다면 쓰지 않겠죠. 그건 사실 안 쓰는 것보다 못 쓰는 것에 더 가깝고….

● 그런데 그런 순간이 올 것 같진 않죠?

○ 저 때문에 올 것 같지는 않아요. (웃음) 되게 의미심장한가.

● 너무 좋은데요.

재율 시인은 가끔 이렇게 대담할 때가 있다. 그럴 때 참 좋다.

○ 스스로에 대한 믿음이 그렇게까지 많은 사람은 아니지만, 적어도 시를 쓰는 사람으로서 가지는 스스로에 대한 믿음은 있어요. 그 믿음을 믿으려고 해요. 비록 외부의 많은 것들이 꼿꼿한 마음을 자주 무너지게 만들지만요…. 그래도 최대한 오래오래 쓰고 싶어요.

● 그 믿음은 시를 향한 재율 시인의 믿음인가요, 아니면 시를 쓰는 재율 시인에 대한 믿음인가요? 시 자체를 믿는 것과 시를 쓰는 행위를 믿는 건 다르잖아요. 왜냐하면 시를 믿고 있지만 시를 쓰지 않고 있을 수도 있으니까요.

○ 그런데 시 자체에만 신념을 가지는 것, 이제는 그걸 용인해줘서는 안 되는 것 같아요. 정말 나쁜 사람도 시는 쓸 수 있거든요. 게다가 잘 써요. 그래서 시'만' 믿을 수는 없을 것 같아요.

● 시를 안 쓰고 못 쓰는 건 저는 괜찮다고 생각해요. 그런데 재율 시인이 재율 시인 아닌 것 때문에 쓰기를 멈추게 된다면, 저도 너무 슬플 것 같아요.

○ 시가 삶을 구원해준다고는 생각 안 해요. 조금 위험한 생각인 것 같기도 하고요. 다만 시, 조금 더 크게 생각해

서 예술이라는 것은 창작자 스스로를 채우는 만족도 있지만 타인을 즐겁게 해주는 외부 작용도 있기 때문에 사람의 마음을 동요시킬 수는 있겠지요. 그랬으면 좋겠기도 하고요. 제 시가 독자들의 삶에서 아주 큰 부분을 차지할 거라는 생각은 안 해요. 다만 잠시라도, 아주 잠시라도 좋으니 시에서 어떤 위로를 느끼고, 공감하고, 생각해보게끔 했으면 좋겠어요. 그런 작용이 계속해서 일어난다면 좋겠어요.

● 어떤 시인으로 기억되고 싶어요?

○ '어떤 시인'이라기보다는… '어떤 사람'이라고 바꿔 생각하고 대답해볼게요. 성실한 사람, 지금 생각나는 건 딱 이거예요.

● 이 대담을 읽을 미래의 독자들께 하고 싶은 말이 있나요?

○ 좋아하는 선생님이 해주신 말인데요. 시는 한 명의 독자만 있어도 쓸 수 있대요. 물론 그걸 듣고 제가 "그렇지만 선생님, 늘 한 명보단 두 명이… 두 명보단 세 명이…." 하면서 장난을 치긴 했지만요. 그걸 듣고 뭔가가 크게 와닿았어요. 쓰는 사람에게는 그 한 명의 독자가 너무 소중하고 중요한 거죠. 그래서 제가 그 한 명의 성실한 독자가 되고 싶다는 생각을 해요. 동료와 선생님과 다른 작가들의 글을 읽으면서요.

나도 똑같은 생각하는데!

누군가의 세계를 들여다보는 건 정말 신기하고 새로운 일이라고 생각해요. 그리고 누군가의 세계를 끝까지 궁금해한다는 건 어려운 일이고요. 그 어려운 일을 함께 해나갔으면 좋겠다는 생각이 들어요. 그리고 지치지 않고 끝까지 궁금해해줬으면 좋겠어요. 무엇보다 시간 내어 읽어주셔서 너무 감사하고요.

나 늘 너무 궁금해하는데! 나 안 지치고 완전 씩씩한데!

● 늘 새로운 시인이 탄생하잖아요. 어제도 오늘도 내일도… 미래의 시인들에게는 어떤 말을 해주고 싶어요?

○ (손사래 치며) 어유, 없어요. 제가 뭐라고…. 그냥 궁금해요. 독자로서요. 2030년, 2040년에 올 시는 어떤 시일까? 나는 어떤 걸 쓰게 될까? 어떤 영향을 받으며 어떤 시를 쓸 수 있을까?

"한 사람의 얼굴을 유심히 바라보는 것처럼 경이로운 일은 없"다고「선이 맞지 않는」, 그가 썼었다. 나는 마음껏 보았다. 무섭지 않았다. 슬프지도. 그것은 그가 정말 깨끗한 마음으로 나를 대해주었기 때문이라고, 나는 이제, 늘 믿는다.

선하고 싶다는 말을 정말 많이 하던 사람. 나는 그것이 무엇인지 잘 모르지만, 어쩌면 재율 시인도 모르는 것이겠지만, 나는 그가 그 마음을 오래도록 지키기를 진심으로 바란다. 그에게 아름답고 그 역시 아름다워질 수 있는 사람들 곁에서 마음 졸이지 않고, 마음껏 선할 수 있기를 바란다.

묻고 싶은 것이 많았는데 다 묻지 못했다. "사랑하는 것들이 아직 남아 있는지"「개기일식」, "죽기 전 무엇을 하고 싶"은지「고해성사」, "뭐 도와줄 거 없을까요?"「어떤 향은 너무 강렬해서 오래 기억에 남게 되는데」라고 묻고 싶기도 했다.

나무 같은 사람. 재율 시인은 내게 아주 오래 그렇게 남을 것이다. 나무처럼 꼿꼿하고 부대낄 줄 알고, 시간의 바람 역시 타며 외로울 틈도 있지만, 잘 꺾이지 않는 사람. 뿌리 깊은 사람. 그가 오래 쓸 것을 안다. 알고 싶다.

최초의 독자는 될 수 없겠지만, 또 그것은 나의 욕심이겠지만, 언제나 최선의 독자이고 싶다. 이 사람의 곱고 선한 마음을 내가 해치지 않고, 오독하지 않고, 있는 그대로, 잘 받아들이고 싶다. 오래 듣고 싶다.

새로운 시

정재율

1월엔 죽은 사람보다 산 사람에 대해 생각해야지

쏟아지는 눈을 바라보며
차갑고 하얀 것들에 관한 시를 썼다

빛이 있다면 어둠도 있어야 한다는 말을 기억하며

꿈속에서도 입김이 난다는 걸 처음 알았고
개도 기쁨의 눈물을 흘린다는 사실을 알았다•

너무 아름다운 이야기는
왜 책 속에만 있는 것 같지

귀가 간지러워서 병원에 갔는데
내가 영원히 듣지 못하는 소리가 있다고 했다

아직은
사는 데 지장이 없다고 했다

나를 아는 사람인 것 같아서
뒤를 돌아보면

잠시 길을 헤매는 사람이었고

첫 번째 건물과 두 번째 건물 중
어느 골목으로 들어가야 하는지 헷갈렸다

잠시 멈춰 서서
머리부터 발등까지 소낙눈을 맞았다

영원이라는 단어가 영원을 만들기도 하면서

사람이 죽어갈 땐
청각 세포가 가장 마지막에 꺼진다고 했다

그래서 하고 싶은 말을 다 해야 한다고
영원히 기억할 것이라고

그런 생각을 하면 죽은 사람한테서 나는 냄새가
나에게도 나는 것만 같았다

1월엔 스쳐 지나간 사람들만 떠올랐고

방금까지 살아 있던 개의 냄새를 열심히 맡는
검은 개처럼

속수무책으로

개는 영원히 그 장면을
기억할 것이라고

새로 쓴 시에 적어보았다

• 김현의 「개」(『장송행진곡』, 민음사, 2023)라는 시를 보고 알았다.

그들이 죽지 않았으면 좋겠다고 말하며 눈물을 닦아주는

김선오

『나이트 사커』, 아침달, 2020
『세트장』, 문학과지성사, 2022

선오와는 얼렁뚱땅 친구가 되었는데, 왜 얼렁뚱땅이냐면, 기억이 안 나기 때문이다. 왜 친구지…? 하지만 만날 때면 우리는 그게 뭔 상관이냐는 생각도 필요 없다는 식으로 웃고 떠들면서 담배를 마구 피운다.

그럼에도 진득한 대화를 해본 것은 이번이 처음이었는데, 처음이어서 다행이라는 생각을 멈출 수가 없었다. 다음에 만나면 우리 더 좋겠구나, 하고 싶은 말 듣고 싶은 말 더 많겠구나, 라는 생각이 머릿속에서 끊임없이 몰아쳐서 약간 혼미해지기도 했다.

해가 아슬히 걸려 있는 오후에 만나, 서서히 어두워지는 것을 온몸으로 느끼며 완전히 어두워진 저녁에서야 우리는 헤어졌다. 그와의 대화를 한두 마디로 정리하기가 어렵다. 특히나 더… 그러니 미사여구 그만 덧붙이고 곧장 안내하겠다. 읽고 난 뒤에는, 당신도 선오와 얼렁뚱땅 친구가 되어 있을 것이다. 그런 좋은 기분일 것이다.

● 박참새
○ 김선오

● 대학원 다니느라 바쁘겠어요.

왜 다들 대학원생인 것인지에 대한 의문이 생겼다.

○ 그래서 시를 못 쓰고 있어요. 졸업하면 시를 좀 써야 할 것 같아요.

● 박사 생각은 없고요?

잔혹한 질문이었다.

○ 하긴 할 것 같은데… (둘 다 웃음) 당장은 아니고요.

● 대학원 다녀보니 어때요?

○ 저는 다니길 잘한 것 같아요. 여러모로 많이 배울 수 있었던 시간이었어요.

이제 대담 시작할까요?

● 이미 시작하고 있었어요. (웃음)

○ 아, 이거 스며드는 거구나. (웃음)

● 대학원만 다니면 그래도 괜찮을 것 같은데, 다른 활동이랑 병행하니까 진짜 바빠 보이더라고요. 요즘은 또 어떤 작업들 하고 있어요?

○ 다음 주에 퍼포먼스 작업[1]이 하나 있어요. 후각 예술가 김이단 님과 함께하는 작업인데, 저는 낭독 퍼포먼스로 참여해요. 후각이 언어와 가장 거리가 먼 감각이라고 하더라고요. 언어화되는 경우도 많이 없고요. 그런데 현대로 갈수록 도시화가 진행되면서 우리는 냄새를 소거하는 방식으로 발전하고 있잖아요. 그러다 보니 자연스레 작품 속에서도 냄새, 향과 같은 후각에 대한 이야기들이 점점 줄어들게 되었어요. 전쟁 때에는 피비린내 같은 이런저런 악취에 관한 시들도 꽤 많았는데, 현대로 오면서부터 그것이 점점 수용 가능한 정도의 향으로 바뀌게 되거든요. 후각에 대한 감각적인 묘사가 사라지고 있

1 플랫폼엘PLATFORM-L에서 열린 축제 〈PACK WEEK 2022〉에서 진행한 퍼포먼스. 곧 언급되는 정진경 작가의 책과 동명의 제목으로 수행되었다. "퍼포먼스 〈후각의 시학〉에서 후각 예술가 김이단과 시인 김선오는 지각의 의식화 과정에서 배제되어온 '후각의 언어화'를 실험하는 동시에, 역으로 '언어의 후각화'를 시도한다. 이러한 과정 속에서 두 퍼포머는 감각의 공백을 읽어내고 추적하며, 감각과 언어 사이에서 파생하는 또 다른 생성적 가능성에 주목한다." –행사 안내문에서 발췌

는 셈이죠. 그래서 후각 예술가가 조향한 향으로 저는 시를 쓰고, 그걸 낭독하는 퍼포먼스 작업을 하기로 했어요. 낭독할 때도 공간에 맞는 향을 피워서, 자리한 관객들이 직접 후각을 활용할 수 있는 그런 자리가 될 예정이에요.

● 그런 작업은 따로 의뢰가 들어오는 건가요?

○ 해당 공연 기획자가 지인인데, 그분이 작업 개요를 보시고 연결시켜줬어요. 잘 어울릴 것 같다고요. 정진경의 『후각의 시학』이라는 책, 읽어보셨어요?

● (단호히) 아니요.

○ 후각 관련해 흥미로운 부분이 많아서 그 책을 참고해서 작업을 진행해보려고 해요.

● 너무 재밌겠다.

○ (급격히 어두운 낯빛으로) 아직 한 글자도 못 썼어요.

● 도식화할 순 없겠지만, 보통 시 쓸 때 얼마나 걸리는 편이에요?

○ 천차만별이긴 한데, 초고를 빨리 쓰는 편인 것 같긴 해요. 여러 소재를 가지고 길게 생각을 하다가 시가 써지는 순간이 오면 막상 금방 써요. 고치는 시간이 조금 길긴 해요.

● 『세트장』 같은 경우에는 장시들이 많잖아요.

○ 맞아요. 장시들은 거의 1년 내내 고치고 새로 쓰고 그랬었어요. 짧은 시들은 금방 쓰기도 하고, 퇴고를 거의 안 할 때도 있고…. 참새는 어때요?

● (놀라서) 저요? 저는… 저는 모르겠네. 근데 저도 조금 빨리 쓰는 편에 속하는 것 같아요. 그런데 전 아직은 많이 쓰는 게 더 중요하다는 생각이 들어서 별로면 그냥 바로 버립니다. 다른 새로운 걸 한 편 더 쓰는 게 낫다는 생각…? 지금의 저한테

는 이게 훨씬 잘 맞는 방법인 것 같기도 하고요. 그러다 보면 하나 얻어걸릴 때가 있고…. (웃음)

또 근황이 있을까요? 평소 어떻게 지내시는지 너무 궁금해요!

○ 영화과에서 청강으로 듣는 수업이 하나 있는데, 비평문을 써 가야 하거든요. 발제도 해야 하고…. 그래서 요즘 영화를 많이 보며 지내고 있어요.

● 영화 이야기가 나와서 그런데, 영화나 사진의 요소들이 선오의 시에서 유독 많이 보인다고 생각했어요.

○ 정말 자연스럽게 흘러가는군요.

●「시네 키드」나 「시퀀스」처럼 제목에서 뚜렷하게 드러나는 시도 있고, 시 안에서 영화와 이미지에 관련된 용어들이 직접적으로 쓰이기도 하고요. 시각적 요소의 영향을 많이 받고 있다는 생각을 했어요.

○ 시집 제목도 『세트장』이고요. (웃음) 맞아요. 시각 언어에도 민감한 편인 것 같아요. 원래는 시가 아니라 사진을 전공하려 했거든요.

● 아, 정말요?

○ 네, 유학 가려고 알아보기도 했었어요. 그러다 보니 아무래도 이미지로 작동하는 기재가 있지 않은가 싶어요.

● 원래도 영화 많이 보는 편이었어요?

○ 어릴 때는 많이 봤었는데… (아련한 표정이다) 요즘은 영화에 진입하기가 너무 어렵더라고요. 에너지가 많이 든다고 해야 할까. 그런데 학교 다니면서 영화과 수업을 들으니까 매주 수업 관련한 영화들을 보게 되긴 하죠.

● 시와 사진, 혹은 영화가 그렇게 다르지 않은 듯해요. 어떤 장면을 포착하는 일이라는 점에서는 일면 같으니까요.

○ '푼크툼'[2]이라는 개념이 있잖아요. 그 측면에서는 정말 많이 비슷해요. 영화가 소설에 가깝다면, 사진은 훨씬 시에 가까운 위치인 느낌?

● 예전에 제가 갔던 북토크에서 그런 말씀을 하셨잖아요. 시인이… 너무 없어 보여서 시인 되기 싫었다고.

(일동 폭소)

근데 왜… 시인이 됐어요? 시와 연결된 처음의 기억이 있을까요?

○ 기억나요. 맨 처음 시에 매료되었던 순간도 명확하게 기억이 나는데, 고등학생 때였어요. 그 당시 학교 갔다가 조퇴를 되게 자주 했거든요. 그냥 전반적으로 학교를 잘 안 갔어요. 그렇게 조퇴를 하고서 더 멋있는 반항을 했으면 좋았으련만… 도서관에 갔단 말이죠.

● 그때부터 멋있었구나.

○ 그날도 학교를 조퇴하고 대낮에 도서관에 걸어가는데, 정말 기분이 좋았던 것도 기억나요. 여느 때처럼 아무 책이나 막 들춰보고 있었는데, 그때 처음 젊은 시인의 현대시를 읽은 거예요. 그런데 뭐랄까…. 발끝부터 머리끝까지 소름이 돋았어요. 그 순간이 지금도 생생하게 기억나요. 그 시집에 실린 몇 편의 시를 읽고 가슴이 뛰더라고요. 그리고 나도 이런 걸 써야겠다는 생각이 들어서 그날 바로 집에 가서 시를 썼어요. 그때 쓴 시가 손톱에 관한 시였는데, 내가 씹어 자른 손톱이 하늘을 날아가고 그런 시….

● 너무 좋다.

○ 그때 현실의 질서에 얽매이지 않는 언어의 운용을 처음 본 거죠. 엄마가 논술 선생님이셔서 어릴 때부터 글

2 푼크툼punctum은 라틴어로 '찌름'이라는 뜻으로, 사진을 봤을 때의 개인적인 충격과 여운의 감정을 말한다. 더욱 자세한 개념은 롤랑 바르트의 『밝은 방』에서 전개된다.

쓰기라는 행위 자체가 그리 낯설진 않았지만, 그런 방식의 쓰기도 가능하다는 걸 그제야 알게 됐어요. 그래서 그 순간이 제게는 잊지 못할 정말 강렬한 기억이에요. 그 순간 덕분에 고등학교 때 시를 조금씩 쓰기는 했는데, 그때까지는 등단을 해서 시인이 되고 싶다는 생각은 없었어요. 정말 시 쓰는 것 자체가 즐거웠기 때문이기도 하고, 학업에도 집중해야 했고요. 사실 입시 때 문예창작학과도 붙었었거든요.

● 아, 정말요?

○ 그런데 정말로… 시인이, 그러니까 작가가 별로 되고 싶지 않았어요. 어딘가에 앉아서 정말 글만 쓰는 일이 저한테는 너무 무력한 일처럼 느껴졌거든요. 그래서 대학교 다니면서는 시를 그렇게 많이 쓰지도 않았고, 전공도 다른 걸 선택했죠.

● 그래도 시와 그렇게 멀어졌을 것 같진 않아요.

○ 맞아요. 시를 계속 읽기는 했죠. 대학을 졸업하고 회사를 다니기 시작했는데, 문득 시가 다시 쓰고 싶어지더라고요. 그때 시 창작 수업을 계속 들으면서 본격적으로 다시 쓰기 시작했어요.

● 첫 시집 『나이트 사커』가 아침달 출판사에서 출간됐잖아요. 아침달에서는 투고 형식으로도 원고를 받고 있는데, 어땠어요? 출간 과정이 궁금해요. 시집을 내고 싶다고 생각하게 된 계기가 있나요?

○ 시를 쓰다 보니 자연스럽게 어떤 욕망이 생겼던 것 같아요. 이 시를 다른 사람도 봐줬으면 좋겠고, 나에게도 독자가 있었으면 좋겠다는 마음이랄까요. 그때는 회사를 다니고 있었는데, 시만 쓰고 싶은 거예요. 그런데 시

인이 되지 않고서 시만 쓴다는 게 너무 어려운 일이니까 최소한의 명분이 필요했어요. 건강한 동력으로 계속 쓰고 싶기도 했고요. 시 쓰기가 진행되는 과정 속에서 자연스레 욕심이 생기지 않았나 싶어요.

● 그럼 지금은 정말 시인이 되었잖아요. 첫 시집 이후로 2년 정도 시간이 지났는데… 어때요?

○ 시인이 멋있냐고요? (웃음)

● (같이 웃으며) 아니, 아니, 시인이 되길, 시집을 내길 잘한 것 같아요? 당연한 질문을 하는 기분이긴 하지만 묻지 않을 수 없네요.

○ 당연할 수도 있고 아닐 수도 있을 것 같은데요. 음…. (잠시 생각하더니) 그냥 어쩔 수 없는 일이었다? 그러니까 조금은 불가피한 일이었다라는 생각이 들어요. 후회되거나 잘했다는 생각보다는 그저 당연한 흐름이었던 것 같고, 그 상황에 대한 가치 판단 자체가 불가능한 것 같아요. 그런데 시인이 되고 나니 정작 시는 잘 안 써지는 것 같고…. (웃음) 오히려 습작생 시절에 갖고 있었던 태도 같은 것들이 많이 깎여 나간 부분도 있는 듯해요. 일종의 책임감 같은 게 생겨서 그게 시를 짓누르기도 하거든요. 동시에 계속 써나가게 하는 동력이 되기도 하지만. 양가적인 느낌이 있어요. 지금 시인으로서의 정체성은 그래요.

● 저는 시인은 아니라 그 부담감은 모르겠지만, 습작생의 긍지와 특권은 알 것 같아요.

○ 그쵸. 진짜 많이 즐겨요.

● 솔직히 한 번 못 써도, 뭐 어쩌라고…. 나는 그래도 되잖아? 다음에 더 잘 쓰면 되고, 그러려고 계속 쓰는 거니까요. 그래

서 그 느낌만큼은 뭔지 조금 알 것 같아요.

○ 혼자 써보는 기간이 어느 정도 긴 건 되게 좋은 일이에요. 그리고 시인이 되면 이제 시 수업을 못 듣는단 말이죠.

● 비극이다.

○ 좋아하는 시인들의 수업에 가서 같은 입장에서 쓰는 친구들의 이야기도 많이 듣는 일이 큰 힘과 도움이 됐어요. 그 시간이 충분했던 건 정말 좋은 일이라고 생각해요. 급하게 시인이 되려는 마음을 경계하는 게 스스로에게도 건강할 것 같고. 가끔 저도 시 수업을 하게 되면 학생들에게 해주는 말이기도 하고요.

● 몇 년 정도 그 시간을 보냈어요?

○ 고등학생 때 쓴 기간을 빼면, 첫 시집 나오기까지 4년 정도?

● (감탄하며) 오래 했다.

○ 그래도 제가 시집으로 데뷔를 한 거라 짧은 편에 속하긴 해요. 보통은 등단하고 첫 시집 나오기까지 3~4년 정도 걸리니까요.

● 그런데 두 번째 시집도 굉장히 빨리 나왔잖아요.

○ 그렇습니다…. 요즘은 조금 쉬고 싶기도 해요.

● 하지만 세상이 당신을 내버려두지 않죠. 앞으로 나올 책이 여덟 권인 사람은 처음 봤어요. 보부상인 줄 알았습니다.

○ (폭소)

● 하지만 물 들어올 때 노 저어야죠. 그리고 그만큼 선오의 이야기를 듣고 싶은 독자들이 많다는 거니까요.

○ 정말 감사한 일이죠.

이토록 짧은 삶이어도 좋아

● 지금은 자연스럽게 스스로를 시인이라고 여기나요?

○ 그런 것 같아요. 그런데 시인이라는 말의 무게감이 그렇게 대단하지는 않은 듯하고요. 시를 쓰고 시를 발표하고 시집을 출간하고, 그랬기 때문에 통상적으로 저를 시인으로 부르고, 때문에 제가 시인이라고 납득하는 과정이 제게는 무겁게 다가오진 않았어요. 태어나면 우리는 어떤 이름으로 불리잖아요. ○○야, ○○야, 불러서 '아, 내가 ○○구나.' 알았던 것처럼 시인이라고 불러주니 '아, 내가 시인이구나.' 생각하게 되지 않았나 싶어요.

● 그런데 시인이 되어도 정말 시'만' 쓰고 살 수는 없잖아요. 대부분의 시간에는 생활을 이어나가는 생활인이기도 할 것인데, 그렇게 삶을 살아가는 생활인으로서의 자아랑 시를 쓸 때의 시인으로서의 자아가 얼마나 충돌하는지 혹은 충돌하지 않는지도 궁금해요. 둘을 철저히 분리하는 경우도 있을 것이고, 그렇지 않은 경우도 있잖아요. 선오 시인은 어때요?

○ 예전에는 그 둘 사이에 되게 큰 거리가 있는 줄 알았어요. 쓰기 위해서 따로 시간을 확보하는 것은 당연한 일이죠. 그런데 생활감이 묻어 있는 생활과 시가 될 수 있는 생활이 다른 것이라고 생각을 하면서 지냈던 것 같거든요. 혹시 이승훈 시인 알아요?

● 아뇨, 어떤 시인이에요?

○ 이승훈 시인 전집이 있어요. 고등학생 때 썼던 시부터 죽기 직전까지 쓴 시가 모두 수록되어 있어요. 그걸 한 호흡으로 쭉 읽은 적이 있는데, 읽다 보니 이승훈 시인의 삶을 제가 사는 것 같은 느낌을 받았거든요.

그의 초기 시를 보면, 굉장히 표현주의적이에요. 시가 될 수 있는 것과 시가 될 수 없는 것들(혹은 되지 않을 것들)이 모두 분리되어 있어요. 그래서 시적 진행이나 대상들이 매우 적재적소에 있다는 느낌을 받게 돼요. 그런데 후기 시로 갈수록 그런 것들이 조금씩 사라져요. 그냥 내 손자 얼마나 예쁜지, 병원에 갔는데 어디가 어떻게 아팠는지, 그런 이야기들이 서서히 정말 아무렇지 않게 등장하거든요.

그즈음에 쓰신 시 중에, 제가 되게 좋아하는 시[3]가 있어요. 말년에 조금 아프셨거든요. 그런데 이렇게 말해요.

"손이 떨려도 좋아 글자가 틀려도 좋아 감기에 걸려 또 약을 먹었지 바른손이 저리면 왼손도 저리고 저려도 좋아 저려도 좋아 이런 시는 쓰지 않아도 좋아 감기에 시달리며 가을이 가네 그대 소식 없어도 좋아 인제 가던 길가에 흔들리던 코스모스 동서 작은 아버지 머리는 하얗고 난 머리 빠지는 게 좋아 (중략) 그래도 좋아 그래도 좋아 기침하는 가을이 좋아 떨리는 글씨가 좋아 바람에 흔들리는 코스모스 어느 날 그대 낙지 천국에서 매운 낙지 먹고 난 고등어 먹으리 그래도 좋아 그래도 좋아 바람에 흔들리는 백지 읽을 수 없어도 좋아"

● 미쳤다….

○ 이 시가 울림이 있는 이유는 시인이 시에 대해 일생에 걸쳐 어떤 고민을 해왔는지, 언어와 어떻게 대결해왔는지, 그리고 그것을 자기만의 것으로 수용하고 소화하기까지 어떤 지난한 과정을 거쳤는지가 전집을 통해, 그의 모든 시를 통해 전부 느껴지기 때문이었어요. 이제는 그냥 어떻게 해도 다 좋다, 이게 시여도 좋고 아니어도 좋

3 이승훈, 「손이 떨려도 좋아」, 『이승훈 시전집』, 황금알, 2012

다, 내가 글씨를 쓸 수 있어도 좋고 손이 떨려서 못 써도 좋다, 이 경지로 다다르는 과정이 저에게는 너무 감동적이고 인상 깊었어요. 그래서 말씀하신 생활과 시에 대한 제 태도도, 점차 이렇게 가는 과정이지 않을까 싶어요. 분리 자체가 제 의지로 무화(無化)되는 것은 아니겠지만 시와 삶이 사실은 서로 다르게 있지 않다는 인식을 갖게 되는 일이겠죠. 물론 이승훈 시인과 저는 다른 길을 가겠죠. 그래도 그런 태도 자체에 크게 감화되었어요.

● 너무 좋습니다….

시에서 한참을 허우적댔던 것 같다.

○ 그쵸. 진짜 좋아요. 제가 이따 전문 보내줄게요.

● 제가 실제로 손을 많이 떨거든요. 그리고 아주 오랫동안 그것을 제가 가진 신체의 결함 중 하나라고 생각했어요. 그런데 저도 최근에 손 떨림에 관한 시를 읽었는데, 제목은 생각이 안 나지만… 그 시에서는 네 손이 떨리기 때문에 그곳에서 출발한 아름다운 진동을 느낄 수 있어서 좋다고 표현하더라고요. 그 시를 읽고 제 떨림도 조금 다르게 바라볼 줄 알게 되었어요. 어쩌면 누군가에겐 나의 사랑스러운 일부분일 수 있겠다고요.

사실 별거 아니잖아요. 선오 시인이 알려준 시도, 제가 최근에 읽었다던 그 시도. 삶에 대한 엄청난 통찰과 어마어마한 철학이 담겨 있는 게 아닌데, 오히려 더 작고 미세하고 어쩌면 중요하지 않은 것에 대해 말할 수도 있는 것일 텐데. 저도 그런 시들이 기억에 더 많이 그리고 크게 남는 것 같아요.

아름다운 역설이라고 느낀다. 지금까지도.

그런데 선오, 첫 번째 시집과 두 번째 시집의 시차가 짧았잖아요.

○ 아무래도 그런 편이죠.

● 진짜 깜짝 놀랐어요. 틀어박혀서 시만 쓴 거 아니냐고!

○ 그러긴 했죠. (웃음)

● 그랬구나, 정말이었구나! 저는 두 시집을 교차하며 여러 번 읽어보니 너무 재미있더라고요. 독자로서는 비교적 짧은 시간 안에 출간된 한 시인의 두 시집이 매우 다르게 느꼈거든요.

뱉어놓고 보니 너무 당연한 소리였나 싶기도 하다.

○ 어떻게 다르게 느껴졌어요?

창작자들에게는… 구체적으로 피드백해야 한다!

● 『나이트 사커』는… 화자가 마주 보고 있다는 느낌이 강했어요. 직접 발화하는 화자와 '너'라고 지칭되는 대상이 있는데 (그게 같은지는 모르겠지만) 서로 등지거나 같은 방향을 보고 있다기보다는, 서로를 보고 있다는 느낌이 많이 들었고요. 그리고 형태적으로도 매우 다른 위치를 각각 선점하고 있다고도 생각해요.

『세트장』은 '나'(혹은 화자)가 중심을 점유하면서, 새로워진 눈으로 주변을 더욱 크고 넓게 바라보고 있다는 인상이 강렬했어요. '나'의 눈이 다양해진 느낌? 비인간인 대상들도 많이 등장하고요. 화자를 중심으로 작은 공을 천천히 굴려가면서 새로운 세계가 만들어지는 느낌이 느껴졌어요. 그 감각 자체가 새로웠달까요, 그래서 일종의 놀람으로 다가온 듯해요.

○ 맞는 것 같아요. (웃음)

● 어떻게 그렇게 빠른 시간 안에 다른 시적 자아가 장착 혹은 창작될 수 있었나요?

○ 『나이트 사커』에서 존재할 수 있었던 '너'라는 대상은 '나'가 굉장히 확고하기 때문에 가능한 관계라고 생각해요. 타자가 없다면 개인의 자아 개념도 성립될 수 없잖

아요. 그렇기 때문에 '너'라는 대상, 혹은 '너'처럼 보이지만/여겨지지만 '너'라고 호명되지 않는 타자들, 그들이 매우 중요하게 시 안으로 들어오고 했던 것 같은데요. 두 번째 시집에서 달라진 점이 많긴 하지만, 화자의 입장에서 그 차이를 설명하자면, 화자 자체가 유동적이고 확고하지 않은 존재가 되면서 그가 차지하고 있었던 본래의 자리에 사물도 들어오고, 인간이 아닌 것들도 들어오면서 복합적인 세계가 만들어지게 되었어요. 자아의 범위가 줄어들고, 혹은 화자의 영향이 줄어들었기 때문에, 시 안에서 그가 아닌 것들이 차지하는 범위가 그만큼 넓어지고, 그 범위가 넓어지면 세계를 보는 눈도 당연히 많아질 수밖에 없겠죠. 그래서 그런 느낌을 받은 게 아닌가 싶어요.

● 그리고 『세트장』의 화자는 질문을 엄청나게 많이 하더라고요. 많은 것에 의문을 가지는 태도도 그런 확장의 의미에서 비롯된 것이 아닐까 싶어요. 『나이트 사커』의 화자가 질문을 아예 하지 않는 것은 아니지만, 빈도의 차이랄까요. 끊임없이 의심하고 물어보고 단언하지 않고….

○ 그 지점은 몰랐는데, 말씀해주시니 그런 것 같아요.

● 그리고 『세트장』에 장시들이 많아요. 고도의 기술이 필요한… 도대체… 어떻게… 당신은 대체….

○ (웃음) 써보신 적 있어요?

● 시도에 가깝겠죠, 시도해본 적은 있어요. 그런데 정말 감이 안 오더라고요. 시의 물성이랄까, 몸집이 커지면서 방향을 계속 주시하는 일이 점차 어려워지고, 방향이 아예 없는 느낌도 들고요. 물론 없어도 되지만요. 그렇지만 갈수록 모호해지는 느낌은 걷잡을 수가 없더라고요. 고도의 훈련이 필요한 작업

이라는 생각이 들었어요.

그래서 제가 진짜 궁금한 것은, 그런 식으로 호흡이 긴, 장시를 쓸 때는 어떻게 해요? 호흡 조절이라든지, 스스로 방향을 잡는 방법이라든지, 그런 게 있을까요?

○ 장시를 써야겠다는 마음을 먹고 쓴 시도 있고, 쓰다 보니 장시가 된 시도 있어요. 후자의 경우에는, 이 재료는 장시로 요리하는 방법밖에 없겠다 싶은 요소들이 많을 때였고 그래서 본의 아니게 시가 길어지고 넓어지게 됐고요. 또 어떤 경우에는 '이 정도 넓이라면 어떤 걸 해나갈 수 있을까' 싶어서 실험적으로 매우 길게 써야겠다는 생각을 가지고 화자가 투입되기도 해요.

그래서 장시를 쓰고자 하는 사람이 "어떻게 써야 하는지 모르겠다."라고 제게 물어온다면, 저는 확실한 구조를 먼저 갖춰보라고 이야기하고 싶어요. 전체적인 구조가 선행되면, 긴 이야기 안에서 길을 잃거나 (물론 길을 잃는 것 그 자체로도 나쁘지 않지만요.) 동력을 놓쳐버리기 쉽고, 처음에 본인이 가져가고자 했던 것이 희미해지기도 하거든요. 그래서 구조가 있고, 그 구조가 내가 말하고자 하는 바를 어느 정도 지탱해줬을 때, 그 안에서 오히려 더 자유롭게 운용이 가능해지는 부분이 있을 거예요.

구조가 없어야 자유롭다, 혹은 자유로울 수 있다고 생각할 수 있기도 한데요. 놀이터라는 '공간(구조)'이 있기 때문에 그곳에서 무엇을 만들 수 있는 것이지, 광활한 사막 같은 곳에 있게 되면 그 무엇도 만들기 어려울 거예요. 그런 것처럼 어느 정도 한계가 정해지고, 구조가 정립되었을 때, 그 안에서 더 자유로워질 수 있다고 생각해요. 그렇기 때문에 장시를 쓸 때는 구조화를 어떻게 할지를 많이 고민하면서 썼어요. 뭐, 짧은 시라고 해서 구조가 없는 것은 아니지만요.

● 짧은 시도 너무 어려워요.

○ 사실 더 어려울 수도 있어요.

● 소설도 써본 적 있어요?

○ 있죠. 그런데 소설은 완전히 제 의지로 썼다기보다는, 어떤 외압에 의해… 소설 창작 수업을 듣긴 했으니까요. 과제로 제출하기 위해 써본 적이 있기는 하죠. 소설도 재미있는 형식이라고 느껴요. 언젠가는 쓸 수도 있다고 생각하고요.

● 소위 '장르'라는 개념이 있잖아요. 사실 저는 이 개념 자체가 없는 것처럼 굴어야 한다고 생각하긴 하지만, 모종의 편의를 생각해보면 필요한 것 같기도 하거든요. 그래서 나눌 수밖에 없다고 치면, 시/산문/소설이 문학의 주 장르잖아요. 선오 시인에게는 장르 간의 경계가 명확하게 느껴지는 편인가요, 아니면 유기적인 관계처럼 다가오나요?

○ 제게는 일종의 스펙트럼인 것 같아요. 어떤 구획화된 하나의 영역이 아니라, 전체가 한 공간에 있지만 약간 느슨하게, 연속된 채로 있는 느낌이랄까요. 그래서 시에 가까운 산문이 있을 수 있고, 시인지 산문인지 알아볼 수 없게끔 쓰인 제3의 글이 있을 수도 있고요. 소설에 적용해도 마찬가지이겠죠.

내년 초부터 《주간 문학동네》에 연재[4]를 하기로 했는데, 회차당 분량이 30매 정도거든요. 그 연재에서 그런 실험을 좀 해보려고 하고 있어요. 지금 원고를 조금씩 쌓아두고 있어요.

● 너무 재밌겠다.

4 2023년 11월 『시차 노트』라는 제목으로 출간되었다.

○ 한국 문학에서는 장르적 구획이 너무 경직되어 있다는 생각을 때때로 갖거든요. 투고 제도 때문에 더 강화되고 있다는 생각도 들고요. 스스로 어떤 '장르'를 창작하는 작가로 먼저 정의를 해야, 투고도 할 수 있고 당선이 될 수 있잖아요. 다른 경로로 활동을 시작하는 것도 방법이지만, 쉽지 않고요. 이런 경직된 구조를 조금 무화(無化)해보는 시도를 할 수 있지 않을까, 그저 '텍스트'라는 개념 아래에서 자유롭게 써볼 수 있지 않을까, 그런 생각으로 기획해서 쓰고 있어요. 마구 왔다 갔다 하면서요.

● 저도 최근에 '운문 소설'이라는 걸 읽어봤는데, 정말 너무 너무 재밌더라고요. 우리 문학에서도 충분히 있을 법하고, 쓸 수 있는 역량 있는 작가들도 많을 것 같은데, 그런 식으로 어떤 다른 시도를 해 보인 작품들을 보면 대개 외국 작품인 경우가 많아서 조금 아쉬워요.

○ 1950년대에 작품 활동을 했던 김구용 시인의 「불협화음의 꽃」이라는 시가 생각나네요. 그것 역시 장시인데, 제가 쓴 정도 수준의 장시가 아니라 거의 중편 소설 분량의 장시거든요. 그게 정말 어마어마하게 좋아요. 진짜 너무 좋아요.

그리고 클라리시 리스펙토르의 단편도 보면, 한두 페이지 분량에서 그치는 소설들도 많잖아요. 그런데 그것이 매우 시적이고요. 또 소설적이기도 하면서 산문적이기도 하고 그렇죠. 역시 너무 좋고요.

사실 제가 장시를 쓸 때도, 김구용 시인과 리스펙토르의 영향 아래에서 썼던 것 같기도 해요. 장르적 구획이 불가능하다는 인식을 그들에게 얻었으니까요.

● 장르라는 개념이 새로운 작가가 탄생하는 걸 오히려 막거

나 매우 지연시키는 것일 수도 있겠다는 생각이 드네요.

○ 맞아요. 지면을 가지려면 어떤 당위를 갖추어야 하고, 그렇게 되어야 계속 작품을 쓰고 발표할 수 있으니까요. 심지어 어떤 문예지들은 장시는 게재해주지 않는 경우도 많아요. 정해신 분량이 있으니까요. 그래서 장시들은 발표를 안 했죠. 시집에 새롭게 싣고요. 제도적인 문제가 아예 없지는 않을 거예요.

● 제도의 구조로 화두가 넘어와서 자연스럽게 물어볼 수밖에 없는데, 선오 시인은 엄밀히 말해서 제도권을 통과해서 시를 쓰게 된 것은 아니잖아요. 등단하지 않고 시집으로 데뷔했으니까요. 등단 제도에 대한 개인적인 생각도 들어보고 싶어요.

○ 스스로 소개될 때, '비등단 시인이 시집을 출간했다'보다는 '시집으로 등단했다'는 표현을 선호한다고 미리 얘기를 많이 하는 편이에요. 사실 이름이 없었던 신인 작가가 문단에 나타났다는 것 자체를 의미하는 게 '등단(登壇)'이라는 '말'이잖아요. 그런데 그 말 자체가 신춘문예나 신인문학상 같은 제도에 국한되어 있는 것이 문제 같아요. 등단이라는 말 자체에 책임이 있는 게 아니라요. 도리어 말이 오염되어 있는 상태인 거죠. 그렇기 때문에 등단이라는 단어의 기의가 넓어져야 한다고 생각해요.

사실 조금씩 넓어지고 있죠. 저 스스로도 그렇고, 시집으로 데뷔하거나 혹은 제3의 경로로 작품 활동을 시작하는 문인들이 조금씩 생겨나고 있으니까요. 제도 자체가 잘못됐다고는 생각하지 않아요. 왜냐하면 지금까지 정말 많은 탁월한 작가들이 그러한 방식으로 데뷔를 해왔고, 아직까지도 활발히 활동하고 있잖아요. 그렇기 때문에 제도를 전복시키기보다는 제도를 다양화해야 한다는 생각이에요. 그렇게 문학이라는 장(場) 자체가 다채로워지는 방식이 훨씬 건강하고 지속 가능한 방법이겠죠. 문학이라는 공간을 정말 살아 있는, 생동하는 곳으로 지속할 수 있는 그런 힘이 될 수 있을 것이고요.

장르적 구획에 관해서도 지금 당장은 매우 경직되어 있지만, 점차 그 경계가 무화되는 방식이 등장할 거라고 생각해요. 우리처럼 이러한 구분 짓기가 불필요하다고 생각하는 사람들은 아마 점점 늘어날 것이고, 그것이 어떤 면에서는 권위적이고 조금은 폭력적이라고 느끼는 사람들 역시 늘어날 것이기 때문에, 경계를 적극적으로 흐리는 방식의 글쓰기가 점차 늘어나게 되겠죠. 그렇게 되면 자연스럽게 투고 과정이나 신인 작가를 발굴하는 과정에서도 경직된 장치들이 많이 사라진 방식이 머지않아 생기지 않을까요. 10년 내로…? 제도의 변화 가능성, 혹은 나아가 문학의 미래에 대해 묻는 것이라면, 저는 긍정적으로 생각하는 편이에요.

● 긍적적이라니, 매우 의외입니다. (웃음)

○ 이렇게 당신 같은 좋은 역량을 가진 젊은 작가들이 지금도 매우 많고, 그들이 갖고 있는 선한 의지가 있다고 믿거든요. 결국엔 좋은 방향으로 갈 거라고 저는 믿고 있어요.

● 선오 시인은… 인간을 믿는 편인가요?

○ (웃음) 인간을 믿냐고요?

● 그러니까, 뭐랄까 약간… 저에게는 문학에 대한 믿음이 곧 사람을 믿는 것과 같은 일이라고 생각하거든요.

○ 음, 인간과 세상에 대해서는 애정이 많은 편인 것 같

은데요. 그 이유는 사실 삶이란 게, 너무 짧아요. 그리고 우리는 모두 엄청나게 미세하고 작은 원자들로 이루어져 있고요. 이 원자들이 세계 이곳저곳을 다 떠돌아다니다가 아주 잠깐, 인간으로 결합되어 있는 상태인 것이고요. 우리는 정말 너무나도 짧은 시간 동안 서로 만나고 이렇게 대화하고 글을 쓰죠. 주어진 만큼의 삶을 살아가는 것인데, 저는 이 시간이 너무나 짧게 느껴지거든요. 이 잠깐의 순간이 끝나면 우리는 다시 진짜 우주의 어딘가로 다 흩어지고 뒤섞이게 될 거잖아요. 그러니까 제게는, 삶이라는 게 너무 짧은 거죠. 우주는 대부분 죽어 있는 것으로 가득한데, 지구에 아주 조금, 우주 전체로 봤을 때 바다에 떠 있는 모래알 하나만큼도 되지 않는 그런 미미한 생이라는 것이 존재하는 것인데, 그렇기 때문에 저는 그것이 갖고 있는 긍정성을 믿는 편이에요. 물론 여러 사회에서 일어나는 온갖 폭력들과 잘못된 일들이 있죠. 너무 많고요. 그것에 대해 개별적으로 저항하는 것과 별개로, 그냥 이 살아 있음과 세상에 대한 애정 없이는 사실 시 쓰기도 없을 것 같아요. 모든 인간 행위도 마찬가지이고요. 그렇게 느끼고 믿기 때문에 긍정과 부정이라는 두 개의 축이 있다면, 항상 긍정을 추구하게 될 수밖에 없고요. 정말 짧아요. 우리 살아 있는 시간이란 게….

● 시를 쓸 때도 그런 마음이 자연스럽게 개입되겠네요.

○ 그냥 그게 전부인 것 같아요. 개입되는 정도가 아니라요.

● 진짜 가만 보면 시 쓰는 사람들은 정말 사랑의 달인인 것 같아요. 이 사랑 천재들….

○ 그래요? 어때요, 참새 님도 사랑의 달인이신가요? (웃음)

● 달인이라기보다는, 믿는 것 같아요. 사랑을.

○ 그런 것 같아요. 느껴져요.

● 없다고 느끼지만서도 믿는 것 같아요. 믿지 않았다면 이렇게 살고 있지 않았겠죠. 그리고 세상에 대해 너무나 많은 환멸과 미움을 느끼는 것도 사실은 애정과 기대가 있기 때문이잖아요. 시를 쓴다는 행위 자체도 세상에 대한 사랑 없이는 불가능한 일이에요. 시를 쓴다는 건, 이 짧은 인생보다도 더 짧은, 그런 찰나의 순간이겠죠. 사랑 없이는… 왜 하고 있겠어. (웃음)

○ 그리고 뭔가를 말하고 싶다는 욕망 자체도 사람들을 설득하고 싶은 거잖아요.

삶이 짧기 때문에 모든 게 허무한 것으로 치부하는 걸 별로 안 좋아해요. 짧기 때문에 소중하다고 봐야지, 짧기 때문에 별거 없다라고 생각하면…

● 더 끔찍한 세상이 될 것 같아요.

○ 정말, 많이요.

결국 끝에서 만난다

● 선오 시인에게는 조금 고루한 주제일 수 있지만, 정체성에 관한 대화를 꼭 나눠보고 싶었어요.

최근에 제가 바이섹슈얼이라는 사실을 발견했어요. 그리고 그것에 대해 어떤 부끄러움이나 수치를 느끼지 않거든요. 제 지인들 혹은 독자들이 알게 되어도 상관없고요. 그런데 먼저 물어보지 않으면 말을 쉽게 꺼내지 못하겠더라고요. 내적으로 양방향의 욕망을 가질 수 있다는 게 오히려 기쁘게 느껴지고, 게다가 더 자연스러운 일이라는 생각도 들거든요. 왜, 무엇이 나의 입을 막고 있을까, 고민해보았는데 정말 너무너무 슬펐어요. 내가 느끼는 사랑에 대해서 쉽게 말할 수 없다는 사실이.

그런데 선오 시인은 더 오랜 시간 그런 것을 견뎌왔잖아요. 그래서 궁금했어요. 오픈리 퀴어로 살아가면서, 작품 활동을 하면서 생기는 어떤 편리함도 있을 것 같고 어려움도 있을 것 같았거든요.

○ 비교적 정체화를 빨리한 편이긴 하죠. 그래서 청소년기에는 정말 힘들었어요. 그리고 오픈리 퀴어로 지낸 지 몇 년 안 됐어요. 대학 동기들만 해도 졸업 때까지 다 몰랐고, 친한 친구들도 물론이고요. 가족들조차도 아직 몰라요. 나의 가장 중요하고, 나를 가장 많이 이루고 있는 어떤 부분을 은폐할 수밖에 없다는 것. 그 고통을 견뎌야 하는 시간이 제게는 좀 긴 편이었죠. 그래서 그런 생각을 많이 했어요. 나이가 들어서 정말 훌륭한 사람이 되어야겠다, 훌륭한 사람이 되어서 이 고통을 대물림하지 않을 수 있으면 좋겠다고요. 정체성을 가감 없이 내세울 수 있었던 건 주변에 좋은 사람들이 많았기 때문이기는 하지만, 그 의지를 가질 수 있었던 것은 그게 얼마나 고통인지 알기 때문에 가능했던 것이기도 해요. 나 스스로를 말할 수 없고, 숨겨야만 하는 그 고통이요.

제가 어릴 땐 본보기라고 할 만한 사람이 없었어요. 제가 중학생일 때이니까, 지금보다 퀴어 콘텐츠도 훨씬 적었고, 제게 필요한 정보를 얻으려면 도서관에 가서 책을 읽어야만 알 수 있었단 말이에요. 이렇게 완전히 단절된 상태에서 저는 저의 어떤 미래도 상상할 수가 없었어요. 매체에 등장하는, 그리고 주변 어른들이 살아가는 전형적인 삶의 방식이 제 것이 아니라고 느꼈기 때문이에요. 나의 미래는 저것이 아닐 텐데, 제가 상상할 수 있는 미래를 가진 어른이 없었거든요. 이것 아니면 저것, 매우 이분화된 것 중에 하나를 택해서 나를 제외한 모든 사람들은 스스로를 이입해서 상상하고 살아가는데, 저는 그조차도 불가능했던 거죠. 늘 자리가 없었고, 내가 서 있을 수 있는 땅이 너무 불안정했어요. 그래서 제가 조금 더 크면, 이쪽도 저쪽도 아니라고 스스로를 느끼고 있을 청소년들에게 하나의 예시가 될 수 있는 사람으로 거듭나고 싶다는 생각을 많이 했어요. 그 의지에서 비롯된 힘이 매우 컸을 거예요. 지금은 사실 세상이 많이 좋아졌지만….

● 왜 이렇게 인생 두 번 산 것 같은 사람처럼 말하는 거예요. (웃음)

○ 아무튼… (웃음) 그때는 정말, 그 열망이 되게 컸어요. 그래서 오픈리 퀴어라는 선택이 가능했죠.

● 아, 눈물 날 것 같아, 눈물 날 것 같아. 어떡해.

실제로 울었다. 선오 시인이 휴지를 가져다주었다. 그 하얗고 가벼운 것으로 나는 눈물을 닦았다. 투명하고 무거운 눈물을.

○ 아휴, 착해가지고 그래요. 그리고 지금 느끼고 있기 때문이기도 하고요. 가족들도 모르지 않나요?

● 그쵸. 주변에 친한 친구들 정도만 알고 있죠. 그런데 오래 알고 지낸 친구들에게는 얘기 못하겠더라고요. 하, 나도 주책이야…. (계속 운다)

○ (휴지를 더 가져다준다) 당신 말하다 또 울 수도 있기 때문에.

● 감사합니다.

○ 정체화한 지 얼마 안 됐을 때가 제일 힘든 것 같아요.

● 근데 난 엄청 좋은데.

○ 좋기도 하죠.

● 솔직히, 나 훌륭하다… 그런 생각도 했다고요.

○ 이렇게 눈물이 날 정도로 진심이기 때문에, 맞습니다. 훌륭합니다.

● 그렇게 말 못하고 있을 사람들이 더 많을 거잖아요. 저도 때에 따라 어떤 갑갑함을 느낄 때가 있거든요.

○ 완전히 다른 세상이죠.

● 그래서 다들 그 인고의 시간을 어떻게 버텼나….

○ 실제로 자살하는 퀴어 청소년들이 너무 많아요. 전 그게 정말 마음이 아프거든요. 젊은 친구들이 너무 많이 죽으니까, 아마 우리나라에서는 제대로 집계되지 못할 텐데, 그런 와중에도 특히 청소년 자살률이 너무 높아서… 어떻게 하면 우리 애들이 좀 덜 죽을 수 있나, 이런 고민은 정말 매일 항상 합니다.

● 청소년기에 알게 되었더라면, 저도 정말 힘들었을 것 같아요. 힘들었겠죠. 지금이야 주변 환경을 내가 선택할 수 있고, 만나고 싶은 사람들만 만날 수 있는데, 어릴 때는 그게 불가능하잖아요. 힘도 없고요.

○ 그 무렵을 지나는 청소년들이 정말 많이 죽는데 어떻게 해야 될지 모르겠어요.

● 근데 선오 시인 부모님도 모른다는 거 진짜 충격이다.

○ 가끔 물어보긴 해요. "너 여자 좋아하니?" (웃음)

● 오픈하고서 느끼는 불편함 같은 건 없었어요?

○ 아무래도 우리가 일하는 이곳이 조금 더 퀴어 프렌들리하다 보니까, 딱히 그런 경우는 없었던 것 같아요. 이전에 회사 다닐 때는 엄청난 스트레스와 고통이 있었죠. 그런데 지금은 제가 마주하는 환경 자체가 친밀하고 이해도가 높기 때문에 오히려 좋아요. 나이가 들면 들수록 오히려 편해지는 면도 있고요.

● 다행이다. 저는 오히려 오픈해서 더 혐오적인 접근이 가능할 수도 있겠다는 생각을 했거든요.

○ 그냥 저를 남자로 알고들 있는 것 같아요.

(일동 폭소)

● 그리고 그게 더 재밌어요. 헷갈리게 만드는 재미, 그리고 이렇게 저렇게 마구 상상해보는 재미.

○ 편견이 어떻게 작동하는지도 볼 수 있고요.

● 비슷한 맥락에서 저는 주어를 생략하는 방식을 자주 택하게 돼요. 우선 나의 지정성별이 있으니까, 그리고 무의식적으로 시 속 화자랑 시인을 동일시하는 경우가 많으니까요.

이미 있는 것

● (잠시 무언가 생각났다) 아! 나 당신에 대한 흥미로운 일화를 들은 적 있습니다.

○ 무… 무엇이죠.

● 한 시인님께 수업을 들을 때의 이야긴데, 당신 그런 적이 있었대요. "이거 본문은 됐으니까, 제목만 봐주세요."라고 당차게 말했다던…!

○ 아, 맞습니다. 기억나요. (웃음) 그게 뭐 시의 내용이 완벽하다 그래서 고칠 게 없다 이런 의미는 아니었고요. 어차피 나는 더 이상 못 고치고 이건 이 자체로 된 것 같다는 생각이 들어서 그랬어요, 그랬었을 거예요. 그러니까 방금 말한 것과 이어지는데, 타인의 의견에 참고해서 시를 고쳤을 때 '훼손된다'는 느낌이 어느 순간부터 들기 시작한 거예요. 뭔지 알죠?

● 아니요.

○ 내가 이 시에서 갖고 있던 확신 같은 게 조금씩 무너지고, 이게 여러 편 반복되면 제 색깔을 잃게 되더라고요. 어느 부분이 조금 부족하고 매끄럽지 않아도, 그냥 혼자 쓰는 게 더 도움이 되는 시기도 있겠구나 싶었던 거죠. 그래서 지금도 혼자 쓰고 있고요.

● 시에 대한 '확신'을 느낀다고 했잖아요. 그건… 무슨 느낌인가요? 직감에 가까운 것인가요?

○ 직감에 가까운 것 같아요. 물론 이것에 대해서도 얘기를 하자면 할 수도 있겠지만… 그런데 시마다 다를 거예요. 그렇지 않아요?

● 몰라요.

○ 어떤 시는 이 정도 쓰면 더 이상 움직일 수가 없는 시라고 느껴지는 것도 있고, 끊임없이 고치고 고쳤는데도 발표 직전까지 고치게 되는 시도 있어요.

● 그게 올 때가 있군요, '됐구나.' 싶은 직감.

○ 있지 않아?

● 아니. 모른다니까.

○ (웃음) 다들 비슷할 것 같아요. 이 시가 더는 움직일 수 없는 지금의 상태로 있어야만 한다는 느낌. 로댕이 했

던 한 말이 생각나는데, 조각이 깎아서 어떤 형태를 만들어내는 게 아니라 그 형태 자체는 이미 안에 있었고 조각가들은 그것이 드러나게 깎아내기만 할 뿐이라고요. 그런 것처럼 그냥 있었던 것을 발견한 것처럼 어떤 시가 온선하게 느껴질 때가 있어요.

● 선오 시인이 쓴 구절이 생각나요. "조각을 만지면 조각 안으로/ 들어갈 수 있을 것 같다"[5]

○ 근데 참새가 인터뷰를 정말 잘한다. 정말 인터뷰했던 것 중에 제일 말이 술술 나오네.

● 다행이다. (히히)

○ 사실 시작하는 줄도 몰랐어요. 너무 자연스러워서.

● 근데 시 얘기 듣는 거 너무 좋다.

○ 시 얘기하는 게 제일 재밌지 않아요?

● 정말. 그리고 저도 비전공자니까 이런 이야기 나눌 수 있는 친구가 별로 없거든요. 근데 상대방이 김선오다…? 이게 재미지.

(일동 폭소)

요즘 시 수업은 안 해요?

○ 요새 너무 바빠서 잠깐 쉬고 있어요. 아마 내년에 다시 시작하지 않을까 싶은데요. '말과활아카데미'에서 문보영 시인이랑 합동 수업을 하게 될 것 같아요. 김승일 시인, 문보영 시인, 강상헌 시인이 이미 합동 수업을 했거든요. 세 명의 시인이 동시다발적으로 이야기를 하는 거죠. 그 수업 마지막 시간에 놀러 갔는데, 되게 흥미로운 형식의 수업이라고 생각했어요. 한 주제에 대해서 여러 시인이 이야기하니까 그것을 듣는 학생으로서도 재밌고 그것을 읽는 시인으로서도 재밌는 거예요. 내

5 김선오, 「피렌체」, 『나이트 사커』, 아침달, 2020

가 수업을 하지만 동시에 나도 수업을 들을 수 있는 셈이죠. 물론 둘이 하면 돈도 절반이 되겠지만. (웃음) 그래도 괜찮을 만큼 다채로워서 저도 한번 해보고 싶다고 말했죠. 문보영 시인과 같이 해보려고, 무언가를 작당 중입니다.[6]

● 저는 늘 학생이니까 의심할 필요가 없는데, 만약 제가 선생이라면 의심이 될 것 같아요. '이게 가르쳐서 될 일인가…?'

○ 저 역시 오래 배우기도 했고, 많이는 아니지만 가르치는 것도 해본 입장에서 얘기를 해보자면, 우선 시를 배우러 왔다는 것 자체가 재능이라고 생각하거든요. 시라는 것이 되게 희귀해진 세상에서, 그것에 감응해서, 이걸 내가 써야겠다고 생각하며 왔다는 사실 자체가 이미 남다른 지점이라고 생각해요. 수업에 오는 학생들은 이미 시에 대해 담보된 열정과 애정을 갖고 있는 거죠. 그렇기 때문에 이제 가르치는 사람이 할 일은 이 사람이 가진 재능이 어떤 종류의 것인지, 그리고 어느 방향으로 나아가는 게 더 나을지를 찾아주는 거라고 생각해요. 왜냐하면 본인은 잘 모르거든요.

● 맞아요….

○ 조금 더 오래 써온 입장에서, 시를 조금 더 많이 봐온 입장에서 각자가 가진 재능이 어느 방향으로 가는 게 맞는지 함께 고민하는 일이 가르치는 사람이 해야 할 몫이라고 생각해요. 그래서 저는 합평할 때 나쁜 말 못하게 하거든요. 정말 개선되었으면 좋겠다고 생각한 부분이 있다면 아주 간소하게 한두 부분만을 언급하게 하고, 나머지는 그 시의 장점을 보라고 해요. 시의 특징이나, 눈에 띄는 구조, 특별했던 인상 혹은 이 시를 읽고 나서 느

6 이 작당은 실제로 말과활아카데미에서 〈낙서 수업〉이라는 이름으로 2023년에 진행되었다. 두 시인이 한 수업을 함께 이끌어가며 서로의 상호작용을 시인들뿐만 아니라 함께한 학생들도 목격하는 것이다. 둘의 기상천외한 판서와 함께.

낀 감각 같은 것들이요. 왜냐하면 지적한다고 해서 고쳐지지도 않을뿐더러 그 지적이 시를 정말 나아지게 하는지 혹은 시 쓰는 마음을 훼손하는지, 둘 중에서 고르자면 후자일 확률이 무지막지하게 훨씬 높고요. 그렇기 때문에 부정적인 피드백을 주고받는 건 불필요한 일이라고 생각해요. 사실 저도 습작생일 때 독한 말을 많이 하는 편이었는데 지나고 보니 그게 정말 아무 소용이 없더라고요. 어쩌면 서로의 빛나는 점들을 보게 하고, 그것을 극대화할 수 있도록 분위기를 조성하는 것도 선생의 몫일 테고요.

그리고 학생의 입장에서는 다른 사람들, 즉 독자가 내 시에 대해 어떻게 느끼는지를 알고 내가 가진 것이 무엇인지를 찾아내는 과정, 그리고 그 과정에서 즐거움을 느끼고 계속 써나갈 수 있는 동력을 갖는 것. 이 두 가지가 함께 모여 시를 쓰고 그것에 대해 이야기하는 일의 본질이라고 생각해요.

그래서 이런 방식을 가르침이라고 할 수 있다면, 역시 가능한 거라고 생각하지만, 우리가 보통 생각하는 일방적인 주입에 가까운 가르침이냐고 묻는다면, 그건 아닐 거예요. 그것은 시를 일률적으로 만드는 기술에 지나지 않거든요. '가르친다'는 행위의 본질이 옳은 것과 그른 것 중에서, 그른 것을 덜어내고 옳은 것 쪽으로 이끄는 것을 말하는 거잖아요. 물론 그렇게도 시를 가르치고 배울 순 있겠죠. 실제로 등단 수업과 입시 수업이 있잖아요. 그렇지만 그것은 결국 무엇을 깎아내고 어떤 것을 덧붙일 것이냐에 대한 의견을 전하는 것과 다름없어서, 결국에는 획일적인 작품들이 나올 수밖에 없어요. 장기적으로 봤을 때 시단에도, 쓰는 사람에게도 도움되지 않는 일이죠. 가르치는 사람이 돈을 버는 일일 뿐인 거죠. 그래서 '가르침'의 개념과 그에 대한 태도를 어떻게 설정하느냐에 따라서 달리 대답할 수 있는 문제 같아요.

충분한 설명이 되었을까요…?

● 너무나 탁월한 답변이었고요.

그렇다면 선오 시인은 스스로의 장점을 알고 있어요?

○ 시인으로서 나의 장점… 이거 정말 생각도 못한 질문이다.

● 왜냐하면 저도 같은 맥락의 수업들을 많이 들었는데, 본인의 장점을 잊지 말고 계속 키워보라고 늘 이야기하시거든요. 그런데 그걸 어떻게 아나요? 내 장점? 나만 몰라…. 그래서 경험치가 있는 시인들은 그것을 스스로를 잘 포착하는 편인지 늘 궁금했어요.

○ 나의 장점…. (생각한다)

장점을 말하기는 부끄럽고요. 못하는 것은 이야기할 수 있어요. 저는 제가 시에서 뭘 못하는지 잘 알고, 그걸 잘 하지 않거든요. 저는 착한 마음으로 쓰는 걸 잘 못해요. 착한 시… 착하게… 이런 거 잘 못하고. 또 뭐 못하나…. (또 생각한다)

● 시에서 '착하기'는 어떤 거예요? 조금 더 풀어줘요.

○ 저는 모든 세계에 대한 애정을 갖고 있음과 동시에 모든 것을 의심하고 약간은 꼬여 있는 태도가 내면에 크게 자리하고 있어서요. 정말 지고지순하게 대상을 바라보는 시들이 있잖아요, 그런 거는 잘 못하는 것 같아요.

● 못하는 거예요, 안 하는 거예요. (웃음)

○ 못할걸…? 안 하나. 아니, 못하는 것 같아요. 왜냐하면

의심부터 들기 때문에. 하려고 하지도 않지만 못하기도 하네요.

● 상상이 안 되긴 한다.

○ '사실 그건 울 일이 아닌데. 그 정도는 괜찮아야 해, 눈물이 나선 안 돼….' 약간 이런…. (웃음)

● '하지만 휴지 갖다주는 건 괜찮아. 그 정돈 해줄 수 있어….' (일동 폭소)

○ 또 울 수도 있으니까.

● 그럼 해보고 싶은 거는 없어요?

○ 많죠. 여태까지 시에서 나의 유머 감각을 뽐내지 못한 느낌이 들어서… 그런 시… 웃긴 시…? 이건 반은 농담이고요. (웃음) 지금까지는 무언가를 구축하는 것에 가까운 시를 많이 썼다고 생각해요. 사실은 어떤 해체를 위한 구축이기는 했지만요. 어쨌든 건축하고 구축하는 방식의 시들을 많이 썼는데요. 앞으로는 훨씬 무화하는 방식으로 가보고 싶어요. 무화가 어떤 의미로의 웃김일 수 있다고 생각하거든요. 의미 없음으로 가는 가벼운 통로가 될 수도 있고요. 그런데 이런 생각이 가능한 것도, 그 전에 제가 충분히 구축하고 싶은 만큼 구축하고 무거울 수 있을 만큼 무겁고 진지할 수 있을 만큼 진지했기 때문이거든요. 그래서 이제부터는 좀 더 가볍게 나아가는 시를 써보고 싶다, 그런 생각을 하고 있어요.

● 맞아요. 당신의 귀여움을 대대적으로 알려야 할 때가 와야 합니다.

○ 그렇습니다.

● 다음 시집 계획도 있나요?

○ 20편 내외의 시가 실리는 소품집 정도의 시집을 만드

는 작업을 내년 내내 할 것 같고요, 그래서 내후년에 책이 나오는 게 계획입니다. 논문을 올해 다 마무리하고, 내년에는 집필에만 집중해보려고요.

● 논문 주제는 뭐예요?

○ 주제… 제목은 「1980년대 이후 시문학장에 나타난 '시적 실험'의 의미」인데, 얘기하자면 조금 긴데… 시간 괜찮으실까요.

● (당연)

○ 그러니까 우리는 보통 '실험적이다' 혹은 시에서 '실험한다'라는 표현을 많이 쓰잖아요. 특히 신인 추천이나 당선의 심사평 같은 곳에서 많이 볼 수 있죠. "실험적인 태도가 돋보인다." "실험 시에 한 획을 그었다." 등등. 그런데 사실 그 '실험'이라는 게 모호한 말이거든요. 새로움이 있다는 것은 그 전에 전통이라는 것이 존재했다는 뜻인데, 그 전통이 가진 무엇에 대한 반발로서 '실험적'이라고 하는 건지 또는 '어떻게' 실험했는지에 대한 이야기는 부재해요. 그래서 '시적 실험'이라는 단어의 의미가 부재한다는 것에 착안을 해서 시작된 발상이고요.

'실험적'이라는 말 자체가 매우 정치적이고 또 소모적으로 사용되었다는 게 주된 문제의식이에요. 지금까지 한국 시문학 사상에서 "시적 실험을 했다."라고 일컬어지는 시인이 몇 명 있잖아요. 예를 들면 이상, 김수영, 김춘수, 이수명, 박상순 등 어떤 계보가 있거든요. 그 계보를 역으로 추적하면서 그들이 했다고 여겨지는 '실험'이라는 게 어떤 이야기들이었는지를 알아보고 싶었어요. 약간 담론사적인 연구가 될 것 같은데요. 아마 결론은 이렇게 날 것 같아요. "시적 실험 자체가 사실은 없는 것이

다.” “개별 시를 실험 시라고 보는 것이 오히려 타당할 수 있다.” “실험적이라는 말에 부여된 가치들이 사실은 허상이었다.”

● 이미 시라는 것이 말로 된 실험이고, 그 자체로서 첨예하고 첨난된 것인데, ‘실험적이다’라는 말이 다소 난발되던 때가 있었던 것 같네요.

○ 맞아요. 한 시인이 시적 실험이라는 것이 이제는 불가능해졌다고, 한 15년 전에 어떤 인터뷰에서 의견을 냈던 적이 있는데요. 그런데 15년 후에도 대개의 문학상 심사평이 “이 시는 굉장히 실험적이다.”라고 말하고 있는 점도 재밌어요. 그 말이 사용되는 방식이 역사적으로 어떻게 변하고 적용되어왔는지 궁금해졌고요. ‘실험 미술’이라는 개념도 있잖아요. 곰브리치는 『서양 미술사』에서 그것을 과도기적인 것으로 치부하거든요. 한국 문학사에서도 실험이라는 말이 어떤 과도기를 뜻하는 식으로 쓰일 때도 있었고요. 그런데 또 어느 순간부터는 완전히 긍정적인 의미의 찬사로 작용하게 되는 시기도 있었죠. 그런 것을 추적해나가는 논문이 될 것 같아요.

● 개인적인 의견으로는, ‘실험적’이라는 말에 항상 따라오는 게 ‘어렵다’는 개념인 것 같아요. 일전에 선오 시인의 어떤 인터뷰에서 본 것 같은데, 『세트장』 출간하고서 “시가 너무 어렵다.”는 이야기를 많이 들었다고요. 그래서 시인으로서 그런 말을 들으면 무슨 기분일까 궁금해지더라고요. 어때요? 선오 시 너무 어렵다고 할 때.

○ 그런 말 들으면 깜짝깜짝 놀랍니다. 나 어렵나…? 일단 쓸 때 이 시가 어려울 수도 있겠다는 짐작은, 그러니까 통상적으로 시와 친하지 않은 독자에게는 낯설게 읽

힐 수 있겠다는 생각은 하긴 하는데요. 시인으로서… 내 시집이 어렵다는 이야기를 들으면…
(잠시 생각)
사실 해석하려고 하니까 어려운 거거든요. 그냥 감각하면서 읽으면 그저 재밌게 읽을 수도 있어요. 시의 어려움에 대해서는 조금 양가적인 입장인데, 한국 국어 교육에서 취하는 방식대로 시를 해석하고 의미화하려고 하다 보니 시를 음미하거나 감각하지 못하게 되는 건 아닌가 싶어요. 의미라는 개념에 매몰되어서 의미화되지 않는 시는 어렵다고 간편하게 해석하는 거죠. 이런 읽기의 방식은 반대하고요. 감각하는 방식의 독법이 더 많이 이루어졌으면 좋겠어요. 이해가 안 되고 의미화가 되지 않더라도 좋은 문장, 좋은 단어, 좋은 장면 하나만 있어도 괜찮다고 느낄 수 있는 방식의 독법이 더 보편화되었으면 하는 바람이에요.
이런 생각이 있는 동시에, 시가 당연히 어려울 수밖에 없지 않을까 하는 생각도 들어요. 생소한 과학적 개념을 접했을 때, 그걸 어떤 지면에서 읽고 이해하지 못한다고 해서 '어렵다'고 불평하진 않잖아요. 특정한 방향으로 고도로 발달된 분야이기 때문에 어려워질 수밖에 없는 부분이 있는 거죠. 그렇기 때문에 대중들은 이해하지 못하는 게 다소 당연한 거고요. 그것과 마찬가지로 시 문학사도 서로 전복하고 대항하면서 새롭게 만들어진 부분들이 있고, 그렇기 때문에 고도로 발달한 언어 예술이고 연구가 필요한 측면이 있단 말이에요. 그런 차원에서는 시가 당연히 어려울 수밖에 없는 부분도 있을 거예요. 그 어려움을 배척해야 할 것으로 여길 게 아니라, 고도로 발달한 어떤 분야에서 필연적으로 발생할 수밖에 없는 대중과의 거리감으로 생각해야 한다고 느끼거든요.

그래서 '어려움'에 대해서는 이런 식의 양가적인 생각을 갖고 있고, 둘 다 맞는 의견이라고 생각해요.

● 그럼 시를 어려워하는 사람들에게 보통 뭐라고 얘기해요?

○ 말했던 것처럼, 해석하려 하지 말고 그냥 감각하라고요. 근데… 그냥 뭐, 책을 꼭 읽어야 되나.

(일동 폭소)

● 맞아, (너무 많이 어려우면) 사실 저도 읽지 말라고 해요.

○ 다른 좋은 거 많은데… 그냥 〈환승연애〉 보시고…

● 영화도 보고…

○ 그런데 대화가 정말 물 흐르듯 가네요.

● 자연스러웠지요?

『나이트 사커』와 『세트장』, 그리고 앞으로 나올 여러 권의 시집까지 생각했을 때, 김선오는 한국 문학사에 기입될 것이 다소 예상되잖아요.

○ 과연….

● 너무 거대한가요? 그렇다면 아주 짧은 근미래, 5년 10년 뒤에, 어떤 시인으로 기억되고 싶어요?

○ 음…. (생각한다)

사실 데뷔 초반에는 욕심이 있었을 거예요. 기왕 쓰는 거 대체할 수 없는 시인이 되고 싶고, 문학사적으로 의미가 있는 혹은 의미가 될 수 있는 그런 시를 쓰고 싶다는 욕심이 정말 있었는데요. 그런 욕망은 갈수록 흐려지고 있어요. 사실 정말로 잊혀도 상관없고요. 좀 슬프긴 하겠다. 어떤 식으로 기록되고 싶다는 욕심은 이제 정말 많이 없어졌어요.

그냥 정말 내가 즐겁게만 쓸 수 있으면 좋겠어요. 즐겁고 정직하게. 문학사에 잔존하기 위해서 어떤 포즈를 취하거나 시가 아니라고 생각하는데도 그 태도를 지속해나가거나 옹호하는 자세를 취하지 않고, 정직하게. 내가 믿고 이렇게 쓰는 것이 맞다고 생각하는 대로 계속 쓸 수 있으면 좋겠고 그 과정이 저에게 즐거움이었으면 좋겠어요. 정말 그것만 바라게 되는 것 같아요.

그런데 이 역시도 다음 책을 쓸 수 있다는 보장이 있기 때문에 가능한 것 같기도 해요. 만약 다음 책 계약이 되어 있지 않고 언제 그런 제안이 들어올지도 모르는 상태라면 지금 당장 독보적인 것을 해내지 않으면 안 된다는 우려가 있을 수 있잖아요. 하지만 어느 정도 고용이 안정되어 있어서 (웃음) 그냥 이 시 쓰기의 과정이 저에게 정직하고 즐거웠으면 좋겠다고만 생각해요.

● 시를 쓰지 않게 되는 순간도 올까요?

○ 그것 역시 마찬가지로 시는 정말 영원히 하게 될 거라고 생각했거든요. 죽기 직전까지 쓸 거라고 생각했는데, 아까 이승훈 시인을 예로 든 것처럼, 시인은 쓰는 것과 사는 것이 어느 순간 같은 게 되어버리면서 시인지 뭔지도 모를 글쓰기를 계속해나갔잖아요. 그런 것처럼 생의 마지막에 이것을 시라고 부를 수 있을지 없을지는 모르겠지만, 무언가를 쓰고 있을 것 같긴 해요. 하지만 그게 반드시 시일 거라고 생각하진 않게 되었어요.

그런데 쓰는 일 자체를 너무 사랑하기 때문에, 쓰는 것보다 재밌는 일은 제 인생에 없어서 아마 계속 쓰지 않을까 싶어요.

● 선오 시인이 죽기 직전까지 쓴 글을 읽고 싶네요. (웃음)

○ 『이승훈 시전집』 말미에 육필 원고가 있는데, 노년에 몸이 안 좋아지면서 글씨를 정말 알아볼 수 없을 정도로 손을 떨었거든요. 그래도 계속 썼던 거죠. 시인지 아닌지 모르는 채로요.

● 저도 최근에 레이먼드 카버의 시 전집을 읽었는데, 『대성당』을 쓰고 난 뒤로 소설을 아예 안 썼대요. 죽을 때까지 시만 썼다고 하더라고요. 삶과 글이 일치되는 시점이 있다는 맥락에서 약간 비슷한 것 같아요. 정말 미미한 것들을 보고 쓰는데, 작은 것을 더 작게 말해서 오는 더욱 큰 무언가가 있는 것 같아요.

○ 저도 읽어봐야겠어요. 참새도 이승훈 꼭 읽어요.

● 그럴게요. (웃음)

이 책을 읽을 독자들을 예상해보건대, 어느 정도 시와 가까울 테죠. 그리고 그중에서 시인이 되고 싶어 하는 분들도 굉장히 많을 것 같고요. 어떻게 보면 미래의 시인들이죠. 그들에게 어떤 말을 해주고 싶어요?

○ 저는 시 쓰기가 절대 즐거워야 한다고 생각해요. 물론 그 과정에 고통이 수반되기도 하겠지만, 즐거움을 잃어가면서 시의 빛까지 함께 잃는 모습을 제가 가르치던 학생들에게서 보기도 했고 제 주변 동료들에게서도 봐왔거든요. 그러니 시 쓰기, 나아가 글쓰기가 계속 즐거움의 영역에 머물렀으면 좋겠어요. 사랑하는 마음, 이것은 너무나 잃기 쉬운 것이기 때문에 세상에 대한 사랑과 애정을 계속 갖고 즐겁게 쓰기만을 바랄 뿐이고요. 정말 진심으로… 이 정도의 말씀만 해드리고 싶습니다.

근데 참새 인터뷰 정말 잘한다.

● 소문 내, 소문 내줘요.

○ 알겠어. (웃음)

● 아녜요, 선오 시인이랑 해서 잘한 것 같아요.

나는 선오보다 선오의 미래로 먼저 가 있고 싶어진다. 선오가 무엇으로 어떤 모습으로 조금씩 바뀌어 나갈지 선오보다 내가 더 궁금하기 때문이다. 선오는 동료들과 함께 뉴욕으로 가서 교차 낭독회를 하고, 새벽에만 불이 켜지는 전시에서 침대에 누워 새벽 내내 글을 쓰는 퍼포먼스를 하고, 단어와 단어 사이에서 발생하는 시차를 붙들어 아름다운 산문을 쓰고, 낙서로 진행하는 수업도 하고, 다른 가능성에 대해 곧잘 잘 말한다. 그러니까 나는 이것을 나열하면서 자연스럽게 미래의 선오를 더욱 빨리 만나고 싶어진다. 미래의 선오를 선오보다 먼저 알고 싶다. 탁월하게 감탄하고 정말 찢어지는 축하를 해주고 싶어서.

이제는 기억도 나지 않는 여름에, 그의 수업을 수강 신청만 해놓고 한 번도 안 갔었다. 나는 뻔뻔하게 종강하는 주에 처음으로 등장하는 학생이 되어 맨 뒷자리에서 그가 다른 시인들의 시를 읽고, 수강생들의 시를 읽고, 그것에 대해 말하고, 그것이 아닌 것에 대해 말하는 모습을 내내 보았다. 수업을 마치고 약간의 미안함이 섞인 인사를 건네며 나는 말했다.
"너 수업도 잘하네!"
그러자 김선오가 말했다.
"나는 다 잘해."

나는 그의 과거도 이렇게 기쁘게 회상하고 있는데, 현재의 선오를 알면서도, 미래는 어떤 식으로 나를 기쁘게 할까. 서로가 서로를 기쁘게 해주었으면 좋겠다고, 나의 욕심도 조금 보태어본다.

미학적 선택으로서의 경계

김선오

새는 좋은 사람이었다. 내가 커밍아웃했을 때 자신의 시체를 보여주었다. 나는 납득할 수 있었다. 소년이거나 소녀이거나 둘 다 아니라거나 하는 문제보다, 살아 있는 몸과 죽어 있는 몸을 모두 가지고 있다는 사실이 더 크고 무거워 보였기 때문이다.

실은 가지고 있다기보다 놓치고 있는 쪽에 가깝다는 것을 알고 있었다. 내가 여자도 남자도 다 놓치고 있듯이. 새는 날갯죽지 아래로 삶과 죽음이 동시에 빠져나가고 있다는 사실 때문에 곤란했을 것이다. 나는 대충 '논바이너리'(바이너리 binary의 부정형에 불과할지언정)라는 단어를 써먹거나 나의 대명사를 they라고 불러달라거나 하는 식으로 존재를 호소할 수 있었지만, 도대체 살아 있는 동시에 죽어 있는 상태를 뭐라고 부른단 말인가?

새는 유령도 좀비도 아니었고 그냥 자기 시체를 가지고 있는 새였다. 새는 시체를 어디에 보관하고 있었을까? 대충 두었다가 부패해 끔찍한 냄새가 난다면 들키기 십상일 것이고 경찰에 잡혀갈지도 몰랐다. 버릴 수도 없었을 것이다. 그러나 경찰 앞에서 새가 무슨 말을 할 수 있겠는가? "새를 죽이는 것은 우리나라에서 범죄가 아닙니다. 동물보호법 위반일까요? 하지만 맨날 치킨을 먹는 사람들은요? 게다가 이 시체는 저 자신이기도 합니다."

도시에 살지 않는다면, 새에게는 새만의 무인도가 있어 그 섬에 자신의 시체를 오백 구쯤 펼쳐놓았을지도 모른다. 햇볕에 말라가는 새의 시체들…… 새는 해변에 널려 있는 시체들 위를 비행하며 모두 잘 마르고 있나, 그런 걸 살펴보았을지도 모르고…… 그중 하나의 빠진 눈알을 다시 끼워 넣었을지도 모르고……

내가 여성학 교수님을 찾아갔듯이, 새는 언어학 교수님을 찾아간 적 있다고 했다.

"자네 이름은 새인데 영어로는 bird이거나 sae이거나 say일 수도 있고 그중 하나를 택하면 되는데, 불어로는 sé라는 사실 역시 기억하게나."

세상에는 타밀어도 히브리어도 뱅골어도 있었지만 새는 제2외국어까지만 공부하기로 했다. 할 줄 아는 언어가 많아진다는 건 해외여행 갈 때 알아들을 수 있는 말이 늘어난다는 뜻이었고 곧 세계 어디에서든 말 같은 것이 들릴 때에 귓속의 침묵을 유지할 수 없다는 의미이기도 했기 때문이다. 새는 대부분의 외국어를 쏼라쏼라 정도로만 번역하고 싶었다.

자신은 삶과 죽음 사이의 논바이너리 같은 거라고, 경계는 어떤 종류의 침묵이라고, 새는 사람 좋은 얼굴로 말했다.

시체는 어디서 났니? 묻지 않았다.

실은 우리가 양쪽을 놓치고 있다기보다 놓아버린 쪽에 가깝다는 것을 알고 있었다. 그 편이 아름다웠기 때문이다. 새는 나의 어깨를 두드렸다. 나도 새의 날개를 두드렸다. 우리는 각자의 집으로 돌아갔다.

흩뜨리는 방식으로 또렷이 쌓이는

성다영

『스킨스카이』, 봄날의책, 2022

첫 시집의 제목이기도 한 '스킨스카이'는 성다영 시인이 직조해낸 단어이다. 고개를 들어 하늘을 볼 때마다 마치 이 세계가 인쇄된 이미지 같다고, 조금만 건드려도 찢어질 것만 같은 아주 연약한 피부이자 살갗 같다는 뜻에서 만들어진 단어다. 그리하여 그는 그 너머가 아닌 우리가 분명히 존재하는 '이곳'에서 아직 불가해하다고 느껴지는 것들을 더욱 열심히 상상해보자고 말한다.

나는 시인의 말을 읽으며, 시집을 읽으며, "단지 쓴 것"인데도 "이것이 읽는 동안 시간이 흐른다"는 사실을 좀체 이해하지 못하면서, 어떤 영역 바깥에 있는 것만 같은 이 시집을 기어코 읽어내었을 때, 그때 내게 남은 것은 난해함이나 의문 같은 것이 아니었다. 내 두 손에 남아 있는 것은 여전한 그 시집과 어디서 온 것인지, 그 출처를 알 수 없는 야릇한 사랑이었다. 아주 나약하고 그래서 더욱 강인한 그런 날것의 사랑. 사랑에도 살갗이, 피부가 있다면 이런 것이라고 생각하면서 나는 이 시집을 여러 번 읽었다.

● 박참새
○ 성다영

○ 잠시만요, 질문지 한 번만 더 볼게요. (웃음)

긴장하는 모습 처음이다!

● 잘하실 거예요. (웃음)

저는 오늘 만남을 준비하며 어제 『스킨스카이』 다시 읽었는데, 정말 소리 내어 읽었어요.

『스킨스카이』는 시가 시작되기 전에 독자들에게 "소리 내어 읽으세요."라고 청한다.

○ 정말요? 어땠나요?

● 왜 소리 내서 읽으라고 하는지 조금 알 것 같은 느낌이랄까요. 우선 이 시집 자체가 제게는 어떤 필요한 불편함을 야기하고자 하는 측면이 조금 있는 듯하거든요. 형식과 내용에서도 그것이 느껴지고요. 그런데 거기다가 '목소리'라는 감각이 더해지니까 정말 입체적으로 다가오더라고요. 어떤 거친 피부를 정말로 만지고 있는 듯한 느낌이 들었어요. 내가 가진 모든 감각을 활용해서 이 시집의 거칠고 아름다운 면을 더욱 자세히 살펴보게 되더라고요. 소리 내지 않고 읽었을 때와는 완전히 또 다른 경험이었어요.

○ 그렇구나….

● 아니, 그게 다예요? (웃음)

아무튼 너무 좋았다는 말입니다. 요즘은 어떻게 지내요? 첫 시집이었는데, 출간하고 나서 시간이 조금 흘렀잖아요.

○ 두 번째 시집을 준비하고 있고요. 그러면서 이제야 『스킨스카이』를 다시 펼쳐보기도 했는데, 뭐랄까요, 먼 과거처럼 느껴져요. 그리고 『스킨스카이』 속의 화자가 지나칠 정도로 예민한 거예요. 게다가 그걸 쓴 사람은 아무래도 제가 아니라는 생각이 들어요. 지금의 제가 압도될 만큼 그가 경험하고 느꼈던 감각들이 총체적으로 느

껴져서 시집을 덮었어요. 이런 사람은 어떻게 살 수 있지? 그런 생각이 들었어요. 지금이라고 해서 예민하지 않다는 건 아니지만 최근 쓴 시들을 보면 조금씩 달라지는 지점이 있다고 생각하거든요.

● 어떤 부분에서 그 다름을 느끼나요?

○ 예전엔 이 시대의 선험적 형식—푸코라면 에피스테메[1]라고 말할 테죠—이 이상하게 느껴졌고 (물론 지금도 기이하게 느껴집니다.) 그러한 것들을 어떻게 하면 무너뜨릴 수 있을지, 어떻게 하면 파열의 지점을 시로 만들어낼 수 있을지 고민했어요. 그래서 언제나 분노를 품고 있었죠. 날카로운 도끼의 날이 무뎌지지 않게 매 순간을 유지하고 있었어요. 그런데 요즘에는 어떤 문제를 제시하는 것에서 더 나아가 다음을 상상해야 한다고 느껴요. 문제를 인식하고, 분노를 느끼고, 무언가를 깨뜨렸죠. 그런데 과연 깨졌을까요? 그다음엔 무엇을 어떻게 해야 할까요? 이런 질문을 스스로에게 많이 하고 있어요.

● 과민한 상태에 지친 건 아닐까요?

○ 지친 것 같지는 않아요. 그저 다음 단계로 넘어가는 느낌이에요. 작가의 의지나 태도 등 무언가를 보여주는 것, 그것으로만 끝나는 게 아니니까요.

●「사랑의 에피파니」라는 시가 제일 마지막에 수록되어 있잖아요. 그 시에서 "사람들은 나를 모른다/ 한 번도 보여준 적 없으니까/ 그래도 이렇게 말하지/ 사랑해"라고 말하는데, 정말 울림이 컸어요. 사랑한다고 말하는 순간 나는 그 사람의 총체를 이해한다는 뜻인 걸까, 혹은 그 이해의 부족을 보충하기 위해서 그런 말을 자꾸 하는 걸까 질문하게 되더라고요.

1 폴 벤느의 저서 『푸코: 그의 사유, 그의 인격』에 따르면 "각 시대의 사람들은 (중략) 투명해 보이는 어항 같은 담론 속에 갇혀 있"으며, "매 시대에 그것들은 진실한 것으로 받아들여진다." 푸코는 "역사적 구성물 또는 사회적 구성물에 대한 분석을 가능한 한 멀리 밀고 나가 그 특이한 이질성을 드러내"고자 하는데, "이러한 특이성들을 푸코는 담론을 비롯해 담론적 실천, 전제pré-supposé, 에피스테메épistémè, 장치 등과 같은 말로 환기"한다.

○ 그 시를 일부러 마지막에 배치했어요. 지금 제가 품고 있는 질문에 대한 어렴풋한 답이 '사랑'이라고 생각하거든요. 사람들은 저를 몰라요. 완벽히 알 수 없죠. 그래도 저는 그 사람들에게 사랑한다고 말하거든요.

● 그런데 모르는 채로 사랑하게 되면 실수하게 되지 않을까요?

○ 모르는 채로 있는, 혹은 모르는 채로 머물고자 하는 그 상태에 대한 비판적인 시각은 『스킨스카이』에서 충분히 말했어요. (웃음) 게다가 사랑이라는 것은 자신의 가장 약한 부분을 고백하는 것이기에 반드시 실수를 동반하게 되지요. 그게 아니라면 사랑이 가능할까요?

● 첫 시집이란 게 참 복잡하고 미묘할 것 같은데요. 쓰고 만들며 무섭지는 않았어요?

○ 무섭다기보단, 우울했어요. 혹시 아세요? 출간 블루(Postpublish Blue)[2]라고….

● 너무나 알죠….

○ 제가 쓴 시가 그저 책 한 권이 되었다는 것, 바코드가 찍혀 있는 어떤 '상품'이 되었다는 사실 자체에서 비롯되는 불편함이 있었던 것 같아요. 어쩔 수 없다는 것을 알고 시집이 출간되기를 원했지만 그럼에도 기분이 좋지 않았어요.

● 저도 그랬던 것 같아요. 이미 너무 많이 있는 세상에 무언가를 또 더했다는 생각이 들고, 정말 필요한 일이었나 그런 생각도 들고….

○ 맞아요.

● 그리고 하나의 책을 만들기 위해 정말 많은 것이 필요하고 쓰이잖아요. 그래서 책이라는 걸 그냥 보고 있으면 문득 이상

2 출간 직후에 느끼는 매우 우울하고 허탈한 감정. 개인차가 있을 수 있으나 보통 '공간이 텅 빈 듯한 느낌' '출산을 하긴 했는데 그것이 사람이 아닌 책이라 아이가 없는 느낌' '다음이 없을 수도 있다는 것에 대한 불안함' '책의 단명을 걱정하며 마음이 서서히 말라가는 기분' 등으로 묘사될 수 있다.

한 느낌이 들기도 해요. 다영 시인도 그래요?

○ 그럼요. 이상해요. 지금은 식물과 화분을 팔지만, 처음엔 책을 팔아볼까도 생각했는데, 제가 책에 둘러싸여 있는 장면을 상상하니 끔찍했어요. 제 책을 바라보면 아무런 느낌도 들지 않아요. 사실 첫 시집을 제대로 읽어본 적이 없어요.

● 정말요? 근데 다들 그렇다고 하더라고요. 하지만 저는 많이 읽었답니다. (웃음)

○ 감사합니다…. (웃음)

● 다영 시인이 조금 독특한 이력을 가지고 있잖아요. 학부에서 화학을 전공했지만, 문학을 공부하기 위해서 다시 한번 입학을 했고, 지금은 대학원에서 미학을 공부하고 있잖아요. 그래서 늘 궁금했어요. 어떻게 시를 쓰게 됐는지요.

○ 화학을 공부할 때도 문학에 관심이 많았어요. 그러니 학부를 졸업하고 문학과 관련된 전공으로 대학원을 가야겠다고 생각했는데요. 당연히 부모님이 반대를 하셨어요. 일을 하면서도 글은 쓸 수 있으니 우선은 취직을 해보라고요. 그게 가능하다면 정말 좋죠. 그런데 저는 그럴 수 없었어요. (웃음) 그래서 1년 정도 회사를 다니다 그만두고, 조금 쉬면서 예술대학에 다시 입학하게 된 것이고요.

● 원래는 소설 전공으로 입학하셨다고 알고 있어요.

○ 맞아요. 소설을 쓰고 싶었어요.

● 어쩌다… 시의 세계로 빠져버린 것이죠?

○ 문예창작학과에서는 개별 전공이 있어도 다른 전공 수업 역시 들어야 해요. 소설 전공으로 들어왔지만, 소설 수업만 들어서는 안 됐었거든요. 그래서 우연하고 당연

하게 김혜순 시인의 수업을 듣게 되었는데요. 시가… 너무너무 재밌는 거예요. 머리로 이해가 되지 않아도 무엇을 말하는지 너무 알 것 같은 느낌을 시 수업에서 처음 느꼈어요. 그 수업이 큰 계기가 되었어요.

● 대단한 일화가 있었다고 알고 있습니다. (웃음)

○ 어느 날 제가 시를 잘 쓰려면 어떻게 해야 하는지 물었던 적이 있는데, 제가 시 전공 학생인 줄 아셨는지 그때 저보고 "너 원래 잘 쓰잖아."라고 하시는 거예요. 객관적으로 저는 전혀 잘 쓰지 않았거든요. 저는 그 말을 그저 응원의 말로 받아들이며 부정했지만, 또 한편으로는 당시 제게 전혀 없었던 어떤 가능성을 스스로 믿고자 했던 계기가 되었어요.

● 역시 천재 시인….

(일동 웃음)

소설 쓰는 건 어땠어요? 다영 시인의 소설도 궁금해지는데요.

○ 어떤 이야기를 만들어낸다는 어떤 발상은 굉장히 재밌는데, 그걸 끌고 나갈수록 어떤 문이 닫히는 느낌이 들었어요. 소설을 쓰려면 스스로 설정해놓은 요소들을 배제하지 않고 계속 쥔 상태로 계속 나아가야 하는데 저는 글을 쓰는 동시에 이미 다른 공간으로 벗어났기 때문에, 다시 거슬러 올라가는 길이 지루하게 느껴졌어요. 그 느낌이 너무 답답해서—물론 그것을 넘어서야 소설가가 될 수 있겠죠?— 저처럼 끈기 없는 사람이랑은 맞지 않는다는 느낌이 들었어요. 오히려 시가 더 가볍고 상큼하고 가능성이 더 많은 것처럼 느껴져서 재미있었거든요. 물론 소설은 소설만이 할 수 있는 것이 있겠지만, 제가 무언가를 쓴다면 그건 시여야 했어요.

● 그럼 시 쓰기가 정말 재미있는 일이겠어요.

○ 저한테 세상에서 제일 재밌는 일이 시 쓰기랑 책 읽는 거예요. (웃음)

● 김혜순 시인이 그때 그 말을 안 했다면 어떻게 됐을까요?

○ 그러게요….

● 이렇게 다시 말해지는 표현으로는 크게 의미가 없어 보일 수도 있지만, 살아 있는 언어로 그런 말을, 그것도 존경하는 시인으로부터 듣게 된다면, 그 순간의 충격이 엄청났을 것 같거든요.

○ 맞아요. 그 수업 들었을 때 제가 소설 전공 학생이라는 걸 모두가 알고 있었어요. 그러니 별 기대가 없었던 것 같아요. 한 번은 합평 시간에 한 학생이 제 시를 두고 조금 난해하다는 식으로 말했었는데요. 그때 김혜순 선생님이 한참을 듣더니 "뭐가 어려워, 다 이해되는구만."이라고 하시더라고요. (웃음) 그때 처음으로 제 시가 읽힌다는 감각을 느꼈는데, 그걸로는 부족하다고 생각했어요. 그래서 물었던 거죠, 어떻게 하면 시를 잘 쓸 수 있냐고요.

● 뭘 물어!

○ 비슷한 질문을 하는 학생이 얼마나 많겠어요. 그럴 때마다 어떤 초점을 두고 말씀하시는 편인데, 저한텐 그러지 않으시더라고요. 그래서 "저는 시 처음 쓰는데요."라고 답했던 게 문득 생각나네요.

● 시를 쓸 때마다 그 장면을 떠올리면 어떤 확신 같은 게 생길 것 같아요.

○ 그렇진 않아요. 확신은 여전히 없고… 그런 말을 들었다고 해서 제가 재능을 가지고 있다고 생각하지도 않았

고요. 그저 시가 뭘까 궁금하고, 시를 열심히 써보고 싶다는 동력이 되어준 일이죠.

● 다영 시인도 시 창작 수업을 종종 하잖아요. 그럼 과거의 다영 시인이 그랬던 것처럼, 어떻게 하면 시를 잘 쓸 수 있냐고 물어오는 학생을 많이 만나게 될 것 같은데요. 다영 시인은 그 질문에 어떻게 답하는 편이에요?

○ 그냥 쓰면 되는 거지, 뭘 잘 써.

(일동 폭소)

잘 쓰는 거… 그런데 잘 쓰는 게 뭔가요? 저는 모르겠어요. 김혜순 시인의 시가 참 좋잖아요. 그런데 과연 그가 시를 쓰기 전에 '아, 이번엔 진짜 잘 써야지.' 하고 쓸까요? 아닐걸요. 그냥 쓸 거예요. 그래서 그런 생각은 하지도 말고 할 필요도 없다고 말해요.

● 그치만… 그렇게 생각하기 위해선… 너무나 많은 것을 거쳐야 하는데요…. (고뇌에 빠진다)

○ 왜냐하면 이미 자기 머릿속에 '잘 쓴 시'라는 개념이 있는 거예요, 자기도 모르게요. 여태껏 읽어왔던 시, 사람들이 훌륭하다고 평가하는 시가 머릿속에 있을 것이고, 쓰다 보면 자연스럽게 모범을 따라가고 싶게 되니까요. 그런데 그렇게 되면 이미 있는 시를 쓰는 것이나 다름없어요.

그래서 되레 물어보죠. "어떤 시를 쓰고 싶어요?" 모두가 고유하고 새로운 시를 쓰고 싶어 하죠. 그렇다면 더더욱 '잘 쓴 시'에 대한 생각을 버려야 하지 않을까요?

● 그런데 시에서 '새로움'의 영역이 아직 남아 있다고 생각하시나요? 저는 그런 여백의 유무를 상상해보면, 좌절할 때가 더 많거든요. 이미 다 해왔고 해오고 있기 때문에, 제가 할 수

있는 게 없다는 느낌이 들어서요.

○ 있을 수 있다고 생각해요. 만약 없다고 생각했더라면 시를 쓰지 않았을 것 같아요. 재미없을 테니까요. 소설을 읽을 때, 종종 제가 쓰고 싶은 주제나 구축해보고 싶었던 형식 같은 특징을 발견할 때가 있거든요. 제가 했던 생각이 이미 다른 소설을 통해 구현된 거죠. 그런데 시에서는 그런 느낌을 받은 적 없어요. 제가 보고 싶은 시는 아직 없고, 그렇다면 그것을 내가 써야겠다고 생각했던 거죠.

● (감탄하며) 미쳤다. 진짜 멋있다. 어떻게 그런 생각을 할 수 있죠….

○ 할 수 있어요. 그래서 참새 님도 시를 계속 쓰려고 하는 거 아닐까요? 자신의 언어를 찾기 전까지는 무엇을 써도 만족스럽지 않은 것이 당연한 것 같아요.

● 그렇긴 하겠죠…? 그런데 제게는 시를 쓰게 만드는 힘이 그런 확신의 종류에서 오는 것 같지는 않아요. 그리고 확신을 가지기에 저는 조금 찌질한 면모가 있어서… 일종의 패배감이라고 해야 할까요. 시에서 가능한 어떤 시도들이 이미 모두 구현되었다고 생각해요. 제가 그걸 읽지 않아서 모를 뿐인 거고요. 그래서 새로움의 영역이 너무 좁다고 느끼고, 약간은 무력해지는 것 같아요. 모든 작품을 대할 때 지나치게 저자세를 취하는 것도 그런 이유에서고요.

○ 그래요? 아직 하지 않은 거 정말 많은데.

● (잠시 생각하더니) 그렇네요. 『스킨스카이』만 생각해봐도, 제게는 매우 새롭게 느껴지는 것들이 정말 많았으니까요.
사실… 저는 이 책 나오고 한동안 못 읽었습니다. 보통은 신간을 매우 부지런히 따라가는 편인데도요.

○ 왜요?

● 꼼꼼히 읽지 않더라도, 책을 처음 마주했을 때 생기는 인상이라는 게 있잖아요. 『스킨스카이』를 사고, 비닐을 뜯고, 슥 훑어봤는데… 바로 책을 덮었습니다. 저는 너무 좋으면 약간 무섭거든요. 제가 그걸 감당하지 못할까 봐요. '아, 또 천재가 왔구나….' 이런 생각을 했습니다. (웃음)
그래서인지 '큰 글자'와 '작은 글자'로 구성된 것이 제 독서에 많은 도움을 준 것 같아요. 비록 두 장이 완벽히 똑같이 복제된 것은 아니지만, 일종의 재독을 하게 되는 것이긴 하잖아요. 자연스럽게 시집 안에 더 오래 머무를 수 있고, 더 찬찬히 읽어볼 수 있는 시간을 그저 가져버린 느낌이라서 정말 좋았어요.
그런데 '큰 글자'가 먼저 나오고, '작은 글자'가 그다음이잖아요. 정형화되지 않은 형식이 먼저 나오고, 그다음에 보편화된 형식이 나오는 셈인데 그 순서가 주는 영향도 컸어요. 처음 읽는 순간부터 큰 글자로 읽다 보니, 사실은 당연하다고 느껴왔던 작은 글자가 정말 너무나 작게 보이는 거예요. 불편할 정도로요.

○ 처음에는 정말 단순한 계기였어요. 아버지께서 제 시집은 멋들어진 양장본에, 글씨가 큼직큼직했으면 좋겠다고 하셨던 적이 있거든요. 여기에서 출발된 것이에요. 출간된 후 시집을 읽어보니 단지 어떤 형식상의 문제가 아니라는 걸 느꼈어요. 제가 이런 시도를 했다고 해서, 시각에 불편함을 가지고 있는 사람들의 독서에 관한 문제가 제기되고 바로 개선되지 않겠지만, 이 문제, 그러니까 늙어감이 분명히 존재한다는 것을 보여주고 싶었던 것 같아요. 우리는 노화하고 있고, 머지않아 노안이 올 거잖아요. 사십대 중반부터 시작되는 경우도 많으니까

요. 그럼 다들 여태껏 이렇게 힘들게 책을 읽고 있었다는 건가, 나는 노안이 와도 평생 시를 쓸 건데 내가 쓴 걸 나도 읽기 힘들어지겠구나, 하는 생각도 들었어요. 그래서 원래 있던 시의 글씨 크기를 키워보고 새로운 시를 큰 글씨로 쓰는데, 굉장히 낯선 거예요. 제가 얼마나 시집의 판형에 익숙해져 있었는지 새삼 느끼게 되었어요. 한편으로 어떤 글이든 고전적인 시집 조판을 거치면 시처럼 보일 수도 있겠다는 생각마저 들었어요. 말씀하신 것처럼 어떤 정형화에서 벗어나고 싶었던 것이 주된 의도였죠.

● 대담 시작하기 전에 그랬잖아요. 했던 질문 또 하고 또 하고 그런 거 정말 지겹다고…. 근데 제가 그러지 않을 거란 보장이 없잖아요? 그래서 너무나 걱정했지만… (웃음) 그럼에도 꼭 이야기 나누고 싶은 부분인데요. 다영 시인의 여러 인터뷰를 살펴보면, 매우 특정한 혹은 이미 정해져 있는 문제의식에 대한 답을 요청하는 질문이 많다고 생각했어요. 시와 삶에서 지향하는 바가 뚜렷해서도 있겠지만요. 제가 이 질문을 어떻게 비틀어서 할까요…?

(잠시 생각)

하지만 그새 성다영 시인은 무엇에 대한 이야기일지 눈치를 챘다. 역시 천재…. 이 이야기를 끌어낸 배경을 더욱 자세하게 풀어보자면 다음과 같다. 성다영 시인의 인터뷰에는 여러 가지 요소가 반복되는데, 2019년 신춘문예로 등단 후 성폭력 가해자의 출판 활동에 반대한다는 입장으로 등단 작품집에 작품 게재를 거부한 것, 비거니즘, 인간과 비인간, 미래에 대한, 그러니까 나는 성다영 시인에게 어떤 답을 요구하거나 혹은 그가 특정한 무엇의 일부로 환원되고 있는 것처럼 느껴졌다. 하지만 내가 아는 성다영은 그것만으로 설명될 수 없는, 설명할 수 없는 다채로운 동시대인이었기 때문에 그것을 잘 전달해서 이 지면에 올리고 싶다는 욕심을 부렸다. 장렬히 실패했지만….

○ 저는 '포스트휴먼'이라는 담론이 완전히 다르고 새로운 인류의 형태를 말하고 있다고 생각하지 않아요. 그렇게 생각하면 오히려 퇴보할 수 있어요. '포스트휴먼'이라는 개념은 자신의 인간됨을 지극하고 정확하게 알려고 노력하는 힘에서 시작할 수 있거든요. 그런데 최근 담론은 과거 인간이 어떤 존재인지 인식하고 반성하고 실천하는 방향으로 나아가는 것이 아니라 모두 폐기하고 초월하려는 욕망을 추동한다고 생각했어요. 그 생각 자체가 매우 인간적이죠.

● 다영 시인을 지켜보면서 스스로를 되게 알고 싶어 하고 또 그것에 매우 열심인 사람이라고 생각했어요.

○ 그런 것 같아요.

● 정말 지겨울 때도 있잖아요. 나를 알아가는 거. 그리고 너무 징그럽기도 하고요.

○ 최근에 쓴 시에도 비슷한 맥락으로 쓴 구절이 있었어요. "사람들은 진실을 견디지 못한다/ 그러나 나는 더욱 진실에 가까워지면서 더 진실해지면서/ 나 자신에게 묻는 것이다/ 이래도 견딜 수 있겠니?" 그리고 『스킨스카이』에도 "나는 잘 때도 눈을 감지 않는다"[3]라는 문장도 나오죠.

● 그런 욕망은 어디에서 비롯되는 걸까요? 지겹고 징그럽고 무서운 진실, 스스로에 대한 진실을 자꾸만 궁금해하고 찾으려 하는 욕망이요.

○ (잠시 생각하더니) 알 수 없네요…. 이건 거의 병적인 것 같기도 해요. 왜냐하면 힘든 일은 피해야 마땅한 거잖

3 성다영, 「전갈: 전갈: 뜨거운 파인애플 몸」, 『스킨스카이』, 봄날의책, 2022

아요. 그런데 그러지 않고 계속 밀어붙이려고 하니까….
알아서 좋을 것도 없을 텐데도요. (웃음)

● 시를 쓸 때는 중요하게 작용할 것 같아요. 스스로에 대해 알고 있어야 뭘 쓰고 싶은지도 알게 되고, 어떤 걸 쓰고 있는지도 자각할 수 있겠죠. 그런 점에서 다영 시인은 참 부지런해 보였어요.

○ 그런가요…. 아닌데.

(일동 웃음)

● 자기를 모르는 채로도 얼마든지 쓸 수 있다고 생각하기 쉽잖아요. 그리고 오히려 그게 더 낫다고 생각할 수도 있고요.

○ 그런데 그건 절대 그럴 수 없어요.

● 어떤 점에서요?

○ 시에 대해서, 혹은 더 나아가 예술에 대해서, 가볍고 소박한 태도로 접근하면 모르는 채로 쓰게 되기도 하는 것 같아요. 시(예술)가 인간에게 최고의 가치인 것은 아니지만, 저는 이에 대해 매우 진지하게 사유하는 편이에요. 시(예술)는 단순히 인간에게 어떤 위로나 기쁨이 되려고, 혹은 자기표현의 수단이 되려고 존재하는 게 아니라 역사적이며 근원적인 무언가가 시 내부에 보이지 않는 모습으로 있다고 생각해요. 그래서 그것을 행위하는 사람이 자신을 왜곡해서 인지하고 변명을 늘어놓는다면 진실된 것이 존재할 자리를 만들어내기 어려워요. '나는 지금 무엇을 쓰고 있지?' '나는 왜 시를 써야 하지?' '시란 무엇이지?' 계속 질문하면서 시를 써나가야 해요. 그런데 이러한 질문은 어려워서 길을 잃기 쉬워요. 그래서 자신에게 있어 문제가 되는 지점에서 출발해 질문을 해나가야 하죠.

불가능한 시를 가능한 소리로 내어 읽기

● 그럼 다영 시인은 어떤 이유로 시를 쓰는 것 같아요?

○ 사람들은 진리라는 것에 도달하기 위해 모두 다른 방식을 택하잖아요. 그 선택이 종교가 될 수도 있고, 철학이 될 수도 있겠죠. 저는 예술을 통해서 진리가 현현하는 순간을 찾고 싶어요. 그런데 이 '진리'라는 것을 제가 알고 있기에 전제한 일반론적 진리라기보다는 인간의 이성적인 능력을 초월하는 감각적인—그러나 선험적인 것은 아닌— 무언가가 있고, 그것이 시에 시적인 방식으로 내재할 수 있어요. 그래서 쓴다고 생각해요.

● 그럼 그것을 표현했을 때의 기쁨이 엄청 크겠어요.

○ 이게 참 복잡한데, 사실 표현을 한 게 아니에요.

● 어떤 의미죠?

○ 저는 제가 발견하고 표현한 것이 진리라고 생각하지 않아요. 인간의 언어를 사용해서 시를 쓰지만, 시에서는 인간의 언어를 넘어선 무언가가 있게 되죠. 처음엔 엄격한 사유와 형식으로 시를 쓰려고 노력하지만, 어떤 불가능한 부분이, 미지의 부분이 남아 있다고 느껴질 때가 있어요. 그런데 이 도달하지 못하는, 접근조차 할 수 없어서 그것이 무엇인지 명확하게 밝힐 수 없는 부분 덕분에 제 시는 시가 돼요. 저는 제가 쓴 시가 저를 넘어선 것이 느껴져야 비로소 어떤 기쁨이 느껴지는 것 같아요. 더 정확하게 말하면 저에게는 그럴 능력이 없어서 그것을 쓸 수 없어요. 그런데도 그 불가능은 시가 가능하게 되는 출발이자 완성이 된달까요. 사실 나중에 보면 이 시를 어떻게 썼는지 잘 모르겠는 경우도 많은데요. 많은 경우 직감

에 따라 썼기 때문인 것 같아요. 어느 순간 시가 다른 길을 보여주면 그냥 그 길을 따라가는 편이에요.

● 손으로 씀과 동시에 부지런히 그것을 추적해나가는 것이네요. 그리고 그 방향을 신뢰하고요.

○ 글자들이나 구조, 그리고 표면에서 드러나지 않는 무언가까지 모두 의식하면서 시를 쓰죠. 처음에는 아주 작은 목표도 있을 것이고요. 그렇지만 쓰다 보면 그 요소들 안에서도 다른 길이 나올 수 있고, 그 길을 따라가면 처음 보는, 그렇기에 두려운, 그러나 어쩌면 내가 진정으로 가고자 하는 곳으로 갈 수 있겠다는 생각이 들 때가 있어요. 그런데 그곳은 언제나 제가 예상하지 못했던 곳이에요. 게다가 제가 여태까지 해보지 않았던 방식이라면, 더더욱 가보는 거죠. 그게 제 방식인 것 같아요.

● 한 편 한 편 쓸 때마다 힘들겠는데요. 엄청난 집중과 거시적인 시야가 필요할 것 같아요.

○ 거시적인 시야도 당연히 중요하죠. 제대로 감각하기 위해서는 시간성과 공간성을 고려해야 하듯이요. 시를 쓰기 전에는 거시적인 시야로 제 위치를 정확하게 인식하려고 하지만 시 쓰기가 시작되면 수직적으로 깊게 들어가요. 그렇지만 시마다 방식은 달라요. 어떤 시는 시간이 계속해서 저를 뛰어넘으면서 확장될 것처럼 느껴질 때가 있거든요. 고민이 잘 안 풀릴 때에는 2~3년 기다린 적도 있어요. 한번 내놓았던 생각이라고 해서 거기서 끝나는 것이 아니잖아요. 삶을 살아가면서 제가 쓴 시도 조금씩 변할 테고요. 그 변화의 가능성을 가져가는 방식으로 많이 쓰는 것 같아요.

● 그런 맥락으로 『스킨스카이』에서 조금 오래 지켜보았던 시

편이 있나요?

○ 「터널안굽은길」이라는 시가 생각나네요. 데뷔하기 전인 2018년에 쓰기 시작했던 작품인데 마무리가 영 마음에 차지 않았어요. "( )을 믿지 않으며"가 마지막 구절이었는데, 저 자리에 어떤 것을 넣어도 저는 그걸 믿고 있는 사람인 것 같더라고요. 그래서 내가 진짜 안 믿는 게 뭘까, 계속 생각하고 고민하다가 "법과 마음"이라고 마무리 지었죠. 물론 지금 다시 쓰라고 하면 또 달라지겠지만, 그때 그 순간에는 그게 맞다는 생각이었어요.

● 그때는 법과 마음을 믿지 않았군요.

○ 이 마음이란 게, 여러 가지를 의미하겠지만, 저는 마음이란 개인의 주관성을 나타내는 것이라고 생각하거든요. 그리고 그 주관성은 개인의 것만이 아니고요. 외부에서 주어지는 조건과 환경, 특정한 경험, 혹은 논리적으로 설명되지 않는 직감. 그런 것들이 합쳐져서 어떤 마음이 생기고 결정과 선택을 하며 살아가는 것인데, 그땐 제 마음을 신뢰할 수 없다고 느껴졌어요. 정말 '마음대로' 같아서요.

● 지금도 그렇게 생각해요?

○ 아뇨, 그리고 사실 마음이 뭔지도 잘 모르겠어요. (웃음)

● 그러게요…. 뭘까요? 마음이란 거… 당최 무엇이길래….
(일동 '마음'을 중얼거린다)
다영 시인은 어릴 때도 책 많이 읽었어요?

○ 네, 그런 편이었죠. 참새 님도 그렇지 않아요?

● 절대 결코 그렇지 않아요…. 그래서인지 가끔 다영 시인이 읽는 책을 보면 신기할 때가 많아요. 독서의 폭이 매우 넓잖아

요. 저런 책도 있구나 하고 여러 번 감탄했던 기억이 있어요.

○ 딱히 가리지 않긴 해요. 관심 있는 분야나 주제가 생기면 일련의 책들을 따라가면서 깊게 읽는 걸 좋아하기도 하고요. 독서량이 많다고 무조건 좋은 것은 아니지만 읽지 않는 것보다는 많이 읽는 게 좋잖아요. (웃음)

● 절대 그렇죠.

저는 아는 단어라도 사전으로 자주 찾아보는 편인데요. 예를 들어, '마음'이라는 단어도 어떤 맥락으로 어떻게 사용되고 어떤 의미를 발생시키는지 모두가 알 만한 단어잖아요. 그런데 저는 굳이 그것의 정확한 뜻을 알고 싶어서, 어떤 한자로 이루어진 말인지 사전의 언어로는 어떻게 표현되어 있는지 무척 궁금해지거든요. 왜냐하면 저는 글자 자체로만은 완전할 수 없다고 생각하기 때문이에요. 너무 적은 걸 표현하고 있다고 느껴요.

○ 맞아요. 언제나 부족하거나 언제나 과하죠.

● 그런 언어의 결핍 혹은 과잉이 시를 쓸 때 어떤 장벽으로 다가오진 않나요? 이 말과 단어가 내가 전하고자 하는 바를 완전히 충족해주지 않는데, 딱히 대안은 없고. 그렇다고 새로운 단어를 만든다 한들 그건 저에게만 의미가 있는 거잖아요. 사회적으로 아직 승인받지 못했으니까요. 그래서 저는 표현에 갇혔다는 느낌을 받을 때가 많더라고요.

○ 그럴 때 저는 그 이상함을 더 이상하게 써서 이상함을 오히려 드러내요. 게다가 저는 새로운 단어를 만들어내거나 다른 용법으로 그것을 사용하는 것을 좋아합니다. 합의된 방식으로는 표현될 수 없을 때, 다른 방식을 시도해서 바로 그 표현될 수 없는 지점을 도드라지게 해요. 그래서 독자 역시 이물감을 함께 인식하면 좋겠고요. 수

상하거나 헷갈려서 몇 번 더 읽고 자신이 알고 있는 의미를 스스로 되묻게 되었으면 해서요.

● 「붉값능핝 싫」가 생각나네요. 매우 이상하고 수상쩍죠. (웃음)

○ 이 시는 번역이 가진 어떤 불가능성에 대해 관심이 생겨서 쓰게 됐어요. 누군가 시의 '내용'을 이해하고 자신의 언어로 번역하여 전달하고자 할 때, 불가능한 지점을 만나게 되었으면 했어요. 그리고 다른 언어로 번역하고자 할 때의 불가능함도 있겠지만, 한국어로 쓰였으니 번역이 불필요하다고 생각하는 한국어 독자가 지나치게 되는 불가능함도 있잖아요. 그러니까 모국어로 쓰인 것을 읽으면 이해했다고 생각하지만 착각일 때가 많죠. 사실 이러한 착각이 없다면 읽기라는 행위는 불가능할 거예요. 어쨌거나 이 시는 장벽을 일부러 만듦으로써 장벽 자체를 인식했을 때, 독자가 새로운 읽기의 방식을 발견하기를 바라며 썼어요.

● 성다영 시인의 시는 어렵다는 말, 많이 듣지 않아요? 그런 말 들으면 어떤 기분이에요?

○ (정말 당연하게) 당연한 거죠.

● 왜 당연하죠?

○ 시가 일상 언어로 쓰여진 것이 아니니까요.

● 그럼 그것에서 비롯되는 게 시로 진입하는 과정에서 장벽이 되지는 않는다고 생각하는 걸까요?

○ 아무리 쉽게 써도 그 장벽은 존재할 것 같아요. 그렇지만 무엇을 위하여 쉽게 쓸까요? 독자일까요? 벤야민은 어떤 시도 독자를 위해 있는 것이 아니라고 했지요. 어쨌거나 저는 시의 어려움이 시를 보호하고 있다고 생

각해요. 어렵겠지만 꼭꼭 씹어서 삼킨 뒤 자신의 신체의 한 부분이 되었으면 해요. 그래서 소리 내어 읽으라고 써놓은 것도 있어요. 한 시인이 말하고 생각하는 방식과 독자의 것은 다르기 때문에 쉽게 이해될 수 없잖아요. 그런데 소리 내어 읽으면 시인과 독자의 신체가 겹치는 순간이 있거든요. 시인이 손으로 쓰고 입으로 발음하며 만들어낸 육체적 리듬이 독자의 신체를 변화시켜요. 이 느낌을 완벽히 언어화할 순 없겠지만, 분명한 차이가 있을 거라고 생각해요. 그 차이를 느끼게 된다면 시가 다르게 느껴지겠죠.

● 맞아요. 정말 꼭 소리 내서 읽으셨으면 좋겠어요. 무언가를 소리 내서 읽는 경험 자체가 생각보다 많지 않기도 하니까요. 게다가 시는 낭독에 최적화되어 있고요.

○ (지금 이 대담을 읽고 있을 독자들에게) 꼭 소리 내어 읽어주시길 바랍니다. (웃음)

이상한 우리가 살아서

● 다영 시인을 만나거나, 다영 시인의 시를 읽을 때면 왜인지 모르게 꼭 '인간'에 대한 생각을 하게 돼요. 인간이 얼마나 부정확하고, 마음대로이고, 그러면서도 스스로 옳다고 믿는지… 그런 질문을 자꾸만 하게 돼요. 그리고 이렇게 반복되는 생각의 패턴이 어쩌면 제가 다영 시인에게 가지고 있는 편향적인 생각이 아닐까, 또 의심하게 되기도 하고요. 왜냐하면 다영 시인은… 이런 고민에 대한 답을 알고 있을 것만 같거든요. (웃음)

○ 저 역시 인간에 관한 관심은 굉장히 어렸을 때부터 있었어요.

● 어떤 식의 궁금함이었어요?

○ 음…. 저는 인간을 잘 이해할 수 없었어요. 거짓말을 하게 되면 평소와는 다른 말이 나오잖아요. 사람들의 그러한 말실수(그러나 주로 본인은 실수라고 생각하지 않을 어떤 말들)에서 느껴지는 인간 내부의 어긋남을 감지할 때, 인간은 왜 자신의 이성을 자신이 원하는 대로 사용할 수 없는 걸까 늘 궁금했어요. 사람들의 얼굴을 가만 보고 있으면 전쟁을 마다하지 않는 인간들에게서도 전쟁을 반대하는 인간들에게서도 악이 느껴졌어요. 그 악은 자신과는 관련 없다는 듯이 순수하고 맹목적이에요. 특정 상황 속에서 개인 차원의 이기심을 뛰어넘는 무언가가 인간 안에 존재한다고 생각했어요. 거대하고 깊고 양의적인 무언가가요. 그것에 대해 이해하고 싶어서 인간의 본성을 다루는 책들을 어릴 때 특히 많이 읽었어요.

● 아직도 인간이 이상해요?

○ 이상하죠, 진짜 이상해요.

● 저도 인간이고 아주 많은 면에서 부조화스럽다고 느끼거든요. 저 스스로를 보거나 혹은 다른 사람들을 볼 때요. 하지만 제가 인간인 사실은 변하지 않고 인간이 가진 그 이상한 속성도 변하지 않겠죠. 그렇지만 다영 시인도 인간이잖아요. 그 이질감에서 오는 불편함은 없나요?

○ 일상을 살아가는 면에서는 그런 불편함은 없는 듯해요. 사전 질문 중에 이런 질문이 있었잖아요, 어떤 시인으로 기억되고 싶은지. 그런데 저는 제가 어떤 사람인지를 보여주려고 행동을 하는 게 아니라 옳다고 생각하기

때문에 행동으로 옮기는 것뿐이거든요. 그래서 어떤 부조화나 충돌을 스스로 느끼거나 하진 않아요.

● 옳다고 생각하는 대로 살고 있기 때문에 그런 충돌이 느껴지지 않는 걸까요?

○ 저도 매 순간 행동과 신념이 일치하는 삶을 살고 있다고 단언할 순 없죠. 그건 저뿐만이 아닐 거예요. 그런데 그런 불일치의 순간이 생기면, '그땐 어쩔 수 없었어.'라거나 '그렇게 하는 게 최선이었어.'라는 식의 생각으로 스스로를 위한 탈출구를 만들어주진 않아요. 있는 그대로 받아들이고 반성해요.

● 다영 시인의 시 안에서도 그런 이질감과 이상함, 그리고 이해되지 않는 것들을 인식하는 순간들이 많이 표현되잖아요. 그런데 시인으로서가 아니라, 그저 한 명의 생활인으로서 그런 것을 모두 감각하고 목격하고 숙고하며 사는 게… 도움이 되나요? 그러니까, 인간적인(이 말도 이상하지만) 성장에 도움이 되는지 궁금해요.

○ 아뇨. (웃음) 전혀 안 되는 것 같아요. 생활인으로서만 잘 살기 위해서라면 이런 것들은 그다지 도움이 되지 않을 거예요. 인간적인 성장이 무엇을 뜻하느냐에 따라 다르겠지만, 그럴듯한 어른 인간이 되려면 제 자신 하나 건사할 수 있어야 할 테죠. 바레스가 말했듯이 명예롭게 살기 위해서는 독립, 즉 재산이 조건이죠. 그런데 이렇게 사는 건 죽음과 가까운데 그렇다고 스스로 죽음을 선택해서도 안 되는 그런 죽음의 삶과 가까운 것 같아요. 여담이지만, 저는 거의 매일 '자살은 절대로 하지 않을 거야.'라고 다짐하며 살거든요. 시인으로서의 삶은 생활세계에도 초월세계에도 완전히 속하지 않은 중간지대의

삶을 유지하는 것이에요. 그러나 중요한 건 낮의 삶에 충실하지 않으면 밤은 열리지 않는다는 거예요.

● 『스킨스카이』를 읽으면서 관념에 대한 질문도 많이 던지고 있다는 느낌을 받았어요. 사견이긴 하지만, 저는 어느 순간부터 시 안에서 관념이 배척되기 시작했다고 생각해요. 지나치게 관념적이거나 관념 자체를 이야기하는 시가 구리다고 생각하는 의견이 아주 우세하다고 느끼거든요. 물론 저의 아주 자의적인 기분에 불과할지도 모르지만요. 그런데 관념만큼 이상한 게 어디 있나요…? 그렇기 때문에 저는 그것이 늘 매번 새롭게 다시 정의되어야 할 필요가 있다고 생각하고, 시가 그 역할을 효과적으로 할 수 있을 거라고 믿어요.
그런데 다영 시인의 시 속에서는 우리가 당연하다고 느끼는 것에 대해서 자꾸 반문하죠. 불편하게 하고 신경을 긁잖아요. 그래서 좋았어요. 그 느낌이 저로 하여금 관념 자체를 의심하고 있는 게 아닐까 하는 생각을 품게 했고, 그래서 좋았죠. 그리고 대체 무슨 생각을 하길래 이런 걸 묻고 쓸 수 있는지도 궁금했고요. (웃음) '성다영은 지금 자신이 성다영으로 존재하고 있는 게 가짜라고 믿을 수도 있겠다'는 생각도 했어요. "말해주세요 지금 제가 존재하나요????"[4]라는 질문을 던지고, 살아 있음을 설명하지 않고 "살아서?"[5]라고 되묻잖아요.

○ 그저 있다고 해서 존재한다고 할 순 없잖아요. 그랬을 때 인간이 '정말로' 존재하려면 어떤 조건이 있어야 하는지에 대해 많이 생각해요. 그냥 살아 있다고 살아 있는 게 아닌 것처럼, 존재도 그런 것이 아닌데 그렇다면 어떤 상태여야 그것이 참된 의미의 존재 상태일 수 있을지, 그리고 과연 그것이 가능할지도요. 그리고 말씀해주신 것처럼 저 역시도 가끔 스스로가 존재하고 있지 않다

4 성다영, 「소망상자 순환마법」, 『스킨스카이』, 봄날의책, 2022.

5 성다영, 「다중 슬픔」, 『스킨스카이』, 봄날의책, 2022

고 느끼는데, 그럴 땐 어떤 이유가 있는 것인지도 생각 해보고요.

● 생각하는 힘과 사유의 근육이 아주 탄탄한 듯해요. 그 기저에는 어떤 믿음 같은 것이 작용하기 때문일까요? 의심하고 물어야 할 것이 너무 많지만 그럼에도 살아가잖아요. 저는 그것이 어떤 종류의 믿음처럼 느껴지거든요. "하늘이 충분히 어둡지만 별이 보이지 않는다// 있다는 것을 안다"[6]라고 말하는 것처럼요.

○ 살다 보면 (요즘에는 특히 더) 희망이 없다고 느끼지만, 이런 시대일수록 비관주의는 더 뻔합니다. 저는 제가 희망이라는 것을 떠올리는 것조차 불가능하다고 느끼기에 희망을 말할 수 있는 자격이 주어진다고 생각해요.

● 시에 종교적인 요소가 많이 등장해요.

○ 지금 특별히 믿는 종교는 없는데요. 부모님이 신실한 기독교 신자시고, 그래서 저도 그 영향을 받았지만 그게 어떤 믿음을 만들어냈다기보다 오히려 반대 방향으로 작용한 것이 아닐까 생각합니다. 저는 믿음 같은 것에 불성실한 태도를 가지려고 해요. 하루는 제가 아주 어렸을 때, 일요일에 차를 타고 가면서 부모님께 물었어요. "그런데 진짜 신이 있는 거예요? 있는지 있지 않은지 어떻게 알 수 있어요? 없다면 우리는 왜 교회에 가는 거예요?"

그런데 사실 종교라는 게 특정 교파를 말한다기보다는 현실에서 존재하지 않을 그런 희망이 어딘가엔 존재한다고 믿는 마음을 칭하는 것에 가깝지 않나요? 어떤 면에선 제 시가 종교적일 수도 있겠죠. 그런데 종교적이지 않은 인간이라는 게 과연 있을까요?

6 성다영, 「같은 날」, 『스킨스카이』, 봄날의책, 2022

● 맞아요. 사실 종교라는 게 거창한 게 아니라 믿음의 모양 중 하나인 것이잖아요. 그런 의미에서 '무교' 혹은 '무신론자'라는 말 역시 좀 의심할 필요가 있다고 생각해요. 모두에게 아주 미세한 믿음이 반드시 존재한다고 생각하거든요.

○ 스스로를 무신론자라고 발하는 사람만큼 종교적인 사람이 없는 것 같습니다. 우리의 삶을 들여다보면 종교적인 관념들이 일상과 엉겨 붙어 있어서 떼어낼 수 없을 정도잖아요. 어떤 체계를 가진 특정 종교에 신앙을 가지고 있지 않은 그런 사람을 지칭하는 좁은 의미의 무신론자를 뜻하는 것이겠죠.

● 시에 대한 믿음도 있어요?

○ 시에 대한 믿음요?

● 그러게요, 뭘까…. 제가 묻고서도 조금 오묘하네요. (웃음)

○ '나'보다 시가 나을 수 있다는 믿음은 있는 것 같아요. (잠시 생각하더니) 이 말의 더 정확한 의미는, '나'라는 것이 사라져야 시가 존재할 수 있다는 말인 듯해요.

● 아, 맞아요. 시에서 롤랑 바르트의 말을 인용을 하기도 했죠. "나는 내가 쓰는 시보다 가치 있다"[7]라고요.

○ 그런데 맥락에 따라서 제 시의 진술들이 충돌할 수도 있겠다는 생각도 들었어요. 그러니까 시의 가치를 믿는 듯하다가 계속 읽어보면 그런 것 같지 않은 듯도 하고. 문자적으로만 이해한다면 그럴 수 있는데요, 그런데 각각의 시에서 쓰이는 의미가 다르고, 시집을 구성하고 있는 체계가 한 가지가 아니니까요. 열심히 읽어보시길 바랍니다.

(일동 폭소)

● (계속 미소 지으며) 열심히 읽는다면 뭐든 파악할 수 있을

7 성다영, 「두 번째 피부」, 『스킨스카이』, 봄날의책, 2022, 재인용

까요?

○ 그래도 열심히 안 읽는 것보다는… 열심히 읽으셨으면 좋겠습니다. (웃음) 시가 어렵다고 말하는 대부분의 사람들이 시를 이해할 수 없는 것으로 여기고, 그러니 어차피 취향과 느낌으로만 구성되어 있는 것이라고 여기는 듯하거든요. 그런데 그렇게 읽지 않으셨으면 좋겠어요.

● 다영 시인은 어떤 태도로 시를 읽어요?

○ 시가 지향하고 있는 바가 무엇인지를 중요하게 생각해요.

● 열심히 읽으면 그것이 보이는군요. 역시 천재…. (웃음)

○ 그런데 그게 없는 시도 있어요. 정확히 말하면, 지향이라는 것이 없을 수는 없죠. 인간의 행위에서요. 그러나 어떤 지향은 굳이 셈할 필요가 없다고 느끼기도 해요. 본능적인 욕구의 차원이나 세속적인 관심에서 발현된 지향은 없는 것과 마찬가지라고 생각해서 없다고 했습니다. 어쨌거나 열심히 읽는 것과 상관없을 수도 있다는 말…. (웃음)

● 없지 않게 저도 잘 쓰며 쌓아야겠네요. 아, 잘 쓰는 게 아니라…

○ 그냥 쓰는 거죠.

'잘' 써야 한다는 생각을 버린 채로!

● 2019년에 등단하셨어요. 시인이 되고서 꽤 시간이 흘렀는데요. 어때요? 제도권 밖에 있을 때와 제도권 안에서 시인으로 지내는 것에 큰 차이가 있나요?

○ 혼자서 시를 쓸 땐 가끔씩 내가 쓴 것을 누군가 읽으면 좋겠다고 생각했어요. 혼자 쓰는 것도 충분히 좋지만,

독자가 없는 상태에서는 왜인지 아직 이 시가 완성되지 않았다는 기분이 들어요. 등단이라는 것은 작가에게 편리한 제도죠. 스스로 자신이 시인인지 지금 쓰고 있는 것이 시인지 묻지 않아도 되기에 불안하지 않잖아요. 오히려 등단하지 않고 작품을 쓰는 일이 정말 어려운 일이죠.

● 최근에 제가 아주 흥미로운 질문을 받았는데요. 평생 죽기 전까지 쓰는 일과 읽는 일 중에 하나만 할 수 있다면 어떤 것을 선택하겠냐는 질문이었어요. 저는 생각도 하지 않고 읽는 일을 택하겠다고 했는데요. 다영 시인의 선택도 궁금해요.

○ 왜 하나만 해야 해요? (웃음)

● 그런 세상이 와버렸어요. 어쩔 수 없어. (같이 웃음)

○ 음, 저도 읽는 일을 선택할 것 같은데요.

● 왜요?

○ 읽는 시간이 훨씬 더 많으니까요. 쓰는 시간은… 읽는 시간에 비해 많지 않아요. 그러니 삶에서 '읽음'이 사라진다면, 사는 게 정말 재미없을 것 같아요.

● 시 쓰는 것도 재밌잖아요.

○ 그렇긴 한데요, 맨날 쓰는 것도 아니고… 읽는 건 매일 할 수 있잖아요!

● 시를 쓰지 않게 되는 순간도 올까요?

○ (생각을 아주아주 오래 한다)

● 진짜 계속 쓰고 싶구나. 죽을 때까지.

○ 그럴 것 같아요.

● 그래서 두 번째 시집이 스스로도 더 기대된다고 말했던 거군요.

일전에 나누었던 대화에서 시인이 말했다. 그다음 시집이 더 좋을 거라고. 틀림없이.

○ 저는 항상 저의 가장 최신의 시가 제일 기대돼요.

● 계속 갱신되니까요. 어떤 시가 나올지 알고 쓰는 시인은… 아마 없겠죠.

○ 두 번째 시집이 진짜 더 좋을 겁니다.(웃음)

● 정말 신기해요. 어떻게 이런 말을 할 수가 있죠…? 정말 믿을 수 없어.

○ (살짝 웃으며) 물론 제 생각이니까 객관적일 수는 없지만, 그래도 저는 첫 시집에 수록된 시들보다 제가 요즘에 쓰는 시가 훨씬 더 좋아요. 그래서 이 시들이 독자를 만나는 순간이 빨리 왔으면 좋겠어요.

● 두 번째 시집은 언제쯤 나올 예정인가요?

○ 그래도 한 2년 정도는 필요하지 않을까요.

● 저도 정말 기대돼요. 그리고 많이 바뀌었을 것 같아요.

○ 어떤 부분이요?

● 무언가를 전복하고 싶은 마음은 『스킨스카이』에서 성공적으로 풀어낸 것 같아요. 그리고 저는 다영 시인에게 너무 일관적인 걸 바라는 게 아닌가 싶을 때도 많거든요. 그러니까 부조리함에 앞서서 말하고, 총대를 매고…. 그런데 제가 아는 성다영은 역시 그렇기도 하지만, 한편으로는 너무나 사랑스럽기도 하거든요. 너무 귀엽고요…. 『스킨스카이』가 결국엔 '사랑'을 말하고 있다고 했잖아요. 그것이 더 잘 드러나는, 성다영만의 두 번째 놀이터가 될 것 같아요. 빨리 나왔으면 좋겠다!

○ 놀이터가 아니라 전쟁터가 되겠지만, 열심히 쓰겠습니다.(웃음)

● 보통 어떨 때 시를 쓰나요? 시를 쓰게 되는 일관된 습관이나 생활 규칙이 있나요?

○ 우선 저는 메모를 엄청나게 많이 하는 편이에요. 그러

다가 어떤 생각의 과녁이 만들어지면 그것에 대해 아주 몰두하게 되고요. 어떤 결정적인 순간이 올 때가 있는데, 대부분 이미지이거나 타인의 말에서 비롯되는 경우가 많아요. 여기까지는 준비 단계예요. 어떤 경험 그 자체는 아직 아무것도 아니에요. 계속해서 생각하고 공부해요. 그러다가 갑자기 이제는 쓸 수 있겠다는 생각이 들어서 시작하면 그때 한 번에 다 쓸 때가 많아요. 물론, 쓸 수 있을 것 같아 책상 앞에 앉지만 전혀 잘되지 않아요. 쓸 수 있겠다는 착각으로 시를 시작할 뿐이지요.

● 퇴고도 많이 하는 편이에요?

○ 많이 하진 않아요. 주로 집중해서 거의 한 번에 끝내 버리는 편이에요. 그렇지만 어떤 시는 저의 삶과 함께 걸어가면서 쓰게 되는데, 그래서인지 시의 완성이라는 것을 제가 계획할 수 없을 때도 생겨요.

● 맞아요. 그리고 말이 퇴고지… 시간과 함께 시 역시 조금씩 스스로 바뀔 것이잖아요. 저는 그 순간에 충실하고 분명하게 목소리를 냈다고 생각이 들면 그 순간이 퇴고인 것 같더라고요.

○ 그리고… 저는 여러 편의 시를 동시에 쓰기 때문에 다른 시 쓰면 돼요. (웃음)

● 맞습니다. 그러기도 바쁘겠지요. (같이 웃음)
다영 시인의 시에서는 젠더에 대한 고민이 많이 묻어나는데요. 그래서인지 자연스럽게 독자도 스스로에 대한 질문을 끊임없이 하게 될 수밖에 없는 것 같아요. 화자 자신의 지정성별을 의심하는 시들이 많았어요. 예컨대 「더 명복」, 「붏값늏핝 싏」, 「처음에」에서요. 이런 감각은 일종의 디스포리아[8]인가요?

○ 완전히 아니라고 할 수는 없을 것 같아요. 스스로에

8 일반적으로 성별이나 성 역할에 대한 불쾌감과 자신의 정신적인 성gender과 생물학적인 성sex의 불일치를 겪는 것을 뜻하는 의학 용어다. 또한 성별 지위적 불쾌감 및 불일치 감정 또한 일컫는다.

대한 이질감은 늘 느끼니까요.

● 시는 매우 육체적인 행위이기도 하잖아요. 그렇기에 (모든 글쓰기가 그렇듯이) 몸 밖으로 뻗어나가는 글쓰기란 것이 매우 어렵게 느껴지기도 하는데요. 그런 의미에서 몸과 정신의 불일치를 체감하며 시를 쓴다는 일이 결코 쉽지 않게 느껴질 것 같아요.

○ 저에게 의심이란 것은 매우 당연한 일인 듯해요. 어떤 것에 대한 의심이든, 어떻게 의심하든, 모두 조금씩 연결된 문제의식이라고 생각해요. 결국엔 세상을 향한 의심일 테고요. 그래서인지 부족함을 많이 느껴요.

● 그 의심의 끝엔 무엇이 있을까요?

○ 그래도 어떤 지점까지는 갈 수 있을 것 같아요.

● 어떤 지점이요?

○ 저의 젠더뿐 아니라 너무 당연하게 생각되는 모든 것을 의심함으로써 또 다른 세계에 다가갈 수 있지 않을까요? 어떤 의심은 조금 더 근본적인 곳까지 첨예하게 도달해볼 수 있는 시작점이 되기도 해요. 그것을 상상하지 않으면 존재하게 되지 않게 되니까요.

● 정말… 죽을 때까지 공부할 사람 같군요.

(일동 폭소)

○ 아무래도 그렇죠.

● 다영 시인이 그려보는 미래가 있을까요?

○ 개인적인 차원에서는 그냥 시를 계속 쓸 수 있는 사람이 되기를 바라는 것, 그뿐인 듯해요. 그리고 더 큰 차원에서 세상에 바라는 건… 있긴 한데 존재하지 않아서….

● 무엇이길래요? (웃음)

○ 소위 '기적'이죠. 이 세상을 공기처럼 채우고 있는 신

화적인 폭력, 모든 마법이 해제되는 그야말로 마법 같은 일이요.

● 시를 학교에서 배우기도 했고, 지금은 종종 가르치기도 하잖아요. 어때요, 두 입장에서 시가 학습의 영역에 속해 있다고 느끼나요?

○ 반반인 것 같아요. 예를 들어 현대미술이라는 분야도, 미술에 대한 역사적인 토대를 모른다면 어떤 부분은 이해하기 어렵잖아요. 시도 마찬가지일 거예요. 알아야지 더 읽을 수 있는 부분이 있고, 그것은 곧 배움의 영역이 존재한다는 뜻이겠죠. 하지만 쓰는 일로 넘어오게 되면 그 영역을 벗어난 자기만의 영역이 있어야만 해요. 그런데 이건 남이 대신 해줄 수 없어요. 아무리 대단한 시인을 스승으로 삼는다고 해도요. 가능한 부분까지는 추동해주는 것이 시를 가르치는 사람의 몫이겠지만, 그 이상으로 넘어가면 저 역시 무력해지죠. 그리고 그곳은 저의 힘을 행사해서 안 되는, 침범해서도 안 되는 곳이고요.

● 그래서 텍스트를 많이 준비해주는 편이군요. 최대한으로 침투해볼 수 있게끔요.

○ 맞아요.

● 좋은 길잡이가 필요한 일인 건 맞는 것 같아요. 최소한의 배움이 끝난 지점에서 새로이 걸음을 내디디려면 매우 추상적이고 어렵고, 그리고 두렵기도 하니까요.

○ 그런데 계속하다 보면 추상적이지 않아요. 배움 없이 하려고 하니 추상적일 거라고 생각하는 거예요. 막상 해보면 모든 게 너무 분명하고 명확해요. 그렇지만 쓰다 보면 어떤 불가능한 지점을 만나게 되고, 바로 그 순간부터 시가 시작돼요. 시라는 게 그런 것 같아요.

● 너무 다 보여서 피로할 때는 없어요?

○ 아뇨, 딱히 없어요. 많이 보일수록 덜 피로한 것 같아요. 오히려 그렇게 확연히 보이지 않는 부분이 작품 속에 존재하면, 그 부분을 정말 더 깊게 파고들어가보고 싶거든요. 전 그런 순간이 너무너무 좋아요.

● 최근에 그런 식으로 파고든 지점이 있나요?

○ 곧 〈편지-시 쓰기〉 세미나가 시작되어서 수업을 준비하고 있는데요. 슐레겔이 "편지에는 그냥 본성적인 측면의 시적인 부분이 있다."라고 한 부분에서 계속 배회하고 있어요. 직감적으로는 알겠는데, 이것을 어떻게 구체적으로 잘 설명할 수 있을지 고민하고 있어요. 분명한 게 분명히 있는데, 그게 대체 뭘까….

그래서인지 저는 수업을 할 때도 제가 지금 당장 관심있는 주제가 아니면 하지 않는 것 같아요. 그래야 저도 함께 고민할 수 있잖아요. 수업도 일방적인 방향으로 진행되지 않고요. 이미 저 혼자 다 결론 내린 문제를 또 수업에서 반복할 필요는 없다고 생각해요. 재미도 없을 것이고…. 그리고 고민이 끝나면 다 잊어버리는 것도 있고요. (웃음) 언제나 지금 나에게 가장 중요한 문제에 대해서만 고민하고, 수업을 하며 나누고, 그리고 그것으로 시를 쓰는, 이 흐름이 제 안에 있다고 느껴요.

● 어떨 때 스스로 시인이라고 느끼나요?

○ 음…. (생각을 오래 한다) 누군가 저를 시인이라고 불러줄 때…? 그런데 곰곰이 생각해보면 그렇지도 않은 것 같아요. 누가 저를 시인이라고 하면, 내가 시인인가? 곧바로 반문하게 되거든요…. 아, 일을 하다 보면 스스로가 세상에 이질적이라고 느껴질 때가 있는데, 그러다 갑자

기 시에 쓸 한 문장이 떠오르고… 그때 시가 쓰고 싶어져요. 사전 질문 중에 그런 질문 있었잖아요, 왜 시인에게만 ‘인[人]’이 붙는지. 시는 그 사람의 삶과 떨어질 수 없는 존재라 그런 것 같아요. 제가 느끼는 감정도 이것과 연결되겠죠.

● “무한히 무한히 실패하고 싶다”[9]고 했잖아요. 그건 어떤 마음일까요?

○ 여러 의미가 있는데요. 통속적으로 이해되는 성공과 실패의 개념이 있다면, 저는 후자의 경험이 삶에서 중요하다고 생각했고요. 또 시 쓰기 자체가 실패를 쓰는 것이라는 의미도 있어요. 시를 쓰고 있으면 어떤 지점에서 같은 것을 반복하고 있다는 실패의 느낌이 들고 그때 한계가 느껴져요. 그런데 그러한 불가능에 도달했을 때, 이제 본격적인 시 쓰기가 시작돼요. 그래서 실패하든 성공하든, 계속하는 거죠. 어쩌면 저는 실패를 찾아 헤매고 있다는 생각도 들어요. (웃음)

● 다영 시인에게 시를 쓸 때 가장 중요하게 작용하는 요소가 있다면요?

○ 내가 지금 무엇에 골몰하고 있는지, 그리고 무엇을 쓰려고 하는 건지, 그리고 그것이 제대로 인식되었는지, 어떤 시작점에서 출발하고 있는지, 전반적인 인지의 상태를 꼭 점검해요.

● 알고 쓰는 게 중요하군요.

○ 스스로를 최대한 살펴본 뒤에 시를 쓰기 시작하면, 쓰는 순간과 동시에 또 모르는 것이 연속돼요. 그러니까 끝났다고 생각한 탐구가 씀과 동시에 자꾸만 반복되는 거죠. 계속해서 알아갈 수밖에 없는 셈이고요. 저는 이러한

9 성다영, 「세 번째 플레이」, 『스킨스카이』, 봄날의책, 2022

측면 때문에 시 쓰기를 좋아하고, 이 방법이 아니면 어떻게 새로움이 가능한지 알지 못하기에 이렇게 고집스럽게 써요.

● 그런데 끝없이 스스로를 갱신하며 '새로움'을 보여줘야 한다는 것이 큰 부담으로 느껴질 것 같기도 해요. 내용적으로나 형식적으로나요.

○ 맞아요. 완전히 자유롭다고 할 수는 없겠죠. 그런데 형식적인 측면에서는 그런 부담감은 느끼지 않는 편이에요. 직면해 있는 문제와 제가 인식하고 있는 바를 어떤 방식으로 쓰고 싶은지 고민하는데, 그때 자연스럽게 가장 적합한 형식이 무엇인지를 고민해요.

● 그럼 때에 따라서 그 형식이 꼭 시가 아닐 수도 있겠어요.

○ 그죠. 어떨 때는 '아, 이건 소설로만 쓸 수 있는 글인데….' 싶기도 하고요. 또 어떨 때는 다 써놓고 '이거 비평인데….' 이렇게 생각하기도 해요.

● 성다영의 '시집'이 아니라 '작품집'이 나오면 좋겠네요. 넓은 영역을 마구 휘저으며 쓸 다양한 글들을 읽고 싶어져요. 다영 시인은 어떤 시인으로 기억되고 싶나요?

○ 다른 시인들은 뭐라고 말했어요…? 이 질문 너무 어려워요.

● 비밀입니다. (웃음)

○ (잠시 생각한다) 사실 그런 마음 자체가 제게는 없는 것 같아요. 제가 특정한 방식으로 기억되려면 제가 그 이미지를 만들어내서 보여줘야 하는 거잖아요. 그런데 저는 그런 이미지가 없어요. 타자에게 비춰질 제 형상을 '만들어내기' 위해 무언가를 하지 않아요. 그렇기 때문에 어떻게 기억될지에 대해서도…. 딱히 원하는 바가 없어

요. (잠시 또 생각한다) 글쎄요…. 모르겠네요. 전 어떻게 기억될까요? 저도 궁금하네요. (웃음)

● 미래의 시인들에게는 어떤 말을 해주고 싶어요?

○ 이 질문도 정말 고민 많이 했는데요…. 그냥… 쓸데없는 생각하지 말고 시 쓰라고 하고 싶어요. (웃음) 어떻게 보일지, 어떻게 읽힐지 그런 거 고민하지 말고요. 그런 건 생각할 필요도 없고, 그냥 그런 생각하지 말고 그냥 자기 시를 계속 쓰라고. 이 말을 꼭 해주고 싶어요.

● 그런데 왜인지 성다영이 성다영에게 하고 싶은 말처럼 들리기도 하네요. 암 생각 말고… 시 써!

○ 그러네요, 제게 필요한 말이기도 하겠어요. (웃음)

대담을 마친 후에도, 교정을 볼 때에도 성다영은 늘 염려했다. 늘 모자란 것 같다고, 매번 실패하는 것 같다고. 끝까지 끝까지 원고를 붙잡고 있던 것 역시 내가 아니라 성다영이었다. 이만하면 됐지 않은가, 여기서 끝내도 되지 않을까, 시를 혹은 이야기를 충분하다고 느낄 때에 그는 내게 늘 말했던 것 같다. 더 나아가보라고. 여기가 끝이 아닐 거라고.

그는 나의 동료이기도 하지만 그 이전에 나의 스승이기도 하다. 수평에서 우리는 같이 함께 시를 읽고 시를 썼다. 왜 시를 쓰고 싶은지, 이것이 왜 다만 시로써 발화되어야만 하는지 늘 생각해보라고 말해준 스승이었다. 시의 언어는 가능이 아니라 가능 바깥의 영역을 가시화하는 것이라고 알려주었던 그. 말을 하는 편보다는 듣는 편에 가까운 그. 그런 사람이 두 시간에 걸쳐 어렵사리 말을 이어가는 것을 보면서 나는 그가 또 역시 다른 하나의 불가능을 몸으로 밀고 나가고 있는 것이라 느껴졌다. 생생히 목격하며 알 수 없는 저릿함을 느꼈다.

성다영은 무척 귀여운 사람이다. 놀라운가? 나는 전혀 놀랍지 않다. 성다영은 여느 사람과 마찬가지로 복합적이고 다면적이기 때문이다. 그에게는 그른 것을 거부하고, 바깥 것을 생각하며 실천하고 행동하고, 순간마다 세상을 의심하는 면모가 명백히 있지만 그와 대등하게 혹은 더 많이 보게 되는 것이 그의 사랑스러움이다. 시인도, 비건도, 연구자도, 스스로를 어색해하는 사람도 아닌, 그저 성다영만이 있는, 그 영토에서는 한없이 사랑스럽고 귀여운 사람. 그는 나를 볼 때마다 꼭 안아준다. 등을 쓸어 만져준다. 나는 그게 참 좋았다. 늘 너무 좋았다.

Work

성다영

흙과 난석을 붓고 잘 섞습니다. 손톱 아래에 흙이 끼고 흙이 끼어 있는 손톱 아래에 다시 흙이 끼고. 이제 흙은 내 손에서 손톱을 뜯어내려고 해요. 나는 싱크대에서 흙을 섞어요. 그리고 화분에 식물과 함께 담아요

써라.

누군가 시를 쓰는 것은 노동이라고 말합니다. 나는 노동하고 노동하고, 노동하기 위해 노동합니다. 그러나 내 시는 낭비와 가난을 생산합니다. 내 시에는 흙이 묻어 있어요. 이것을 쓰는 동안에도 손끝이 말라가고…… 아 아름답군요. 라고 탄성을 지를 만한 식물이 되려면, 몇 번의 계절이 지나야 할. 비루한 초록과 갈색들 사이에서

시간은 시 안으로 들어와 아름다운 화분으로 담겨요. (그리고 곳곳에 흘리고 쏟는다. 사람들은 식물을 구매하며 이렇게 말하곤 한다. 시간을 산 것이므로 아깝지 않다. 잘라낸 가지가 바닥에 있다.) 이것들이 나의 시입니다. 가볍고 건조한 껍질 같은 것들로 만들어졌어요. 내 시는 연약해요. 모음 하나를 살짝 건드려도 우수수 무너져요. 피부처럼 내게서 내가 떨어져 나가요

써라.

노동할수록

이 시는 시에 더 가까워집니다

나는 더 넓어집니다. 써라.

이 시는 연장

여기서 얼마간 거주해요
짐을 풀지 마세요
당신은 이곳에 들어와 앉아서 쉬었다 갈 수 있지만
여기서 계속 살 순 없어요
예전에 나는 이렇게 적었습니다
고통에는 아무 의미가 없다•
나는 이제 고통의 의미를 적습니다

고통: 고통은 사라지는 것을 사라지지 않게 한다.

• 성다영, 「다중슬픔」, 『스킨스카이』, 봄날의책, 2022

문을 열면 비로소 있는

김리윤

『투명도 혼합 공간』, 문학과지성사, 2022

너무 낯선 이름이었다. 나는 게으른 독자였으므로 매년 새로이 탄생하는 시인들을 잘 알지 못했다. 시집이 그들과 만날 수 있는 유일한 통로라고 믿었다. 김리윤. 낯설었지만 동시에 빛이 났던 그 이름. 처음 들었을 때의 그 희한한 기분을 잊지 못한다. 그 이름을 알게 된 것만으로도 나는 조금 넓어진 셈이었다.

분명한 눈동자로 자신 앞을 응시하고 있다. 그의 방향이 곧 그의 앞이었다. 시인의 첫 모습. 얇고 단단한 선으로 그려진 시인의 첫 모습. 『투명도 혼합 공간』이라는 곳으로 진입하기 전, 나를 꿰뚫어보는 것만 같았다.

그리고 말한다. 자신의 세계는 “재세계(Reworlding)”할 것임을. 무언가를 쓰러뜨리고 삭제하며 다시 짓는 재건의 방식이 아닌, 새로이 수선하는 방식으로. 그렇게 세상이라는 이미지에 한 결의 빛을 계속해 더해가는 방식으로. 다시 세계될 것임을 그는 분명히 한다. 그렇게 우리는 다시금 고쳐진 세계에 조금씩 진입하면서, 새로운 눈을 가지게 된다. 우리 스스로도 모르게.

● 박참새
○ 김리윤

● 책이 정말 많네요.

리윤 시인의 작업실은 우리의 키보다 한참이나 큰 서가들이 빠듯하게 들어서 있었고, 책장엔 한눈에 가늠할 수 없을 정도의 책들이 빼곡히 채워져 있었다. 참 리윤 시인답다고 생각했다.

○ 작업실 이사 후 대대적인 정리를 진행하면서 책을 정말 많이 버렸어요. (웃음) 중고서점에 팔 생각으로 책을 솎아냈는데, 막상 보관하지 않을 책들을 모아두고 보니 너무 방대한 양이라 도저히 들고 가서 팔 엄두가 나지 않더라고요. 이 서가에 딱 맞을 만큼만 남기고 정리한 것인데 세상에는 몰랐던 재밌는 책도, 재밌는 신간도 참 많아서 계속 증식하는 중이에요.

● 이전에는 작업실이 어디였어요?

○ 혜화 근처였어요. 사진 작업을 하는 스튜디오 ‘텍스처(Texture) 온텍스처(on Texture)’와 함께 작업실을 쓰다가, 이 동네로 이사 왔죠.

● 저도 이 동네를 정말 좋아해요. 제 첫 직장이 바로 옆에 있는 미술관이었거든요. 그리고 눈 오니까 더 아름답지 않나요?

우리가 만난 날, 두꺼운 눈이 살금살금 내렸다.

○ 맞아요. 대신 고립될 가능성이 크지만요. (웃음)

● 여기서 바라보고만 있어도 정말 좋을 것 같은데요.

일렬로 정렬된 서가 바로 옆에 아주 큰 통창이 있었다. 인왕산 끄트머리가 보인다.

첫 시집인 『투명도 혼합 공간』이 2022년 8월에 출간되었는데요. 어떻게… 잘 지내셨어요?

○ 네, 평소보다 좀 정신없이 지나가는 시간 속에 있긴 했지만 잘 지냈어요. 첫 시집이 나왔다는 사실이 여전히 얼떨떨해요. 아직도 이게 내 책이 맞나 싶기도 하고요.

● 책을 낸 작가들이 출간 직후에 느끼는 감정이 정말 비슷하

긴 한가 봐요. 리윤 시인은 출간 블루 없었나요?

○ 출간 직후에는 전혀 없었어요. 원고가 책의 물성으로 손에 놓이기까지 크고 작은 결정들을 내리고, 출간 직후 챙겨야 할 이런저런 일들을 수행하느라 정신이 없기도 했고요. 책을 준비하는 과정에서는 시집 한 권에 모인 시들이 너무 넓은 범주의 시간을 공유하는 것이다 보니 여러모로 복잡한 마음이 들었어요. 원고를 묶고 배치하는 작업을 마무리하고 최종교를 마친 원고를 인쇄소로 보낼 즈음부터 책이 완성된 후의 시간들은, 이 복잡한 마음이 소거된 생활과 마음 사이에 약간의 여백이 생긴 듯한 붕 뜬 상태로 보냈던 것 같아요. 계절이 두 번 바뀌고, 출간 관련 행사도 얼추 마무리된 뒤 차분한 분위기 속에서 지내고 있자니 이제야 일종의 출간 블루라고 할 법한 묘한 기분이 들기도 해요.

● 시집 한 권이 나오기까지 정말 오랜 시간이 필요하잖아요. 물론 모든 시집이 저마다의 속도로 꾸준히 사랑을 받고 있긴 하지만, 써온 기간이 무색해질 만큼 금방 잊힐 때도 종종 있어서 가끔은 아쉽더라고요. 제 시집도 아닌데요. (웃음) 그리고 요즘… 시집이 정말 많이 나오잖아요.

○ 맞아요. 올해가 유독 더 그런 것 같기도 해요.

● 그쵸! 저만 느낀 게 아니었군요.

○ 비슷한 이야기를 다른 동료들과도 몇 번 나눴었어요. 활동을 시작한 시기가 비슷한 시인들의 첫 시집이 올해 많이 나와서 더 그렇게 느껴지는 것 같기도 하고요.

● 그 와중에 리윤 시인의 시집을 가까이서 읽을 수 있어서 너무 좋았습니다. (웃음)

○ 이렇게 많은 시집 중에 제 시집을 가까이서 읽어주셔

서 너무 고맙습니다.

● 소문난 다독가라고 알고 있습니다.(웃음)

○ 아니에요, 독서가 저에게 가장 중요하고 재밌는 일 중 하나인 것은 사실이지만 특별히 많이 읽는 편은 아닌 것 같습니다. 저 서가에는 열일곱 살 때부터 읽은 책들이 다 있는 거예요.

(일동 폭소)

●『투명도 혼합 공간』을 읽으면서 놀라웠던 지점이 리윤 시인의 인용력이었는데요. 아주 폭넓은 책의 시간대를 꼼꼼히 살피면서도 미술이나 영화처럼 분야를 넘나드는 여러 작품들을 끌어오시잖아요. 그리고 그 과정에서 리윤 시인만의 시각이 덧대어지면서 시가 아주 풍부해지죠. 그래서 처음엔 '이 사람 뭐지…? 눈 뜬 모든 시간을 책을 읽는 데 쓰는 건가?'라고 느낄 정도였어요.(웃음)

○ 시집 출간 이후 인용과 관련된 질문을 많이 받긴 했어요. 평소에 문장을 모아두는지를 궁금해하시는 분도 많았는데, 책을 읽으면서 밑줄 친 문장들은 따로 메모장에 정리해둬요. 말씀하신 것처럼 타 장르의 창작물에서 인상적인 것을 발견했을 때도 마찬가지고요. 일종의 사적인 데이터베이스인 셈이죠. 그런데 참새 님도 책 정말 많이 읽지 않나요?

● 저는 '이런' 부류의 사람이 있다고 말하고 싶은데요. 대상을 향한 열정이나 호(好)의 크기를 물어볼 때 무조건 부정하는 사람들이요. 그들의 기준은 항상 그들 스스로보다 더 많이 읽거나, 쓰거나, 보거나, 궁금해하는 사람들이라 '네, 맞아요. 저 책 많이 읽어요!'라고 쉽사리 대답하지 않더라고요. 저희가… 그런 부류인 듯합니다.(웃음)

○ 맞아요! 많이 좋아하는 것일수록 아무리 읽고, 보고, 듣고, 생각해도 더 궁금하고 알고 싶고 부족하게 느껴지기 때문인지 열정이나 호의의 크기를 가늠할 때 소극적으로 측량하게 되는 것 같아요.

● 그런데 저는 요새 진짜 안 읽어요. 이제 잠깐 그만 읽을 때가 됐다, 쉬자…. 그리고 책을 너무 많이 읽으면 약간 미치는 것 같기도 하고요.

○ 말씀하신 것처럼 미치지 않기 위해 그만 읽어야 할 때도, 미치지 않기 위해 더 읽어야 할 때도 있는 것 같아요. 여러 이유로 책이 정말 안 읽히는 시기가 제게도 있고요. 그런데 참새 님은 ‘모이moi’[1] 하시면 최소한의 독서량이 있으실 것 같은데요?

● (너무 놀라며) ‘모이’를 아세요…?

○ (웃으며) 그럼요, 왜 몰라요.

● 시작한 지 2년 정도 되어가는데도, 아직도 누가 안다고 하면 정말 깜짝 놀라요.

○ 저도 그래요. 저를 안다고 하시거나, 제 시집을 읽었다고 하시면, “네…? 정말요…? 저를 아세요…?” (웃음)

시와 시간

● 『투명도 혼합 공간』을 처음 읽을 때, 옆에 시를 정말 좋아하는 친구가 있었거든요. 근데 제가 한 장 한 장 읽을 때마다 귀퉁이를 계속 접더래요. 그걸 보면서 그럴 거면 뭐하러 접냐고. (웃음) 하지만 그러지 않을 수 없는걸…. 지금 완전 아코디언북 됐어요.

1 박참새가 2021년에 출범한 가상실재서점 Virtual Bookstore이다. www.shop-moi.kr

저에게는 '김리윤'이라는 시인이 등장한 게 다소 충격적이었거든요. 왜냐하면 저는 문예지를 성실히 챙겨 보는 편도 아니고, 주변에 시와 가까운 동료가 많이 없기 때문에 등단을 했어도 시집이 나오지 않았다면 잘 모를 수밖에 없더라고요. 그런데 갑자기 이런 멋진 시인이 등장하다니….
그간 이런저런 문예지나 다양한 지면에 발표한 시들이 『투명도 혼합 공간』에도 수록되어 있잖아요. 기분이 묘할 것 같다는 생각을 했어요. 그간 뿔뿔이 흩어져 있고 생긴 것도 조금씩 달랐을 텐데, 이렇게 나란히 모여 있는 걸 보면 느낌이 남다를 거라 생각했거든요. 그리고 수년에 걸쳐서 쓴 작품들이기도 하고요.

○ 정말 여러 감정이 들어요. 등단작이기도 한 「애도 캠프」를 지금 읽으면 매우 낯설게 느껴져요. 시의 구조나 꼴을 떠나서 시에 내재한 감정이나 태도, 발화 방식 같은 것이 저에게는 이미 너무 지나간 것, 아득하게 먼 장소에 두고 온 어떤 것처럼 느껴져서요. 시집 원고를 묶을 때도 시를 쓴 시점과 책을 준비하던 시점의 시차가 큰 시일수록 시집에서 빼고 싶다는 충동에 시달렸어요. 하지만 5편의 시를 뺀다면 5편의 시를 새로 쓰는 동안의 시차가 추가로 발생할 것이고, 이 시차와 함께 원고를 재독하면 또 현재와 가장 멀리 떨어진 시점에 썼던 5편을 빼고 싶을 것 같았어요. 그렇게 하나둘씩 빼다가는 관짝 덮을 때까지 한 권의 책도 내지 못하고 죽을 것 같더라고요. (웃음) 그래서 미래보다 낯선 과거 같은 시들을 포함한 한 권이 지금으로서는 최선이라고 생각하며 조금 초연해졌어요. 시집 원고를 묶은 시점과 시차가 가장 큰 시들이 몰려 있는 구간이 있긴 하지만요.

● 이유가 있는 배치일까요?

○ 특별한 이유가 있다기보다는 직관적으로 읽기에 좋은 흐름을 만들려다 보니 자연스럽게 쓴 시기가 비슷한 시들끼리 모이게 되더라고요. 저는 거칠고 덜 다듬어진 상태여도 대체로 최근에 쓴 시에 더욱 마음이 가는 편인데, 그래서인지 쓴 지 오래된 시들이 모여 있는 부분은 어쩐지 낯설고 부끄러워서 낭독회를 한다거나 할 때 덜 읽게 되긴 해요. (웃음)

● '위트앤시니컬'에서 첫 낭독회 하실 때, 어떤 독자께서 「애도 캠프」를 너무 좋아한다며 낭독 요청을 했었잖아요.

○ 맞아요. 원래 제가 짜둔 낭독 목록에서는 그 시가 빠져 있었거든요. (웃음)

● 2019년도에 등단하셨는데 그때부터 첫 시집의 꼴을 상상하며 구체적으로 준비해온 건가요?

○ 아뇨, 투고했던 원고 외에는 써둔 시가 전혀 없는 상태로 활동을 시작해서인지 처음에는 시집의 모습을 상상하기 어려웠어요. 첫 시집이라는 것이 좀 막연한 사물로 느껴졌다고 해야 할까요. 그래서 첫 시집을 만드는 과정은 한 덩어리를 빚어가는 것이었다기보다 한 편 한 편의 시를 쓰는 일에 집중하는 시간과 그렇게 쓰인 시들을 조각조각 모아 어울리는 배치를 만들고 꿰맨 것에 가깝게 느껴져요.

● 그 작업은 얼마나 걸렸어요?

○ 시집의 형태로 원고를 묶고 정리하는 데 2~3개월 정도 걸렸네요.

● (조금 놀라며) 별로… 안 걸렸네요?

아닌가?

○ 평균적으로 얼마나 걸리는 일인지 잘 모르겠지만… 겨울에 이 작업실로 오면서 원고 작업을 시작했고, 봄이 시작될 무렵 송고했던 것으로 기억해요.

● 겨울 내내 시와 함께했던 거로군요. 정신없이 바쁘지만 남다른 계절이었겠어요.

『투명도 혼합 공간』이 문학과지성 시인선 571번으로 출간되었는데요. 취향이고 매우 사견이지만… 리윤 시인의 캐리커처가 이 시리즈에서 가장 빛난다고 생각합니다. 선 하나하나가 리윤 시인과 시를 닮아서 정말 안착된 느낌이에요. 어때요, 동의하시나요? (웃음)

○ 표지 컷은 저도 첫 시집에서 가장 애착이 가는 부분 중 하나인데, 참새 님께서도 좋아해주셔서 기뻐요. 대부분의 시인선 표지 그림은 오래전부터 이제하 선생님께서 맡아주고 계시는데, 의뢰드리고 싶은 분이 있을 경우 따로 요청드려도 괜찮다고 안내를 받았어요. 그래서 평소 마음에 두고 있었던 이차령 작가님께 부탁드렸습니다. 차령 씨는 사진가로도 오래 활동해오셨는데, 그의 그림과 사진 모두 정말 좋아해요. 여담이지만 10년 전쯤 보고 인상적으로 기억하고 있던 차령 씨의 흑백사진 작업이 모 매체와의 인터뷰에서 이제하 선생님을 촬영한 컷이었다는 걸 알고 신기한 인연이라고 생각하기도 했어요. 혹시 B컷도 보셨나요?

● 심장 찢어지는 줄 알았습니다.

○ 맞아요. 표지에 들어간 A컷보다 훨씬 강렬하죠. (웃음) 그 그림도 볼수록 묘하게 이끌려서 최종 컷을 결정하기가 무척 힘들었어요. 결국 B컷이 된 그림은 정면을 바라보고 있는데, 서점 매대에 놓인 책 표지와 눈을 마주

친 분들께서 좀 부담스러워하시지 않을까 싶어서 지금의 그림으로 결정하게 되었어요.

● 그리고 시선이 살짝 위를 향해 있잖아요. 전 그 점도 너무 좋았답니다.

시를 본격적으로 쓰기 시작한 건 언제였나요? 어느 시인의 강의를 들으며 처음 시작하게 되셨다고요.

○ 태어나서 처음으로 시를 써본 것은 말씀하신 것처럼 얼떨결에 수강하게 되었던 모 시인의 강의에서였는데, 2014년 무렵이었어요. 시를 쓰겠다는 생각보다는 좋아하는 시인에 대한 호기심으로 신청한 강의였거든요. 그때는 회사를 다니고 있었고, 이후 독립해서 그래픽디자인 스튜디오를 꾸리면서 정신없는 시기를 보내느라 시를 꾸준히 쓰지는 못했어요. 1년에 한 편쯤 쓰기도 하고 몇 년간 아예 못 쓰기도 하면서 쓴다고도, 쓰지 않는다고도 할 수 없는 모호한 상태로 시간을 보냈어요. 그러다 2018년 가을 즈음 작업에 대한 갈증이 한계에 다다른 것처럼 크게 느껴졌고, 이렇게 시를 완전히 놓지도, 몰두하지도 못하는 애매한 상태로 시간을 보낼 거라면 1년이라도 꾸준히 써보자고 생각했죠. 한 달에 한 편이라도 쓰겠다는, 여전히 성실한 속도라고는 할 수 없는 목표를 세웠고요. 그렇게 가을과 겨울 동안 쓴 원고를 모아 봄에 투고했어요.

● 근데 바로 된 거예요?

(일동 웃음)

○ 처음은 아니었고, 시를 처음 쓰기 시작했을 무렵에도 투고해본 적은 있었어요.

● 그래도 마음을 먹으니 바로 됐네요.

○ 김현 시인의 "새 마음으로 살다 보면 새 몸이 되겠지"[2]라는 문장을 종종 생각하는데, 이 문장을 실감하게 되었던 순간이었어요. (웃음)

● 그렇게 굳은 결심을 하고 정말 깊게 몰두하는 시간에 시 쓰는 일에만 집중하면 좋은 소식이 빠르게 찾아오는 경우가 있더라고요.

○ 맞아요. 그런 시간이 필요한 것 같기도 해요.

● 등단 연락 왔을 때 어땠어요? 그 생생한 기쁨…!

○ 그날은 아빠 생신이라 부모님이 계신 부산에 가는 길이었는데, 모르는 번호로 전화가 왔었어요. 일상적인 장소에서 받은 연락이 아니었기 때문인지 선명하게 그 순간이 기억나요.

● '010'으로 시작하는 번호였나요?
신박한 궁금함.

○ 네, 편집자님이 전화하셨어요. "김지연 씨 맞으세요?" 하시기에 택배 연락이겠거니 하고 심드렁하게 "네, 맞는데요." 했더니 "혹시 「애도 캠프」…?"라고 여쭤보셔서 정말 깜짝 놀랐죠. 거짓말 같고 얼떨떨한 기분이 압도적이었지만 기쁘기도 했어요. 당선 전화를 받고 나서 며칠 동안은 불안하기도 했고요. 뭔가 착오가 있었던 게 아닐까 싶은 의심도 들었고, 앞서 말씀드렸듯이 써둔 시라고는 투고한 것이 거의 전부였기 때문에 너무 준비가 덜 된 상태인 것 같다는 생각도 들었어요. (웃음) 그리고 그때까지만 해도 부모님이 제가 시를 쓰고 있다는 걸 모르셨거든요. 그래서 부산에 도착하자마자 부모님께 문학과지성사라는 출판사에서 신인상을 받았다고 말씀드리니까, 그걸 왜 너한테 주냐고 하시는 거예요. 혹시 디자

2 김현, 「조선마음 8」, 『입술을 열면』, 창비, 2018

인 상이냐고.

(일동 폭소)

그래서 설명을 하긴 했는데 무엇을 축하해야 하는지 잘 모르는 채로 아무튼 상을 받았다니까 축하해주셨던 것 같아요.

● 좋은 날에 더 좋은 소식을 가지고 내려가셨네요.

○ 내려가는 길의 얼떨떨하고 들뜬 기분이 기억나요.

● (탄성을 내지르며) 와, 너무 좋았겠다.

○ 정신이 좀 들었을 때는 소식을 전해주신 편집자께 너무 부끄러웠어요. 보통 일면식도 없는 분과 처음 통화하면서… 그렇게 감정을 드러낼 일은 잘 없으니까요. (웃음)

내가 우리의 이름을

● (작업실을 조용히 누비며 안락함을 즐기는 연두를 발견한다) 저 연두 알아요! 사실 오늘 연두를 만날 생각에 더 설렜던 것 같네요. 연두와는 어떻게 처음 만나셨어요?

○ 연두가 지내던 보호소의 SNS 계정을 계속 지켜보고 있었는데, 연두 입양 공고를 봤을 때… 뭔가 말로 설명할 수 없는 강렬한 이끌림을 느꼈어요.

● 찌르르…!

○ 뭐에 홀린 듯이 데려오게 됐어요.

● 연두가 시에 굉장히 많이 등장하잖아요.

○ 의식하고 등장시킨다기보다 제 머릿속에서 너무 많은 공간을 차지하고 있어서 자꾸 출몰하는 쪽에 가까워요.

● 근데 정말 자연스럽게 어우러지는 것 같아요. 연두와의 삶 이후로 굉장히 많은 변화들이 있었을 듯해요.

○ 맞아요. 연두와 함께하는 삶이 정말 너무 좋고 세상을 보는 시선 자체가 조금 달라졌어요.

● 어떤 식으로요?

○ 일단 산책을 하루에 두 번은 해야 하니까, 물리적으로 발이 닿는 장소와 눈이 닿는 풍경의 범위나 그 촘촘함 같은 것이 완전히 달라졌어요. 살면서 가장 꾸준히, 성실하게 해본 일이 개 산책이 아닐까 싶을 정도니까요. 아무런 의문 없이 수행할 수 있는 동사로서의 산책, 행위 자체가 당위가 되는 산책이 삶에 들어온다는 것은 많은 것을 바꾸는 듯해요. 그리고 개들은 정말 사람이 보기에는 아무것도 없어 보이는 곳, 아무것도 아닌 것처럼 보이는 무언가를 오래, 깊이, 꼼꼼히 들여다봐요. 눈이 아닌 코로요. 저는 그렇게 관찰하는 연두를 기다려야 하고요. 그러는 동안 자연스럽게 연두가 보는 것을 저도 보게 돼요. 매 계절이 새롭게 느껴져요. 봄에는 봄이, 여름에는 여름이, 가을에는 가을이, 겨울에는 겨울이 원래 이랬나 싶을 정도로요. 말하자면 너무 길어지겠지만 다른 종을 깊이 사랑하게 되는 것은 세계를 인식하는 방식을 근본적으로 흔드는 경험이에요.

● '연두'라는 이름은 보호소에서 지어준 건가요?

○ 아뇨, 보호소에서는… '그레이스'였답니다. (웃음)

grace
● 연두… 매우 그레이스하죠.

○ 그쵸. (웃음) 그레이스 시절에는 정말 더 그레이스했는데, 연두라는 새 이름을 지어주고 나서는 더 연두 같아졌어요.

● 작명에 소질이 있으시네요. '리윤'이라는 이름도 세상에, 얼마나 아름다운지….

○ 다행이네요, 이 이름을 짓기까지 정말 많은 고민이 있었어요.

● 혹시 뭐 어디 가셨어요? 작명소 같은…?

○ 작명 앱을 써보기도 했어요. 그런데 그런 곳에서 제안해주는 이름들은 전부 다 낯설고 제 것 같지가 않았어요. 그래서 한 글자만 바꾼다든지 해서 본명과 너무 멀지 않은 필명을 짓고 싶었는데, '지연'이라는 이름이 가운데 글자를 뭘로 바꾸어도 여전히 너무 흔한 이름인 거예요. 뒷글자를 바꿔도 마찬가지였고요. 동명이인이 지나치게 많은 본명을 가졌다는 실용적인 이유 때문에 활동명의 필요성을 느낀 것이었는데, 너무 낯설게 느껴지지 않으면서도 흔하지 않은 이름을 짓기가 생각보다 참 어려웠어요. 그래서 소리나 어감, 글자의 모양 같은 것을 고민하다 보니 지금의 이름을 짓게 되었네요. (웃음)

● 희대의 필명이다. 짱필명.

○ 의미가 특정되거나 너무 비장한 인상을 주지 않는 무던한 이름인 동시에, 하는 작업을 묶는 색인으로서의 역할을 충분히 할 수 있는 활동명을 짓기가 무척 어려웠는데, 그렇게 말씀해주시니 다행입니다.

● 아니요, 아니요, 김리윤 씨 완전 김리윤이에요.

(일동 웃음)

저는 『투명도 혼합 공간』이 출간된 직후에는 마냥 너무 좋아서, 이 시집들의 모든 문장이 정말 빛나고 아름답다는 생각에 사로잡혀 있었는데, 최근에 대담을 준비하면서 여러 번 다시 읽으니까 아주 크고 맑은 슬픔에 먹혀버릴 것 같다는 느낌이 강하게 들었어요.

○ 지금 마음이 슬프신 거 아니에요? (웃음)

● 설마 그런 나약한 이유 때문인가, 저도 스스로를 의심하긴 했는데요. 사실 저는 슬픔과 아름다움이 그렇게 멀리 있지 않다고 느껴요. 슬픔의 끝에 아름다움이 있고 아름다움의 시작에 슬픔이 있을 수 있는 것처럼요. 시를 여러 번 반복해서 읽으며 생기는 자연스러운 레이어를 오랜만에 느끼게 되어서 정말 좋았어요. 시편 하나, 시집 한 권, 빠르게 읽어내야만 하는 게 버릇이자 의무이다 보니까요.

그리고 리윤 시인의 시를 읽으면서는 한 편 한 편 쓰는 게 결코 쉬운 일이 아니었을 것 같다는 느낌을 강하게 받았어요. 물론 모든 시가 쉽게 쓰여지지 않겠지만요. 시를 쓸 때의 리윤님은 어떤 모습인가요?

○ 말씀하신 것처럼 슬픔과 아름다움은 늘 가까이에 있고, 아름다움에는 언제나 슬픔이 도사리고 있는 것 같아요. 슬픔이 늘 아름다움을 동반하지는 않고, 아름답다고 말해서는 안 될 것 같은 종류의 슬픔도 있다는 생각이 들지만요.

시 쓰기는 언제나 어렵고, 어려워서 재밌고, 쉽게만 느껴진다면 재미없지 않을까 싶은 일이에요. 요즘은 예전보다 백지 앞에서의 두려움이 커져서 큰일인데, 이 어려움 속에서 재미있게 헤매보려고 노력하고 있어요. 저는 다작하는 편이 아니라 쓰는 시의 양 자체가 무척 적은 편인데, 퇴고를 많이 하지는 않아요. 초고에서 크게 바뀌지 않는 경우가 많고요. 자리에 앉아서 쓰는 것 자체는 금방인데, 작은 조각들을 모으듯 쓸 준비를 하는 데까지 시간이 조금 오래 걸리는 것 같아요. 머릿속에서 생각을 오래 굴려야 쓸 마음을 먹을 수 있게 된달까요.

● 시간을 정해놓고 시를 쓰는 편인가요?

○ 시간보다는 편수로 생각하는데요. 제 목표량은 나름 한 달에 2편 정도인데, 사정상 그것보다 훨씬 많이 써야 할 때도 있고 또 아예 못 쓸 때도 있고 그래요.

● 그래도 항상 마음속에는 '써야 한다'는 생각이 가득한 거네요.

○ 그럼요. 그런데 아시잖아요, 잘 안 되는 거…. (웃음)

미립자로서의 시

● 2019년에 등단하셨으니, 이제 3년 차 시인이잖아요. 어때요, 스스로가 시인이라는 어떤 자각이 있나요?

○ 아직도 시인이라고 저를 소개할 일이 있을 때면 좀 낯설고 어색한 기분이 들어요. 왜 그런지 잘 모르겠지만요. 예를 들어 저를 디자이너로 소개할 때는 고민이 없거든요. 왜냐하면 제가 의뢰를 받고 노동에 대한 대가를 지불받는 일이 그것이니까요. 직업으로서의 경계가 분명한데 시인은 꼭 청탁이 있고 고료가 있으니 시인인 것이다, 이렇게 생각하지는 않아서 그런 것 같아요.

● 이런 지점에서 돈에 대해 생각하게 되는데, 그것이 참 중요하면서도 그렇게까지 중요한가 되묻게 돼요. 제 명함에 '북(Book) 큐레이터(Curator)'라고 되어 있거든요. 얼마 전에 누굴 만나서 명함을 건네주는데, 직함을 보더니 북 큐레이터가 직업이 될 수 있다는 게 가능한 일인 동시에 너무 신기한 일인 것 같다고 하더라고요. 저를 보며 그런 걸 느꼈대요. 그래서 당장에 해명했죠.

그건 직업이 아니고 나의 지향성에 가깝다고. 그게 직업이 되려면 그 일로 돈을 벌어야 하는데 전혀 그렇지 않다고…. 그런데 반대로 생각해서 큐레이팅이라는 일로, 특히 책을 중심으로, 최소한의 벌이를 하게 된다면 제가 그에 합당한 직업의식을 가지게 될까 생각해보니 또 반드시 그럴 것 같지는 않더라고요. 참 묘해요.

○ 시를 쓰는 일도 그렇고 참새 님이 하시는 일도 그렇고, 돈을 많이 벌고 적게 벌어서 그런 건 아닌 것 같아요. 직능으로서의 '일'을 생각했을 때, 일이 삶에서 큰 부분이기는 하지만 어쨌든 일부이고 생활과 분리시키려 하면 어떻게든 단절할 수 있는 조각이잖아요. 그런데 시는, 뭐랄까, 미립자 같아요. 아주 미세하게 공기 중에 섞여 있는 것처럼… 그것 자체로 삶 전체에 속해 있고 생활의 모든 부분에 흩뿌려져 있는 느낌이거든요. 삶에서 일부러 떼어낼 수 있는 조각이 아닌 거죠.

● 그래서인지 시인이 직업이라기보다는 조건이나 상태에 가깝다고 느끼는 시인들을 많이 본 것 같아요.

○ 그 말에 공감이 되기도 하지만 또 한편으로는 여러 가지 생각이 드는데요. 직업이 아니라고 해버렸을 때, 직업인으로서 마땅히 존중받아야 할 부분을 존중받지 못하거나 보장받아야 할 권리를 지켜내기 어려워질 수 있기 때문에요. '시인'이 일종의 상태인 것은 사실이지만 그럼에도 불구하고 직업이라고 분명히 말해야 할 필요도 있어요. 창작자로서의 시인은 상태인 동시에 사회의 부분이기도 하니까요.

● 제가 미리 드린 공통 질문과 조금 연결되는 것 같은데요, 유독 '시'에만 '사람'이 붙는다고요. 애초에 그 둘을 분리할 수 없

는 게 아닐까 싶기도 하네요.

○ 정말 그런 것 같아요. 시를 쓰는 순간만이, 혹은 시에 연루된 일을 하는 순간만이 그를 시인으로 만들어주는 것이 아니라, 시와 전혀 무관한 일을 하는 것처럼 보이는 생활에 속해 있는 순간에도 시가 촉발되는 균열을 기민하게 감각하는 동물 같은 상태로 지내게 되는 것이 시인 같아요. 그래서 시인이라는 정체성은 정말 상태인 동시에 직업인 듯해요.

● 소설이나 산문 같은, 결이 다른 글도 자주 쓰는 편인가요?

○ 소설은 써본 적 없고, 산문의 경우 써야 할 일이 종종 생기기도 하고, 꾸준히 쓰고 있어요.

● 어때요, 시 쓰기랑 많이 달라요?

○ 음, 설명하기 복잡하지만 분명히 달라요. 산문은 조금 더 '쓰기 노동'에 가깝다는 느낌도 들어요. 분량 자체가 많기도 하고요. 시는 언어 자체가 가진 운동성에 기대어 어딘가로 가버리도록 일종의 출구 혹은 입구를, 문턱도 문도 없는 게이트를 만들어주는 작업에 가깝다면 산문은 그런 움직임을 어느 정도 통제하고 정리해서 출입구가 명확한 공간을 만드는 일에 가까운 것 같아요.

산문은 공간이 아무리 넓더라도, 내부에 규율이나 정해진 동선이 없더라도 문을 열었을 때 누군가는 절벽을 보고 누군가는 바다를 보고 누군가는 숲이나 도시를 보는 식으로 전개되거나 문이 사라지는 식으로 작동하는 공간은 아닌 거죠. 시는 그런 공간이고요.

● 시의 첫 기억으로 진은영 시인의 『일곱 개의 단어로 된 사전』을 꼽아주셨던 기억이 나는데요. 10년 만의 신작인 『나는 오래된 거리처럼 너를 사랑하고』의 출간을 기념하기 위해 열

명의 시인들이 정식 출간 전 진은영 시인과 시집에 보내는 짧은 편지를 연이어 공개했었잖아요. 리윤 시인도 그 편지의 발신인이었고요. 기분이 정말 남달랐을 것 같아요. 시라는 세계를 열어준 시인의 새 시집을 기념하는 축사를 쓰게 된 셈이잖아요.

○ 맞아요. 처음에 부탁을 받고 기분이 묘하고 이상했었어요. 시간이 그렇게나 흘러버렸구나 하는 실감이 나기도 하고요. 저에게는 각별하고 기쁜 의뢰였어요. 『일곱 개의 단어로 된 사전』을 처음 읽던 순간이 제게 어떤 의미였는지 다시 생각해보게 되어서 좋았고요. 그 시집을 처음 펼쳐들었던 순간부터 지금까지 어떤 시간들을 통과해왔는지, 그 시간 동안 시가 나에게 무엇이었는지. 그런 것들을 생각하게 되더라고요.

● 시를 쓰면서 힘들었던 적은 없어요?

○ 사실 아직까지 너무 힘들었던 적은 없어요. 지금까지는 그저 너무 재밌고, 너무너무 어렵지만 재밌고, 또 어려워서 재밌는 거 아닌가 싶고, 그래요. 최근에 마감이 몰려서 한 달에 6편을 써야 했거든요. 이전까지는 한 달에 가장 많은 시를 써본 기록이 3편이었던지라… 제일 힘들었던 순간이라면 그 정도예요. (웃음)

● 등단하기 전에 외부 강의도 들어보았어요?

○ 저는 학교를 다니지 않았으니까, 외부 강의가 시 쓰기와 접하는 거의 유일한 계기였어요. 많이 들었어요.

● 역시 그냥 되는 건 없군요.

○ 오히려 '나 시를 꼭 써야겠어!' 이렇게 굳은 결심을 하고 강의를 들었더라면 그렇게 이것저것 많이 듣지 못했을 수도 있을 것 같아요. 그냥 좋아하는 시인이 강의를

하거나 재밌어 보이는 수업 공지를 보면 '궁금한데? 가 보자!' 하는 정도의 가벼운 마음이라서 그렇게 할 수 있지 않았나 싶어요.

● 배우면서는 어땠어요? 학교가 아니잖아요. 저는 학교가 아닌 곳에서 시 수업을 들을 때마다 이게 내가 배운다고 해서 배워지나…? 그런 생각이 종종 들더라고요. 그런데 또 한편으로는 배울 수 있지 않을까? 그런 생각도 하게 되고요. 그리고 배우러 온 저조차도 이렇게 혼란스러운데, 가르치는 당사자는 얼마나 생각이 많고 힘들까… 별 생각이 다 들더라고요.

○ 꼭 학교라는 제도 바깥의 교육이기 때문이 아니라, 근본적으로 시 창작이라는 것이 가르치고 배울 수 있는 것인가에 대해서는 생각해볼 여지가 많은 것 같아요. 그럼에도 저는 유형화된 작법을 배웠다기보다, 계속 시를 쓸 계기와 용기를 얻고, 내가 쓴 시를 어느 정도 객관적으로 볼 수 있는 눈을 빌렸다는 점에서 수업을 통해 배운 것이 많다고 생각해요. 저도 아직 가르치는 입장이 되어보진 않았지만 곧 하게 될 것 같아요. 그래서 걱정이고요….

● 그런데 배우는 기쁨이 있는 만큼 인도하는 기쁨도 있을 것 같아요.

○ 그렇겠죠. 해봐야 알 것 같아요. 당연한 일인 것 같기도 하지만, 가르치는 사람마다 방식이나 타인의 시를 대하는 태도나 시에 대해서 알려주고 싶은 지점들이 다 다르거든요. 그 차이를 경험하는 것도 재밌었어요. 시를 가르칠 수 있는가, 혹은 배울 수 있는가, 이건 꼭 시뿐만이 아니라 다른 분야의 창작에 있어서도 유효한 화두겠지요. 회화과 다닐 때도 누가 박사 과정까지 할 거라고 하

면 그랬거든요. "그림 박사겠네~!"

● 우리 주변에는 '시 박사'들 많죠. (웃음)

○ (웃음) '시 박사'라고 하니까 엄청나다. 아무튼 시를 가르친다는 일은 결국 꾸준히 자기 시를 쓸 수 있도록 여러 개의 문을 내어주고 그중에 어떤 것을 열고 나갈 수 있도록 격려해주는 일인 것 같아요. 저는 '자기 시'라는 말도 조금 더 정밀하고 조심스럽게 다시 생각해볼 필요가 있다고 생각하지만요. "자기 시를 써야 한다." "자기만의 시 세계를 구축해야 한다."는 말 정말 많이들 하고 듣는 말이잖아요. 그런데 생각해보면 자기 시가 아닌 시가 있을까요. 적어도 자기 것이 아닌 시를 쓰고 싶거나 쓰고 있다고 생각하는 사람이 있을까요. 또 한편으로는 완벽하게 온전한, 백 퍼센트의 '자기 시'라는 게 있을 수 있을까요. 의식하거나 의식하지 못하거나 우리는 무수한 텍스트에 둘러싸여 살아왔으니까요.

'자기 시'라는 말이 위치하는 복잡한 맥락을 포함해 다양한 방식으로 시를 바라볼 수 있게 돕고, 이런 곳에도 문이 있다는 걸 알려주고. 그런 게 시를 가르치는 일이 아닐까 싶어요. 문을 알려준다는 것은 문을 열 수 있다는 확신을 주는 것일 수도 있고 문의 위치를 가늠할 수 있는 일종의 지도 같은 것을 건네는 일일 수도 있겠지요.

● 리윤 시인께 그 '문'의 존재를 일깨워준 선생님이 계세요?

○ 활동을 시작하기 직전쯤, 그러니까 가장 최근에 들었던 수업의 선생님께서 제 시를 살피고 어떤 이야기를 전해줄 것인지 고민하는 태도로부터 문의 존재를 알게 되었어요. 선생님의 입장과 독자의 입장을 오가며 건네주신, 진심이 담긴 응원의 말 덕분에 제가 하는 작업에 대

한 최소한의 신뢰를 가질 수 있게 되었고요.

● 그렇게 작은 말 한마디가 정말 큰 힘이 되죠.

○ 창작을 지속하기 위해서는 미미하고 자그마한 것일지라도 자기 작업에 대한 신뢰가 필요한데, 한편으로 자기가 하는 작업을 온전히 신뢰하기란 정말 어려운 일이잖아요. 여러 종류의 불안을 통제하고 스스로에 대한 의심과 싸우면서 해야 하는 일이기에 독자건 동료건 내가 하는 작업에 대한 신뢰를 유지하고, 회복할 수 있도록 지지해주는 존재가 정말 소중해요.

● 지금은 리윤 시인 스스로에 대한 믿음이 그래도 조금 생긴 편인가요?

아닌 것 같은 표정이었다.

아니구나, 더 필요하구나. 지원군들 빨리 모여. (웃음)

○ 기분과 상태에 따라 많이 영향받는 편이에요. 어떤 순간에는 제가 하는 모든 일이 지나치게 허술하고 당위가 부족해 보이고, 눈앞의 백지가 유난히 막막하고 막연하게 느껴져요. 하지만 막막함 속에서 무언가를 내놓고, 부끄러움을 견디면서 조금씩 앞으로 나아갈 수 있다고 생각해서 이제는 '그래, 사람이 언제나 잘할 순 없지.'라고 좀 뻔뻔하게 생각하면서 그냥 합니다. (웃음)

● 그럼에도 저는 어떤 절대적인 불안이 잔존할 것 같아요. 물론 그 명제—언제나 최고일 수 없으며 반복하다 보면 더 탁월해질 수 있다—는 모두에게 적용되죠. 노력하는 사람이라면요. 그런데 창작자로서는 만약 한순간에 별로이면 그다음 기회가 결코 오지 않을 수도 있다는 상황도 늘 염두에 두어야 하잖아요. 그래서 매번 그렇게 엄청난 에너지와 첨예함을 소모하다 보면, 정말 힘에 부치는 순간도 올 수 있겠다는 생각을

여러 시인들 그리고 동료들을 만날 때마다 하게 돼요.
사랑하고 존경하는 그들이 오래, 오래, 해주었으면 하는 바람이라서.

○ 맞아요. 적잖은 에너지가 드는 일이지만 감당할 수밖에 없는 부분이라고 생각해요. 매 순간 평가받는다는 감각 속에 있는 대신 조금 긴 호흡으로, 기다란 선을 구성하는 점을 바라보듯이 작업과 그것을 내놓는 순간을 바라보는 것도 중요한 것 같고요. 그리고 시의 경우, 책의 형태로 엮으면서 다듬거나 보완할 기회가 있으니 그게 좀 위안이 되기도 해요. 물론 영원히 묻어버릴 수도 있고요. 작업을 지속할 힘을 유지하기 위해서라도 언제나 '지금은 이것이 나의 최선이다, 어쨌든 할 수 있는 것을 했다.' 정도로 생각하고 다음을 향하려 애쓰고 있습니다. (웃음)

머무르며 갱신하기

● 최근에는 어떤 책 읽고 계세요?

○ 요즘 여러모로 좀 정신없는 시기라 책을 잘 못 읽고 있어요. 그 와중에도 재밌어 보이는 책은 계속 눈에 띄어서 읽지 못한 새 책만 쌓여가네요.

● 저는 요즘 시집 읽으면 마음이 복잡해요.

○ 왜요?

● 예전엔 정말 순수한 농도 백 퍼센트의 독자로서 그것을 향유하기만 해도 충분했는데, 지금은 제 환경도 저 스스로도 많이 달라져서요. 게다가 주변에서도 시를 그냥 읽어선 안 된다, 자기만의 분석을 하며 읽어야 한다고들 하는데… 왜 안 되지?

그런 생각을 하면서 약간 혼란스러워 해요.

○ 저는 사실 지금도 그냥 읽는 쪽에 가까워요. 저 역시 매우 오랫동안 그저 읽는 일을 너무너무 좋아하는 독자였기 때문에, 처음에는 시를 쓰지 않겠다고 생각하기도 했어요. 읽는 일을 깨끗한 기쁨의 영역에 남겨놓고 싶었거든요. 독서의 기쁨이라는 것 역시 아주 복잡한 레이어를 가진 것이겠지만요. 그래서 참새 님께서 말씀하신 것이 어떤 마음인지 알 것 같아요. 그냥 읽는 쪽에 가깝다고는 했지만, 사실 정말로 읽기'만' 하던 때와는 조금 다른 형태의 즐거움이 있죠.

● 맞아요. 어느 순간 잃어버린 것 같아요. 하지만 그게 아쉽냐고 물어보면 또 그렇지도 않고, 돌아가고 싶냐고 물어보면 또 그러고 싶기도 하고…. 하지만 전혀 다른 무언가가 제 삶에 개입된 건 맞아요. 말로 구체화할 순 없지만요.

○ 정말 그래요. 지금 책을 읽을 때는 조금 더 복잡한 여러 겹의 레이어로 구성된 즐거움이 있죠.

● 가끔은 전생 같고 그래요. (웃음)

○ 시에 매혹되었던 최초의 순간에 느꼈던 어떤 감각, 부드러운 충격 같은 것들이 정말 전생의 기억 같기도 해요. 한편으로는 너무 생생하기도 하고요. 그래서 더 노력하게 돼요. 그 기쁨을 잃지 말아야지 하고요.

● 며칠 전에 친구와 아주 흥미로운 질문을 주고받은 적이 있어요. 평생 쓰기만 하기 vs 평생 읽기만 하기. 둘 중 반드시 하나만 할 수 있다면 무엇을 선택할지를 물어보는 질문이었는데, 저는 고민도 안 하고 당연히 읽는 일을 택하겠다고 했거든요. 근데 그 친구는 완전히 반대였어요. 쓰지 않으면 안 될 것 같다고요. 저는 확률적으로 생각해도 읽는 게 훨씬 이득일 것

같다고 생각했거든요.(웃음)

내가 훌륭한 글을 쓸 확률과 내가 읽은 글이 더욱 훌륭할 확률. 당연히 후자가 압승이므로.

그런데 어떻게 생각해보면 의미 없는 질문이기도 해요. 요즘 그런 말 많이들 하잖아요, 읽는 사람은 줄어드는데 쓰는 사람만 늘어난다고요. 저는 이 논제 자체가 그다지 유익하다고 느끼지 않는 게, 사실 읽고 있는 순간에도 우리는 쓰고 있잖아요. 머릿속으로 생각하면서 무의식의 글쓰기를 하게 되니까요. 읽기와 쓰기가 그렇게 다른 일이라고 생각하진 않아요.

○ 그리고 많이 읽는 사람은… 결국 쓰게 되어 있기도 하지요. 뭔가 저주 같네요. 내가 읽고 싶은 글을 찾아 헤매다 보면 결국 읽고 싶은 글을 써버리자, 하게 되는 것 같기도 하고요.(웃음)

● 디자인도 그렇고 시도 그렇고, 어떻게 보면 모두 궁극적으로 무언가 아름다운 것을 만들어내야 하는 작업이잖아요. 그런데 『투명도 혼합 공간』을 읽으면서는 그 아름다움에 대한 기존 정의를 약간 부수려는 저항 같은 게 느껴지기도 했어요. 그것에 얽매이지 않고 싶어 하는 화자가 말하는 듯이요. 그런데 벗어남이라는 게 쉽지 않을 것 같아요. 왜냐하면 어떤 작업이든 늘 이미지 속에 있어야만 하는데 그것으로부터 벗어나려고 하니까 반동 자체가 매우 힘겨울 때도 있겠어요.

○ 어쨌든 시각 언어를 다루는 일을 오래 해오기도 했고, 대여섯 살 무렵부터 꿈이 화가였으니 시각적인 아름다움에 큰 매혹을 느끼며 살아왔던 것 같아요. 본다는 감각과 물질로서의 이미지 자체가 제게는 정말 중요하기 때문에 이런 시간이 쌓이는 동안 오히려 이미지로서의 아름다움이 징그럽게 느껴지는 순간도 있었어요. 정확히

말하면 이미지로서‘만’ 아름다운 것이요.

『투명도 혼합 공간』에는 어떤 이미지나 관념, 장소, 풍경, 사물 등이 ‘아름답다’고 느껴지는데 그 느낌이 너무 이상하고 낯설게 느껴지던 순간, 일종의 균열로 감각되는 순간에 시작된 시가 많아요. 얼음을 손에 쥐면 차갑다고 느끼는 것과 같은 속도로 아름답다는 느낌이 와버리는데, 그게 너무 이상한 거죠. 그 느낌이 부당한 것으로 느껴지거나 화가 나거나 슬퍼지기도 하고요. 아름답다는 느낌이 있는 자리에 아름다움은 없는 것 같았어요. 첫 시집에는 이 이상한 분노와 슬픔과 낯섦을 들여다보고 싶은 마음에서, ‘아름답다’는 말을 버리고 돌아선 장소에서 시작되었던 시가 많아요.

제가 “느낌을 생각으로 막을 수 없다”[3]라는 문장을 쓰기도 했었는데, 정말 그렇다고 느껴질 때가 있거든요. 이걸 보고 아름답다는 생각이나 하고 있을 게 아닌 것 같은데, 그럼에도 불구하고 너무 아름답다고 느끼는 내가, 그 느낌을 막을 수 없는 내가 동시에 있는 거죠. 쓰는 일을 통해 이질감을 깊게 들여다보고 싶은 마음이 있었어요. 그리고 아름답다는 말 자체를 버리고 다시 시작해보기도 했고요. 말이 사라진 바로 그 장소에서부터요.

● 왜 ‘재세계’(Reworlding)라는 단어를 썼는지 알 것 같아요.

○ 네, 원래는 SF소설에서 쓰이는 용어인데 도나 해러웨이 역시 이 용어를 적극적으로 사용하기도 했어요. 「재세계」를 시집을 여는 자리에 두겠다는 건 처음부터 정해둔 순서였어요. 너무 비장해 보이는 제목일 수도 있겠지만 사실 제가 생각한 재세계는 무엇을 부수고, 텅 빈 자리에서 시작하는 과격한 것이라기보다 버리고 잊는 일

3 김리윤, 「거울과 창」, 『투명도 혼합 공간』, 문학과지성사, 2022

에서 시작하는 것에 가까워요.

● 마지막에는 「관광觀光」이라는 제목의 연작이 시집의 문을 닫고 있고요. 이 연작을 읽으며 '관광'이라는 말을 조금 다르게 생각하게 됐어요. 그전에는 단어 자체에 대해 뭔가 의심하거나 정확한 뜻과 뻗어나갈 수 있는 뜻을 궁금해하지 않았거든요. 말의 형상을 보는 눈이 생긴 것 같기도 하고요. 뭐랄까, '관광'이라는 말 자체가 좀 이상해졌어요.

○ 너무 좋네요. (웃음) 저 역시 '관광'이라는 단어를 한 음절씩 뜯어 한자와 함께 읽었을 때 드는 생경한 감각이 좋았어요. 단어를 이루는 한자가 가진 의미로 돌아가 단순하게 '빛을 보다'라고 풀이했을 때, 일상적이고 다소 건조한 인상의 짧은 단어가 갑자기 낯선 것으로 느껴지는 감각이요. '관광'은 이 낯섦에서 출발한 연작이에요. 빛과 풍경이 같은 글자(光)를, 사람의 머리 위에서 빛나는 불의 형상을 본뜬 한자를 공유한다는 사실도 재밌었고요. 빛을 보는 일과 풍경을 보는 일은 얼마나 같고 또 다를까, 빛이 비추는 사물이 아니라 빛 자체를 보려는 일은 가능한가, 사물이 빛을 필요로 하듯 빛도 사물을 필요로 하나, 이런 생각을 하게 되었고…. '관광'이라는 단어를 반복해서 더듬을수록 할 말이 남아 있는 것 같아서 여러 편의 시를 이어서 쓰다 보니 연작의 꼴을 갖추게 되었어요.

● '투명도 혼합 공간'이라는 제목은 한 번에 합격됐나요?

○ 사실 별로 좋아하지 않을 수도 있겠다고 생각하면서 제안드렸는데, 다행히 너무 좋아하셨어요.

● 오랜 시간 염두에 둔 제목인 것 같다는 인상을 받았어요. 『시 보다 2021』 말미에 실린 산문 제목도 역시 「투명도 혼합

공간」이잖아요.

○ 엄청 철저한 계획이 있었던 건 아니고 그땐 사실 시집의 제목이 될지도 몰랐어요. '투명도 혼합 공간'은 원래 인디자인 등의 그래픽 소프트웨어에서 CMYK, RGB 같은 색 공간을 이르는 말이에요. 색상·명도·채도를 3차원으로 표현한 개념인데, 같은 이미지라도 어떤 색 공간에 표시되는지에 따라 조금씩 다른 결과물이 나오고요. 이것이 이미지를 바라보는 방식이나 태도, 세계를 보여주는 설정값 내지는 '공간' 같은 것으로 느껴졌기 때문에 첫 시집의 시들을 하나로 묶어줄 수 있는 말, 첫 시집을 통해 하고 싶었던 것에 가장 근접한 제목이라고 생각했어요.

그리고 사실 이 용어는 사전에 등록된 고유명사도 아니고, 대부분의 사람들에겐 낯설 것이기 때문에 본래의 의미를 모른 채로 이 낯선 조합의 단어들이 만들어내는 충돌의 감각만으로 전달되어도 상관없다고 생각했어요. 이 용어는 일하면서 거의 매일 보던 마치 '서울의 수돗물 아리수' 같은 건조한 단어였는데요. 어느 날 인디자인 메뉴창에서 마주했을 때 문득 처음 본 것처럼 낯설어 보이는 순간이 있었고 앞서 이야기했던 의미를 연결 짓기 전에 처음으로, 직관적으로 이걸 제목으로 써볼까 생각했었거든요. 투명도… 혼합… 공간? 이렇게 세 단어가 붙어 있는데 왜 공간인지도 잘 모르겠고, 투명도를 뭘 어떻게 혼합한다는 것인지도 모르겠고. 짝이 안 맞는 것 같은 단어 셋이 모호한 관계로, 의미 불명의 상태로 나란히 있는 모습이 좋았습니다. 보시는 분들께서 용어의 원래 의미를 생각하지 않고 이 모호하고 낯선 감각만을 느끼

셔도 좋겠다는 생각을 했어요. (웃음)

● 근데 약간… 작명의 천재인 것 같아요.

○ (웃음) 그런가요? 저는 잘 모르겠어요. 늘 어려워요.

● 초고 쓰면 보여주고 의견을 주고받는 그런 동료가 있어요?

○ 아무도 없어요.

● 일부러 안 보여주는 거예요? (웃음)

○ 저는 활동을 시작하기 전까지 시를 쓰는 동료가 아무도 없었어요. 그래서 초고를 누군가에게 보여주는 일 자체가 어색하기도 하고, 그러다 보니 혼자 쓰는 게 이미 익숙하고 편해졌어요. 물론 외롭기도 하지만요.

● 저라면 불안해서 누구든 붙잡고 보여줬을 것 같아요. 어떠냐고 대답을 강요하면서…. (웃음) 쓰고 나서, '와 너무 잘 썼다.' 이런 느낌이 들 때도 있어요? 내가 썼지만 좋다.

○ 있긴 있어요. (웃음) 그런데 그게 실제로 제가 쓴 글이 좋아서라기보다는, 조금 마음이 너그러울 때? 기분이 좋을 때 써서 다 좋아 보이는 그런….

● 기분 탓이네요?!

○ (폭소) 그런가 봐요. 잘 모르겠어요. 실제로 좋은 시를 썼다고 해서 그게 저에게 바로 오지 않는 경우도 있는 것 같고, 오히려 쓴 직후에는 한숨 푹푹 쉬면서 '나 이제 진짜 시 못 쓰는 사람이 됐나.' 이런 생각을 하는데 나중에 보면 오히려 괜찮을 때도 있고 그래요.

● '좋은 시'라는 단어가 나와서 말인데, 사실 그것도 참 이상한 말이잖아요.

○ 너무 이상하죠. 좋은 시가 뭔지 잘 모르겠어요.

● 그렇긴 하지만 모호하더라도 정말 작은 기준 하나라도 있어야 이 험난한 시 쓰기를 밀고 나갈 수 있다고 생각하는데,

리윤 시인에게는 어떤 시가 '좋은 시'인가요?

○ 좋은 시…. (잠시 생각한다) 독자로서 좋아하게 되었던 경험을 얘기해보자면 세계에 어떤 균열을 내는 것 같은 혹은 그 균열을 잡아 벌려서 틈새를 보여주려는 듯한 시를 읽게 될 때 좋았어요. 하루하루 살아갈수록 수많은 레이어가 겹겹이 포개진, 불투명한 시야로 세계를 볼 수밖에 없는 것 같아요. 어떤 시는 이 포개진 레이어들을 아주 투명하게 만들거나, 한 꺼풀 벗겨내거나, 찢고 구멍을 낸다거나, 어떤 식으로든 변화를 일으켜요. 아주 미미한 것일지라도요.

● 두 번째 시집이나 다른 책 출간도 예정되어 있나요?

○ 네. 다음 시집도 출간이 예정되어 있는데, 아직 시기는 잘 모르겠어요. 작업 속도가 좀 더딘 편이라… 산문집도 몇 권 준비하고 있고요.

● 이제 '빛' 하면 김리윤밖에 떠오르지 않을 것 같아요. 어젯밤에 잘 준비를 하면서 이건 아주 탁월한 독점이라는 생각을 했어요.

○ 근데 그런 얘기를 많이 하잖아요, 너무 한 단어나 한 소재만을 반복해서 쓰면 안 되고 넓은 진폭의 세계를 보여줘야 한다고요. 저는 오히려 약간…

● 왜 안 돼?

○ 맞아요. 지긋지긋할 정도로 몰두하고 물고 늘어졌을 때 보이는 것이 있을 거라고 생각했어요. 사실 그렇게 할 수밖에 없기도 했고요. 일종의 반항심 같은 것도 있었던 듯해요. 한 사람이 가진 세계가 그렇게까지 계속 갱신되고 매번 새로울 수가 있나? 그리고 그럴 필요가 있나? 다른 분야에서는, 예를 들어 미술이라면… 어떤 세계관이

랄지, 관점을 견지하고 거의 전 생애에 걸쳐서 그것을 밀어붙이는 탁월한 작업을 하는 작가도 많잖아요. 왜 그렇게 시 한 편 한 편이 달라야 하고 다채로워야 하고 그래야만 진폭이 넓다고 여겨지는지, 왜 그것이 미덕이라고 생각하는지 의심스럽기도 했어요.

● 리윤 시인처럼 해낸다면 물고 늘어지든 찢든 뭘 하든 솔직히 상관없다고 생각합니다.

○ 그렇지만 사실은 시들을 묶으면서도 의심의 목소리를 스스로 떨쳐내기가 어려웠어요. 이렇게 해도 될까, 비슷한 이야기가 이어져서 너무 지루하지는 않을까…. 근데 뭐 지루해도 할 수 없다…. 이렇게 할 수밖에 없는데 어떡하나. (웃음)

● 어떤 시인으로 기억되고 싶다, 이런 바람 같은 것도 있을까요?

○ 사실 별로 생각해본 적이 없긴 한데요.

● 다들 그렇다고 하더라고요. (웃음)

○ 어떤 시인으로 '기억된다'는 건 제가 세상에서 없어진 이후의 일인 것 같거든요. 저는 그렇게 긴 단위의 시간을 바라보며 무언가를 지향하거나 계획을 세우지 않아서요. 그래도 약간의 바람을 담아서 얘기해보자면, 자기를 계속 갱신하는 시를 썼던 시인으로 기억되면 좋겠네요. 갱신의 방식이라는 게 매번 새로운 이야기를 하고 다른 주제를 던지고 하는 것이 아니라, 본 걸 또 보고 다시 이야기하는 것. 어제 보던 방식을 의심하고, 오늘의 방식을 또 의심하고, 그러면서 같은 장면을 거듭 새로이 바라보는 것 같은 방식의 갱신이라면 좋겠어요.

● '머무르는 갱신'이네요. 제가 그렇게 먼저 기억하겠습니다.

이 대담을 함께 읽고 계실 분들에게 전하고 싶은 말씀이 있는지 궁금해요. 혹은 시를 쓰고 있거나, 쓰다가 못 쓰고 있거나, 써보고 싶은 분들께도 좋고요.

○ 우선 시를 쓰고 계시는 분들에게는 여러분이 써온, 쓰는, 쓸 시가 궁금합니다. 읽는 자리에서 독자로서, 쓰는 자리에서는 동료로서 기쁘게 기다리고 있겠습니다.

● 미래의 김리윤에게는요? (웃음)

○ 똑바로 살아라.

(일동 진정성 있는 폭소)

● 대담의 마지막 대사로 아주 적합하네요.

○ 아, 안 돼요. (잠시 머뭇거리고) 근데 진짜 모르겠어요. 할 말이 없어요.

● 하긴, 미래의 나에게 줄 수 있는 최고의 응원이자 조언이 아닐까 싶긴 해요.

○ 그래, 그냥 오래오래 똑바로 살아….

● 미래의 참새도… 똑바로 살렴….

(일동 웃음)

김리윤을 떠올리면 '목소리'라는 단어가 자꾸 맴돈다. 단지 그의 목소리가 탁월해서가 아니라 정말 그냥 의식이 그 낱말을 붙잡는다. 왜일까? 거꾸로 '목소리'라는 단어를 떠올려본다. 뒤이어 맴도는 단어는 '베케트'이다.

그리고 그의 목소리로 말하자면,
"느린 편이었어요. 말소리가 크지는 않았고, 낮은 편이었나. 그 안에 뭔가 금속성을 띤 음성이었지요. (…) 그리고 간간이 침묵하는 걸로 치자면, 당연히 굉장히 오랫동안 침묵하곤 했지요." (…)
"베케트 목소리요? 글쎄, 그게 어땠다고 해야 하나?"
"살짝 베일로 가려진 듯 희미한 목소리요. 왜 깊은 데서 나는 것 같은 소리 있잖습니까." (…)
"그의 목소리라고요. 가만있자, 베케트의 목소리라. 그걸 잊을 리야 있겠습니까만 그렇다고 딱 꼬집어 묘사하기란 쉽지 않군요."
—나탈리 레제, 김예령 옮김, 『사뮈엘 베케트의 말 없는 삶』, 워크룸프레스, 2014

그의 목소리가 베케트 같다는 게 아니다. 나의 이 이상한 연상 관계는 그 둘 모두 너무나 정확한 목소리를 가지고 있지만 쉬이 떠올리거나 묘사할 수 없음에 있다. 너무나 단단하고 분명한 그 소리, 말하지 않는 것은 아닌 소리, 하지만 너무나 또렷해서 무어라 어설픈 묘사를 얹기가 거의 불가능한, 그런 소리. 그런 소리가 김리윤에게 있다.

이 소리는 비단 목에서만 비롯되는 것이 아님을 우리는 잘 알고 있다. 그의 글과 이미지, 그리고 눈, 재세계하는 모든 몸짓. 우리는 거의 모든 곳에서 이 희미하고 소진되지 않는 그의 소리를 들을 수 있다. 분명히 들을 수 있다.

한겨울의 어느 낭독회에서 그가 말했다.

"우리는 눈이 올 때면 만나게 되네요."

그는 항상 나 이상의 것을 보고 있었다. 나는 그 말이 참 좋아 오래 생각이 났다.

전망들

—한 마리 하나 한 개

김리윤

일단 개라고 불러봐.

새 수첩의 첫 페이지에 적은 문장이다. 어디서 본 것인지, 꿈에서 들은 말인지, 누군가 일러줬던 이야기인지, 일러준 이가 있었다면 그이는 심리 상담사였는지, 꿈속의 마녀였는지, 스님이었는지, 점쟁이였는지 기억나지 않지만 일종의 주술이나 부적 같은 문장이라고 생각했다. 일단 개라고 불러봐. 개라고 부르면 눈 쌓인 비탈길에서 미끄러지듯 사랑에 빠지기 때문이다. 사랑이 두려움을 다루는 방법으로만 두려움을 갖게 되기 때문이다. 사랑하는 것은 어떤 공포와도 다른 방식으로 두려워할 수 있기 때문이다.

개, 하고 불러봐. 이리 오라고 해봐. 개라고 불리는 것에게는 이리 오라는 명령어가 보들보들하게 작동하기 때문이다. 개라고 부르면 그것을 이쪽으로 옮기기 쉽기 때문이다. 저쪽으로 보내기도 쉽기 때문이다. 이쪽도 저쪽도 곁이라고 믿어버리기 쉽기 때문이다. 그러나 믿는다고 해서 그걸 볼 수는 없다. 볼 수 없는 것을 믿을 수도 없다. 그래도 일단 개야, 하고 한번 불러봐. 개야, 개야 부르고 나면 배가 고픈지 나가서 좀 걷고 싶은지 고구마 먹고 싶은지 깨끗하고 푹신한 이불 위에 몸을 웅크리고 잠들고 싶은지 궁금해진다. 목소리를 둥글게 말아 굴리듯이 그런 질문들을 던지고 싶다. 대답을 기다리지 않고 개라고 부른 것이 기다리는 것을 구해와 입에 넣어주면서 까진 뒤꿈치나 벌겋게 얼은 발 퉁퉁 부은 다리를 다 잊게 된다.

눈을 밟으며 필요한 것을 구해야 하는데 바닥이 보이지 않는다. 물론 바닥에 쌓인 눈도. 보이지 않는 것을 밟을 수는 없었다. 쌓이지 않는 함박눈 속에서 바닥을 갖지 못한 눈 속에서 일단 개라고 한번 불러봐.

개야, 산책을 가겠니? 무슨 냄새가 나니? 개를 부르면, 눈 냄새를 맡으려는 개가 있으면 눈이 쌓이기 시작한다. 눈밭을 헤치며 걷고 폭설에 파묻히며 걷고 우리를 파묻고 있는 것을 눈이라고 부를 수 있다. 개와 함께인 자는 누구보다 간절히 바닥을 원하게 되기 때문이다. 공포의 깊이를 완성하기 위해 발생하는 바닥과 개의 본성을 위해 빚어지는 바닥은 완전히 다른 물질이 되기 때문이다. 동음이의어처럼. 개, 바닥이라는 단어를 해맑게 다루는 개를 불러봐. 개는 두드릴 때마다 생겨나는 문을 만들듯이 코로 땅을 두드리며 걷는 짐승이기 때문이다. 그런 동물을 위해 열리는 문에는 내재한 빛이 있고 빛이 비출 장면이, 장면을 위해 동원된 산 것들이 있기 때문이다.

나는 이제 내가 개라고 부르는 것과 함께 걷는다. 눈이 푹푹 날린다. 개라고 불리는 것의 발바닥과 접하는 곳에 푹신하게 눈이 쌓인다. 눈이 가짜여도 계절은 진짜인지, 계절이 허구여도 눈은 사실인지. 개의 발바닥이 차게 젖는다. 눈 쌓인 개의 등은 차갑고 푹신하다. 개를 위하여 나는 체온을 가진다. 부를 개가 있어 나는 눈 속의 짐승을 구조하듯이, 구름을 끌어내리듯이 먹을 것과 이불을 안고 돌아올 수 있다. 내가 돌보는 것을 개라고 부르며, 개를 먹이고 이불 위에 누이며 안고 있던 것들을 다 잊는다. 개가 젖은 몸을 털 때 허공은 흩어진다.

너를 개라고 불러도 될까. 개, 부르면 너의 보송보송한 귀가 북슬북슬해진다. 그건 어두컴컴한 숲에서 처음 본 버섯갓처럼 빛나고 만져보면 정성껏 발효시킨 반죽처럼 부드럽다. 내 손바닥에서 옮겨가는 온도가 원래 너의 것이었던 것 같다. 손가락 사이에서 점점 더 부들부들한 귀가 된다. 내 말을 다 듣고 있다. 아무리 멀리 있어도. 개야, 하고 아무리 멀리서 불러도 그 자리들을 다 곁으로 만든다. 개야, 불러도 개를 볼 수는 없고 아무것도 없는 빈 어둠을 보는 동안 개는 내 공포의 냄새를 맡는다.

개를 부르며 눈을 한번 떠봐. 눈앞의 어둠을 더듬으면 그것은 털이 많고 부드럽고 따뜻하고 구수한 냄새를 풍기며 나의 이마를 간지럽힌다. 연약함을 극복하기 위해 투명성을 택한 것들. 개는 그런 것의 냄새를 맡는다. 우리는 애틋한 어둠을 이

마로 밀어내며 걷는다. 개, 사실은 너를 개라고 부르고 싶어 부끄럽다. 말하면 개의 빈 눈동자가 무슨 이해라도 했다는 듯이 나를 본다. 눈동자. 여기엔 아무것도 없고 보여줄 것도 비출 것도 없다는 듯한 매끄러운 표면. 나의 부끄러움만을 깨끗하게 비추는 반사성 표면. 그걸 일단 개의 눈이라고 불러봐.

*

너는 일단 개라고 부른다
그런 다음 눈 쌓인 비탈길에서 미끄러지듯 사랑한다

기우뚱한 눈길에서 미끄러져 도착한 장소
네가 보는 자리에 아무것도 없다면
볼 수 없는 것과 보이는 것이 없음을 구분할 수 없다면

그래도 일단 개라고 불러봐

네가 두려워하는 것은 어둠이 깨지는 것이 아니라 개가 깨지는 것이 되기 때문이다
잘 깨지는 개 앞에서 어둠은 부드럽게 우글거리기 때문이다

네가 부른 개

허공에 정면을 만들며
만든 정면을 킁킁대며 걷는다
바닥 냄새가 나는 것처럼 바닥을 디디며
스스로 빛을 내는 것처럼
투명하지 않아도 안전할 수 있다는 듯이

너는 일단 개를 부른다

개, 이리 와.

돌아오는 개의 얼굴에 시간이 잠시 맺힌다

우리 됨을 잊지 말자며 농담하는

조해주

『우리 다른 이야기 하자』, 아침달, 2019
『가벼운 선물』, 민음사, 2022

조해주 시인을 만나러 가는 길에 가벼운 선물을 준비했다. 참새 모양의 서류 클립과 그림책 한 권. 그래, 이 정도면 정말 가볍겠지, 서로에게 부담 될 정도는 아니겠지, 하면서 그것을 품에 품고 걸어가는 내내 '가벼운 선물'이라는 말이 내심 참 좋았다. 그냥 선물도 아니고, 대단하고 멋진 선물도 아니고, 소박하진 않지만 내 마음을 적당히 담은 가벼운 선물.

"가벼운 선물이에요."

말하는 나도 기분이 좋았다. 시인에게 문득 고마움이 느껴지는 순간이란 이런 것이다. 새로운 언어를 발명할 필요도 없고, 미지의 영역을 탐사할 필요도 없다. 그저 우리가 지나쳤을 마음을 아주 섬세하고 정확한 단어로 표현해내어 다시금 마음을 되짚게 만드는 힘. 그것이 시인이 가진 독특하고 아름다운 의무가 아닐까. 곱고 가벼운 선물을 우리에게 매일 주는, 시인들, 시인, 조해주 시인.

● 박참새
○ 조해주

○ (가방을 뒤적거리며) 저 참새 님 드리려고 시집 들고 왔어요.

이토록 소중한 주섬주섬이라니…. 두 번째 시집 『가벼운 선물』이 출간된 지 얼마 지나지 않은 때였다.

● 저 (이미) 있어요~~~!!!!

자고로 동료의 책은 자비로 사야 하는 법이다. 과하지만 진실된 리액션을 사용했다.

○ 네, 알아요. 그래도 받으세요. 받아주세요. (반응을 보고) 조금 쑥스럽네요….

● 너무 감사해요. 더 주접떨 수 있는데 지금은 좀 체통을 지키느라….

○ 체통은 왜 지키는 거예요?

● 우리 초면이잖아요….

○ 우리가 초면이에요?

해주 시인의 꼿꼿한 말투, 너무 좋다.

● 뭐랄까, 정식으로 초면…?

(일동 웃음)

진부하지만 어쩔 수 없는 시작인데요, 요즘 어떻게 지내고 계신지 궁금합니다. 일단 종강하셔서 매우 행복해 보이십니다.

○ 맞아요. 행복해요. 대학원 종강했고, 며칠 전에 제가 맡아 진행하던 강의도 마무리해서 후련하고 좋아요.

● 어떤 강의였어요?

○ 예술고등학교 문예창작과 시 창작 강의였어요.

● (약간 놀라며) 문… 문창과 학생들… 조금 부담스러웠을 것 같아요.

○ (오래 생각한다) 2년 정도 수업했는데, 제가 그 친구들에게 중요한 사람이 될까 봐 조금 부담스러웠어요. 저

도 고교 시절부터 시를 쓰기 시작했고, 그때 좋은 선생님을 만났기 때문에 계속 써나갈 수 있었다고 생각하거든요. 나도 누군가에게 그런 선생님이 될 수 있을까 고민이 많았어요.

● 저도 얼마 전에 중학교 2학년 대상으로 강연을 해달라는 제의를 받았었거든요.

○ 딱 2학년만요?

● 네…. 근데 너무 부담스러운 거예요. 심지어 강연 주제가 '나답게 사는 법'이었어요. 내 앞가림 하나 잘 못하고 이렇게 허우적대는데, 정말 하나도 모르겠는데, 뭔가 대충 아는 셈 치고 무슨 말을 늘어놓고 오기에는 청중들이 지나고 있을 그 시기가 너무 중요해서 무겁게 느껴지는 거예요. 그 나이엔 한마디 한마디가 정말 중요하게 작용하잖아요. 좋은 의미로든, 나쁜 의미로든요. 제가 말한 것을 다른 의미로 받아들일 수 있는 일이고, 그게 어떤 영향을 미칠지도 모르고요. 그래서 너무 부담스러웠는데, 예술고등학교라니…. 심지어 시 쓰는 아이들이라니…. 정말 여러모로 고민이 많으셨겠어요.

○ 참새 님의 경우 강연이라는 한 번의 만남을 통해 '사는 법'을 이야기해야 하니 더 부담스러우셨을 것 같아요. 저는 같은 학생들과 여러번 보다 보니 그만큼 좋고 그만큼 어려웠는데요. 몸도 마음도 성장기에 있는 친구들이라 그런지 일주일 사이에도 변화가 보이더라고요. 그러면서 자연스럽게 제 학창 시절도 돌아보게 됐어요. 강의 시작하고 얼마 되지 않아서 고교 시절 은사님께 문자를 보낸 적이 있어요. "선생님, 제가 요즘 반성을 많이 하고 있습니다. 감사했습니다…." (웃음) 한 사람이 어른이 되려면 수많은 어른들의 사랑과 인내가 필요하구나 싶었

어요. 그렇지만 또 때로는 그 친구들이 저를 참아주는 부분도 있었을 거예요. 서로서로 배우는 거죠.

● 사실 전 그런 생각도 들더라고요. 시 창작 외부 강의를 들을 때마다 '이게 과연 내가 배운다고 해서 될 일인가?' 혹은 '가르침 받는다고 해서 될 일인가?' 하는 의문이 자꾸만 드는 거죠. 시를 창작한다는 큰 전제에서 필요한 모든 유무형의 요소들의 가르침과 배움의 가능성을 전면적으로 부정할 수는 없지만, 그래도 뭔가 아주 작고 중요한 핵심 같은 것은 결코 배울 수 없다는 생각이 들기도 하거든요. 이런 부분에 대해서는 어떤 생각이신지도 궁금해요. 학생들과 오래 교류하셨으니까요.

○ 저도 강의를 한 지 얼마 되지 않아서 잘 모르겠지만 시는 배울 수밖에 없는 것 같아요. 시는 한 사람의 고유한 언어 양식이지만 '혼자만의 시'라는 건 존재할 수 없죠. 시를 쓰려면 타인의 시를 읽고, 더 나아가 타인의 시론이나 시작법을 경유하게 되잖아요. 계속해서 섞이는 과정을 겪어야 해요. 그게 또 재미있는 거고요.

그러나 시를 가르칠 수 있는지는 잘 모르겠어요. 말장난 같지만, 시라는 게 배울 수는 있어도 가르칠 수는 없는 것 같아요. 어떤 학습 목표를 설정해도 그게 온전히 다 전달되는 법은 없잖아요. 어떨 때에는 학생이 스스로 모험하게끔 기다려주는 게 가장 중요하다는 생각도 들어요. 왜냐하면 쓰는 일이 너무 외롭잖아요.

● (격렬하게 동의한다) 그렇다면 해주 시인에게 그러했던, 지켜봐주고 기다려주었던 스승이나 선배 시인이 있나요?

○ 저한테는 김언 시인이 그런 사람이에요. 당장 눈앞에 있는 시 한 편에 대한 이야기뿐 아니라 '앞으로 계속 시

를 쓴다면'이라는 가정하에 해줄 수 있는 조언들을 많이 해주셨어요. 지금은 어떤 시기에 놓여 있는 것 같다든지, 이런 어려움을 겪을 것 같다든지, 그러니 이쯤에서는 이런 방법도 시도해보라든지. 어찌 보면 약간 느슨하다고도 할 수 있는 그 방식이 저는 저조차도 믿을 수 없는 제 시의 미래를 보고 온 듯한 태도로 느껴져서 그 자체로 용기를 얻을 수 있었어요.

● 한 편 한 편씩 써나가는 시기에는 그렇게 넓은 시각으로 보기가 좀 어렵잖아요. 방금 써낸 것에 생각이 매몰되기 쉽고요. 그런 부분에서는 어른의 역할이 정말 중요하고 필요하겠어요.

○ 시 쓰기가 등산처럼 하나의 정상이 있거나 코스가 정해져 있는 게 아니니까 내가 어디쯤까지 왔는지, 앞으로는 얼마나 가야 하는지는 가늠하기 어렵지만… 어느 정도 가다 보면, 예를 들어 시를 100편쯤 썼다고 치면요, 한 번쯤은 몇 걸음 뒤로 가서 내가 얼마만큼 걸어왔는지 확인을 해보고 싶단 말이에요. 그럴 때 나보다 이 길을 훨씬 더 먼저 가본 사람이 "아마 이쯤 온 것 같아."라고 얘기해주면 보이지 않았던 길이 보이는 것 같고 좀 더 가볼 수 있을 것 같고 힘이 나더라고요.

너희 모두의 각각의 이름

● 시를 쓰게 된 순간부터 문우들이 있고 나아가 동료들이 있었겠지만, 내 시의 독자가 생기기까지에는 또 다른 차원의 시간과 연습이 필요하잖아요. 수년이 걸리기도 하는데, 저는 그

긴 시간을 다들 어떻게 참아내는지 너무 궁금해요. 저는 너무 외롭고, 때로는 유치하기 짝이 없는 자기 의심에 빠져서 허우적대기도 하거든요. 내 시의 독자를 마주하기 전까지의 시간을 어떻게 보냈는지 궁금해요.

○ 시를 쓰면 자연스럽게 독자를 원하게 되죠. 저도 시의 독자를 기다리는 동안 너무 외롭고 자기 의심에 빠져서 허우적대기도 하고 그러느라 많이 지쳐 있었어요. 다들 어떻게 참아내는지 저도 참으로 궁금하네요. 독자를 기다리는 시기에 필요한 연습이 있다면 그건 외로움에 잡아먹히지 않는 연습이 아닐까요. 시를 쓰면서 기다리면 좀 덜 외로운 것 같아요. 녹았다가 얼었다가를 반복한 밥 같은 상태가 지속되면서 회의감을 느꼈을 즈음 아침달 출판사에 투고해 계약하게 되었어요. 계약하고 나서도 출간을 망설였는데 그때 김소연 시인께서 "시인이 되는 순간을 기다리지만 말고 스스로 정할 수도 있는 것 아닌가." 하고 말씀해주셨어요. 그 말이 제 기다림을 멋게 해준 것 같아요. 그러고 나서 첫 시집이 나왔는데 그때가 스물일곱이었어요. 지금 생각해보면 왜 그렇게 빨리 지쳐 있었나 싶기도 해요.

● 그렇게 생각하면 꽤 빨리 독자를 만난 셈이기도 하네요.

○ 그렇죠. 근데 그땐 그렇게 생각하지 않았던 거죠. (웃음) 어떻게 보면 당연한 어려움이기도 할 텐데 뭐랄까요…. 지금도 많은 나이는 아니지만 그땐 너무 어렸는데 왜 그렇게 시간이 없다는 압박감에 빠져 있었는지 모르겠어요.

요새는 분위기가 많이 바뀐 것 같아요. 몇 년 전까지만 해도 시집 출간으로 작품 활동을 시작하는 걸 '등단제도를 거치지 않았다'고 표현하곤 했지만 지금은 '시집으로 데뷔했다'고 표현하기도 하는 걸 보면 등단/비등단의 경계는 많이 옅어진 듯해요. 물론 그 또한 제도의 한 부분이겠지만요. 그래도 좋은 건, 아침달 출판사를 포함해서 새로운 방식으로 작품 활동을 시작할 수 있는 방법이 다양해지고 있다는 점이에요. 이것이 어떻게 보면 창작자 개인이 갖고 있는 어려움, 그러니까 시(쓰기)와 무관한 부침을 상당 부분 줄여줄 수 있는 긍정적인 효과가 있어 보여요.

● 그럼 소위 '제도권'에 있다고 할 만한 출판사나 문예지에는 투고를 하지 않으셨던 건가요?

○ 했죠.

● 해주 시인이 의도했든 의도하지 않았든, 물론 그전에도 유사한 사례가 있었겠지만, 제가 체감하기로는 독립출판을 제외한 단행본을 출간해 작품 활동을 시작한 건 해주 시인이 거의 처음처럼 느껴지거든요. 그래서 본인의 의도와 무관하게, 해주 시인이 어떤 상징을 만들어냈을 수도 있겠다는 생각이 조금 들더라고요. 그리고 그것이 일종의 부담으로 느껴진 적은 없었을까, 궁금해지기도 했고요.

○ 너무 황송한 말씀이네요. (잠시 생각하더니) 아침달 출판사에서 첫 시인선 출간을 텀블벅 펀딩이라는 방법으로 진행했는데, 펀딩 소개 페이지에 "우리는 시집의 전형, 시인의 전형, 시 쓰기의 전형을 설정하지 않습니다. 오직 쓰되 정하지 않습니다. 오직 읽되 가두지 않습니다. 우리는 등단자와 비등단자를 구별하지 않습니다." 라고 쓰여 있었어요. 출판사의 지향이 고스란히 담긴 문장이죠. 아침달 출판사가 처음 시인선을 시작할 때 참새

님처럼 이런 말씀을 해주시는 독자가 나타나길 기다리면서 준비했겠다는 생각이 들어요. 저는 아침달 출판사의 기획 가운데 마침 운 좋게 함께하게 된 거고요.

어떤 종류의 상징성을 가지는 건 분명히 중요한 일일 거예요. 아무리 좋은 시도를 해도 그 시도를 어느 정도 확산시킬 수 있을 만한 영향력을 확보하지 못하면 그게 개별 창작자에게까지 가닿을 긍정적인 영향을 만들어내기는 어려우니까요. 그런데 이렇게 참새 님처럼 다양한 시도를 알아봐주시는 분들이 비교적 많이 늘어난 듯 느껴져서 좋아요. 아침달 출판사를 떠올리면 단번에 생각나는 상징성 같은 것이 만들어졌잖아요. 그런 것들이 어느 정도까지는 창작자들로 하여금 자신의 작품을 더 긴 호흡으로 볼 수 있게 하지 않을까 하는 기대도 생겼고요.

5편 혹은 10편 내외의 작품을 투고하여 심사를 거치는 신춘문예나 여러 문예지의 제도 같은 경우에는 작품들 사이사이에 잠재된 가능성을 보는 것이라고 생각하고, 그것 역시 매우 유효한 제도라고 생각해요. 그 제도가 없어져야 한다고 생각하지 않아요. 다만 그런 것이 있다면, 또 반대로 조금 더 긴 호흡으로 30편, 50편 정도의 작품을 투고하면서 이제는 가능성이 아니라 자기만의 세계를 그냥 보여주는 방식 역시 있었으면 좋겠다고 생각해요.

그래서 (작품으로 데뷔한 시인을 대변하는 듯한) 부담은 전혀 없고요. 그 외에는 그냥 좀 착하게 살려고 노력하는 정도…. (웃음) 모사(母社)에 늘 감사하게 생각하고 있습니다.

● 투고된 원고들의 심사가 끝나면 개별 연락이 가잖아요. 어

땠어요? (과몰입하며) 그때 그 기분 너무 궁금해요. 얼마나 좋았을까요!

○ 그때는… 기뻤는데요…. (잠시 생각한다) 지금 와서 생각해보면 기쁨보다는 물음표가 가득했던 것 같아요. 그때는 아침달 시인선이 한 권도 출간되지 않은 상태였고 투고한 저조차도 '등단'을 하지 않은 신인이 시집을 낸다는 게 생소했거든요.

● 출판사 투고도 사실 쉽지 않을 것 같아요.

○ 그렇죠. 어려움의 종류가 조금 다른 것 같아요. 우선 출판사에 투고를 하는 경우 투고 분량이 40편 이상이기 때문에 투고 분량이 3편에서 5편 정도인 신춘문예에 비하면 약 열 배가량 더 필요하죠. 또 어려운 만큼 더 좋은 점도 있어요. 고정된 심사 및 발표 일정이 있는 게 아니라 수시로 회의를 통해 출간을 결정하기 때문에 아무래도 한 사람의 시 세계를 더 깊이 살펴볼 수 있다는 점에서요.

● 그런데 시를 왜 이렇게들 많이 쓸까요? 돈을 엄청 잘 버는 직업도 아닌데 다 알면서도 쓰는 거잖아요. 도대체 시를 쓰게 만드는 건 뭘까요?

진짜 너무 궁금하지 않은가, 나는 아직도 모르겠다. 모르면서 그냥 쓰는 것 같다. 아니, 지나서 생각해보면 조금 알 것 같기도 하다. 아는 게 아니라 알아가고 있는 것 같다.

해주 시인은 어때요? 왜 쓰는 것 같아요? 특히 '시'라는 장르를요.

○ 재밌어서 써요. 다른 이유는 없어요.

저는 늘 할 말이 없고 하고 싶은 말도 없어요. 가끔 하기도 하는데. 지금보다 어렸을 때는 말도 잘 안 했어요. 말을 하기 싫어서가 아니라 그냥 정말 딱히 할 말이 없어서요. 그래도 최근 강의를 하게 되면서 말수가 많이 늘었어요. 돈을 받고 하는 일이기 때문에 최선을 다하느라 그랬고요. (웃음)

여튼 저는 시를 통해 뭔가 하고 싶은 말이 있어서, 어떤 세계를 구축하고 보여주기 위해서 시를 써본 적은 없어요. 저는 별로 오래 살지 않았지만 여태껏 대부분의 시간이 지루했어요. 시간이 참 느리게 간다고 많이 생각했는데, 그래도 시를 쓸 때만큼은 시간이 잘 가더라고요. 물론 쓸 때 고통스러워요. 그런데 그 시간마저도 짧게 느껴질 만큼 시간이 잘 가요.

● 방금 해주신 말씀 중에 인상 깊었던 게, 어떤 세계를 구축해서 그것을 내세워 보여주겠다는 마음으로 쓰는 게 아니라 그냥 재미있기 때문에 썼을 뿐이라고 하셨잖아요. 저는 재밌어서 썼기 때문에 오히려 그 세계가 자연스럽게 구축된 게 아닐까 하는 생각이 들더라고요.

○ 재밌어서 쓰면 계속 쓰게 되고 많이 쓰게 되니까, 또 한 사람의 작업이니까 시편들을 아우르는 결이 생기는 것 같아요. 취향을 밝히자면 저는 자기 영혼의 결이 느껴지는 시가 좋더라고요. 사람이 다 다르잖아요. 알면 알수록 이상하고요.

● 그래서 다들 조금씩 미쳐 있죠.

○ 그렇죠. 참 예상치 못한 곳에서 뭔가 부서져 있고 그런 게 또 아름답고요. 그런데 그 부서짐을 아름답게 만들어주는 게 시가 주는 선물 중 하나라고 생각해요.

● '영혼의 결'이라는 말이 참 좋은데요. 조금 이상한 질문일 수도 있지만 해주 시인이 가진 영혼의 결이 무엇일지 궁금해졌

어요. 혹은 아름다움을 품고 있는 어떤 깨어짐에 대해서도 말씀해주셔도 좋고요.

○ 흔히 '눈빛은 영혼의 창문'이라고 하잖아요. 저는 제가 어떤 눈빛을 하고 있는지 잘 몰라요. 그러니까 시를 통해 제 영혼의 결을 시각화해서 어떤 이미지로 보여준다기보다는, 일상 안에서 일어나는 상황에 대해 내가 어떤 식으로 반응하는지를 보여주려고 해요. 상황이 없으면 자기 태도라는 것도 만들어지지가 않지요. 그런 점에서 영혼의 결이라는 게 연속적으로 전개되기보다는 순간적으로만 잠깐씩 나타날 수 있는 것 같아요.

박혜진 평론가가 『가벼운 선물』의 해설을 써주셨는데 해설 제목이 「매혹적인 무표정」이거든요. 저는 실제로 박혜진 평론가와 사적인 친분이 없어요. 그러니까 그의 입장에선 제 무표정을 유심히 볼 일이 없었을 거거든요. 제가 아무리 무표정한 인간이라고 해도… 해설 제목을 보자마자 '어떻게 아셨지?' 싶더라고요. (웃음) 아마 제가 못 보는 제 눈빛, 제 영혼의 결을 봐주셨으리라 생각해요.

● 저는 첫 번째 시집 『우리 다른 이야기 하자』에서 자술 연보를 쓰신 것도 너무 좋았어요.

○ 그것도 출판사의 전체적인 기획 방향이랑 맞닿아 있는 건데요. 출판사 쪽에서 "일반적으로는 시집 뒤에 해설이 들어가는데, 다양한 방식으로 부록을 채웠으면 좋겠다."고 하시더라고요.

● 자신의 삶을 이렇게 오목조목, 무표정하게, 단단하게 설명할 수 있다는 게 참 놀랍고 재밌었어요.

○ 초고는 더 솔직하고 날것이었어요. 그 초고를 보신 큐

레이터께서 저한테 딱 한마디 해주셨어요. "해주 씨, 이거 평생 남는 거예요."

(일동 웃음)

● 길게 말할 필요도 없네요. 정신이 확 든다.

○ 부드럽지만 강력한 어조로…. (웃음) 그래서 바로 반영하고 고쳤습니다.

● 본인 시집을 자주 읽어보는 편인가요?

○ 제가 제 시집을요? 아뇨. 앞으로 어떨지는 모르겠는데, 두 번째 시집을 준비하면서는 '지겨워지면 그때 놓아야지.' 하는 마음으로 지겹다 싶을 때까지 원고를 들여다봤거든요. 그래서 그런지 막상 책이 나오고 나서는 잘 펼쳐보지 않게 돼요.

● 악력이 강하신 편이군요. 쉽사리 원고를 놓아주지 않는…!

○ 그냥 자주 보고 읽었어요. 퇴고를 많이 하진 않았지만요.

●『우리 다른 이야기 하자』와『가벼운 선물』에는 언제부터 쓴 시들이 수록되어 있는 거예요?

○ 음,『우리 다른 이야기 하자』에는 이십대 초중반에 쓴 시들이,『가벼운 선물』에는 이십대 중후반에 쓴 시들이 실렸어요. 첫 시집 출간 직전에 썼던 시들 가운데 첫 시집에 실리지 않은 시들 일부가 두 번째 시집에 실리기도 했고요.

● 그래서인지 저는 두 권을 교차하며 읽었을 때 희미하게 연결되는 느낌이 들더라고요. 물론 제 마음대로 읽어서일 수도 있지만요.

○ 맞아요. 겹치는 시기가 있어요.

● (가슴을 쓸어내리며) 다행이다, 아니면 어떡하지 싶었는데

요. 특히 그 연결감이 매우 강하게 느껴지는 시가 「좁은 방」이었거든요.

○ 맞아요. 그 시도 첫 시집 낼 때쯤에 썼던 기억이 나요.

● 두 번째 시집의 「좁은 방」이 첫 시집의 「방」과 「환생」이랑 조금 엮이는 기분이 들었어요. 「환생」에서 테이블 위에 물잔이 흔들리고, 그 물 한잔에게도 영혼이 있다면 그것이 바로 영혼이 빠져나가기 직전의 순간이라고 화자는 말하잖아요. 저는 그게 되게 미세하게 고운 마음처럼 느껴졌거든요. 「좁은 방」에서도 물이 너무 찰랑이고 그러다못해 넘칠까 봐 아무것도 잘 못하겠는 화자가 등장하고요. 그게 너무 소중하니까 그런 것이겠죠. 그래서 그 역시도 물의 표면과 영혼을 생각하고 염려하고 있다고 느꼈어요. 또 「좁은 방」과 「방」은 내용적으로 연결되는 부분이 크고요. 이런 이음매를 발견할 때마다 제가 독자라는 사실이 참 즐거워요.

그래서 멋대로 읽은 독자의 소감을 조금 더 말해보자면, 저는 해주 시인의 특징 중 하나가 시 제목과 시 본문의 거리감이 비교적 크다는 느낌이 들었는데요. 보통 합평할 때 자주 그러잖아요. "제목이 너무 좁다." "혹은 제목이 너무 넓다." 아니면 "제목이 조금 딴 데 가 있는 것 같다." 등등. 그런데 저는 그 거리감이 나쁘지 않을 수도 있겠다는 생각을 해주 시인 시들을 읽으며 생각했어요. 제목에 대한 궁금증이 이해를 갈구하는 방향으로 뻗어나가지 않고, 여러 갈래의 길을 내어주고 가버린 느낌이랄까요. 독자로서 제가 느끼는 방향대로 한참 걸어가보라고, 그렇게 가다 보면 또 다른 길이 있다고 말해주는 것만 같았어요. 독특한 거리감이죠. 그래서 결론은 '제목 정말 기똥차게 잘 짓는다!'입니다. (웃음)

○ 하나는 잘했네요. (웃음)

● 하나만 잘했다뇨!

○ 첫 번째 시집도 그렇고 두 번째 시집도 그렇고 표제작이 없어요. 그래서 그런지 개별 시의 제목을 눈여겨봐주시는 게 기쁘네요.

제일로 좋아서 시

● 첫 시집으로부터 흘러온 시간이 꽤 되었네요. 괴롭고 미칠 것 같을 때도 있었지만 그럼에도 너무나 되고 싶었던 시인, 되어보니 어때요? 스스로를 시인이라 기꺼이 여기는지도 궁금해요.

○ 『우리 다른 이야기 하자』가 출간된 지 얼마 되지 않았을 때 한 행사 자리에서 한 독자께서 똑같은 질문을 해주셨던 기억이 나요. 이제 시인이 된 기분이 드냐고요. 그때는 여전히 제 안의 물음표가 채 가시지 않은 상태였거든요. 시집이 나왔는데도 말이에요. 그래서 '시인이 되어가는 중'인 것 같다고 답한 기억이 나는데요, 이제는 충분히 느끼고 있어요.

● 시인으로 먹고살기는 어떤가요. (웃음 참으며)

○ 불가능하죠.

● 너무 알지만 혹시 다른 대답을 해주실까 싶어 실낱같은 희망 붙잡아보는 심정으로 질문을 했달까…요….

○ 시만 쓰면서 살 수 있다면 얼마나 좋을까요. 별 뾰족한 수는 없으니 일도 공부도 열심히 해야지요. 대부분의 시인들이 다 비슷한 방식으로 생활을 지탱하며 사는 것 같아요.

● 맞아요. 저도 아주 예전에 한 팟캐스트에서 모 시인이 "내 꿈은 전업 시인이다."라고 말해서 조금 놀란 기억이 있어요. 왜냐하면 그 시인은 당시에도 이미 너무 저명한 시인이었기 때문에 그런 고민이라고는 일절 하지 않을 줄 알았거든요.

○ (조금 힘 빠진 목소리로) 저에게도 그것이… 조금 절절한 소원이거든요.

(박참새만 폭소)

뭘 이렇게까지 간절하게 원한 적 없는데 그건 좀 많이 간절합니다. 너무 원합니다.

● 그쵸…. (먼 산 본다)

○ (혼자 중얼거린다) 시만 쓰고 싶다…. 근데 이 꿈은 이루어지지 않을 것 같아요.

갑자기?

● 아니에요, 또 이렇게 급하게 미래를 단정 지으시면 안 돼요! 또 속단!

○ (웃음) 이미 한 번 살다 왔어요.

(짧은 침묵)

참새 님은 어때요?

● 뭐가요?

○ 참새 님도 전업 시인(작가)을 꿈꾸시는지요. 오히려 창작만 하면서 살아야 한다면 더 힘들 것 같다고 하는 사람들도 더러 있잖아요.

(잠시 반응을 살피더니) 시만 써도 될 것 같죠…?

● 네. 나 아무것도 하기 싫어요.

하지만 아무래도 우린 자본주의 사회의 일원이니까… 아무것도 안 하고 살 수는 없으니까… 어떤 생활을 지속해나가야 하는 생활인이기도 하잖아요. 동시에 시 쓰는 일을 멈출 수 없는 시인이기도 하고요. 이 두 개의 자아를 평소에 확실히 분리하는 편인가요? 아니면 서로 조금씩 맞물려 있는 상태를 선호하나요?

○ 저의 경우엔 비정기적이긴 하지만 시 창작 강의를 하고, 또 대학원에서는 국문학 전공 공부를 하고 있다 보니 분리가 쉽지 않긴 해요. 시와 전혀 관련이 없는 직업을 가지고 있다면 또 다를 수도 있겠지만요. 그래도 분리하려고 노력해요.

시를 쓸 때 참 자유로운 게 뭐냐면 생긴 대로 할 수 있다는 거예요. 내 영혼의 생김새대로 쓸 수 있잖아요. 하지만 그 외에 다른 일을 할 때는 그것이 얼마나 시와 관련되어 있든 그렇지 않든 상관없이 생긴 대로 하지 않아요. 제가 시를 대하는 태도가 강의에 반영될 수도 있고, 창작자로서 가지고 있는 고민이 연구 주제로 연결될 수도 있겠죠. 하지만 시를 쓸 때와는 조금 달라요. 그래서 시 쓰는 걸 더 좋아하는 것 같기도 해요. 시를 쓸 때만 내 생김새를 보니까.

참 쉽지가 않네요. 성격대로 살고 싶은데. 쉽지가 않아…. 쉽지가 않아….

● 성격대로 살고 싶다는 말 오랜만에 들어보는 것 같아요.

○ 가만히 있고 싶은데 가만히 있으면 안 되잖아요. 뭔가를 계속 찾아나서야 하고 궁금해해야 하고. 어렸을 때는 나무가 되고 싶었어요. 우뚝하게 가만히 있을 수 있잖아요. 그렇지만 지금은 사람으로 사는 것에 만족해요. 이렇게 맛있는 마들렌도 먹을 수 있고. 시 얘기하는 것도 너무 재밌고…. 좋네요.

우리 대화에서 잠깐의 침묵이 있었을 때는 둘 다 마들렌을 우물

거리고 있었을 때뿐이었다.

● 왜 시 얘기는 항상 재밌을까요? 저는 비전공자다 보니까 주변에 시나 문학 이야기를 함께 나눌 수 있는 친구가 많이 없어요. 그래도 최근 들어 이쪽(?) 친구들 혹은 동료들이 많아져서 가끔 만날 때마다 진득하게 이야기를 한번 하고 나면 조금 해소가 되고, 또 너무 좋아요.

○ 그러면 참새 님은 어떤 장르의 글을 가장 많이 썼어요?

● 음, 필요에 따라 다를 텐데요. 보통은 산문 쓸 일이 더 많긴 하죠. 아주 간간이 들어오는 청탁이 있거나 제가 벌인 일을 수습해야 하는 경우에요. 그런데 산문 너무 어렵고… 너무 노동입니다. 물론 산문도 잘 쓰고 싶지만 너무나 노동이라는 점에서 매일매일 해내고 싶은 일은 아니에요. 그냥 시가 제일 좋아요.

○ 시가 짱이네요.

● 저는 학교에서 문학창작을 배워본 적이 없으니까 외부에서 이런저런 수업을 많이 들어봤거든요. 최근엔 소설 수업을 들었는데, 너무 힘들더라고요. 다른 게 아니라 그냥… 그렇게까지 할 말이 없어요.

○ 소설은 합평할 때 보통 단편 분량 정도로 하죠? 원고지 70매 정도 되나요?

● 아마 그럴 거예요. 잘 알지도 못하고, 그리고 다 못 썼어요. 선생님께서 꼭 계속 쓰라고, 반드시 완결하라고 하셨는데… 저는 이미 하고 싶은 말을 다 한 상태여서 더 쓰는 게 힘들더라고요.

○ 시를 쓰다 보면 그렇게 되지 않아요? '이미 다 썼는데 어떻게 더 길게 쓰지?'

● 최근에 『나의 비타, 나의 버지니아』라는 책을 읽었는데요.

서로에게 큰 지지자이자 동반자였던 비타 색빌웨스트와 버지니아 울프가 평생에 걸쳐 나눠온 편지를 엮은 서한집이에요. 비타는 시인이었고, 버지니아는 소설가였잖아요. 한 편지에서는 서로 추궁하다못해 안달이 난 거예요. 비타는 "소설을 왜 써? 산문의 매력이 뭐야?" 하고, 버지니아는 "아니, 시를 왜 써?" 하면서요. (웃음) 그러면서 비타가 뭐라고 하냐면요, "그런데 프루스트는 왜 열 단어로 할 수 있는 이야기를 열 쪽이나 쓴 거람?"

(일동 폭소)

무슨 말인지 알 것 같지 않아요? 시가 왜 좋은지, 왜 다른 게 아니라 시를 쓰는지 설득하라고 하면 정말 어렵겠지만, 한번 성공하고 나면 본인이 나가려고 해도 빠져나갈 수 없는 그런 늪이랄까….

○ 맞아요. 어떤 분들은 시에 비해 산문은 편하게 쓴다고 하는데 저도 산문이 더 어려워요. 막상 써놓고 보면 되게 뿌듯하긴 해요. 내가 이렇게 많이 썼다고?

● 엔터도 치지 않고? 이렇게 빽빽하게 썼다고?

(일동 작은 웃음)

음…. 해주 시인이 시를 쓰지 않게 되는 날이 올까요? 혹은 쓸 수 없게 될 수도 있을까요?

○ (잠시 생각) 쓸 수 없게 된다면 건강 때문이지 않을까요. 쓰지 않게 된다면 시 쓰는 데에서 더 이상 재미를 느끼지 못하기 때문일 거예요. 지금은 쓰는 게 사는 데에 필요해요. 그렇지만 안 쓰고도 살 만하면 안 쓰게 될 수도 있겠죠.

● 슬플까요? 아니면 오히려 가뿐할 수도 있겠어요.

○ 슬프면 그걸로 또 쓸 것 같아요.

(일동 폭소)

● 저는 사실 첫 번째 시집의 화자가 너무 혼자 있다는 생각을 정말 많이 했거든요. 물론 어떤 대상이 종종 등장하곤 하지만 그것과 모종의 접촉을 하는 느낌이 아니었다고 해야 할까요. 너무 꼿꼿이 한자리에 우뚝 서서 아주 천천히 주변을 둘러보는, 이동하지 않는, 나무 같은 사람일 거라고 마음대로 상상했어요. 그리고 그가 이 시들을 지나면서 혼자 있지 않았으면 좋겠다는 이기적인 생각도 했고요. 그런데 두 번째 시집의 문을 열어주는 시가 「밤 산책」이잖아요. 나와 당신이 산책하는 장면부터 시작하는 이야기인 거예요. 그래서 너무 좋았어요. 우뚝했던 그 사람이 이제 나갔구나, 걷고 있구나, 그리고 그 행위를 소중한 타인과 함께하고 있구나 싶어서 약간… 기뻤어요.

○ 화자가 혼자 있었다는 걸 저도 시집을 내고 나서 알았어요.

이야기하다 보니 생각이 났는데, 며칠 전에 집을 정리하다가 친구에게 받은 오래된 엽서를 발견했어요. 대략 "네가 자꾸만 혼자 있으려는 게 보이는데, 언젠가는 편안하게 바깥으로 나올 수 있다면 좋겠어."라는 내용이었던 것 같아요. 당시에 그 친구와 그렇게 친한 편이 아니었어서 엽서를 발견하고 놀랐어요. 그렇게까지 친하지 않은 같은 반 아이에게도 마음을 나눠주는 따뜻한 친구였다는 걸 제가 너무 늦게 알았다는 생각이 들더라고요. 그 친구는 밝고 활동적이어서 학교 여기저기를 쏘다니던 학생이었는데 그 와중에 제가 외로워 보이는 게 마음이 쓰였나 봐요. 참 고맙더라고요. 그때는 혼자인 시간이 제게 필요했다고 생각하지만 지금은 많이 바뀌었어요.

● 어떤 것이요?

○ 사람을 좀 좋아하게 된 것 같아요. 전에는 새로운 사람을 만나는 일이 설레기보다 두려웠거든요. 물론 지금도 두렵지만 (웃음) 어차피 사는 일 자체가 위험하니까, 재밌다고 느껴요. 사람은 침 재밌어요.

● (혼잣말로) 하지만 사람 무섭다….

○ 사람 무섭죠. 그런데 또 믿을 수 없을 정도로 좋은 사람이 있기도 하고요.

● 혹시 다음 출간 계획은 있으신가요?

○ 아직은 없어요.[1]

● 이것을 읽으시는 눈 밝은 독자 혹은 편집자 혹은 관계자 기타 등등 업계 선생님들, 조해주 시인을 주목해주세요. (웃음)

○ 잘 부탁드립니다. (같이 웃음)

● 그전에 척척박사가 되시겠어요.

말장난이 아니라 진짜 '박사' 과정을 밟고 있기 때문이다.

○ 진짜 척척박사 될래요. 정말 박사가 되고 싶어…. (잠시 침묵) 아니, 사실 별로 되고 싶지 않아요.

● 뭐야, 이 사람 이상한 사람이었어.

(일동 폭소)

○ 박사 되면 좋죠. 연구가 재밌기도 하고요. 그렇지만 뭐, 시만 쓸 수 있다면.

● 시'만' 쓸 수 있다면, 박사 필요 없다!

○ 그래도 이제 남은 두 학기는 좀 더 의욕적으로 마쳐보려고요.

● 해주 시인은 어떤 시인으로 기억되고 싶어요?

○ 그냥 시인으로 기억된다면 충분할 거예요. 오히려 '어떤' 시인으로 기억되지 않았으면 좋겠다는 생각이 더 강

1 현재는 계획이 있다. 세 번째 시집이 2025년에 출간될 예정이다.

하고요. 일단은 뭘 잘 지켜야겠죠? 음…. 첫째로는 법을 잘 지키고, 저작권 및 출판 윤리를 수호하고….

(참새만 폭소)

제가 어떻게 시인이 되었는가를 잊지 않으려고 해요. 이렇게 말하니 되게 거창하네요. 그냥 별 탈 없이 써나가는 것. 그게 새로운 길을 만들어준 사람들에게 지켜야 할 예의라는 생각이 들어요.

● (혼자이면서 같이하는 다짐) 꿋꿋하게 살자.

○ (역시 마찬가지로) 잘 살자, 착하게 살자, 말을 줄이자.

(일동 폭소)

● 이 대화를 끝까지 읽어준 독자들께 전하고 싶은 이야기가 있을까요?

○ 어서 오세요. 잘 오셨습니다. 진지해 보였겠지만 거의 다 농담이었어요. 그저 웃으셨길 진심으로 바라고요. 아마 독자분들 가운데 시를 쓰고 있는 분들도 계실 텐데요. 당신의 시가 무척이나 궁금합니다.

● (크게 미소 지으면서) 진지한 농담을 하며, 잘 살자, 사이좋게.

시와 시인은 얼마나 가까울까 매일 상상해본다. 어떤 시는 시인과 너무 가까워서 위태로울 정도로 좋을 때가 있고, 어떤 시는 시인과 너무 멀어서 간극의 이야기들이 궁금해진다. 조해주 시인은 그 어디에도 있는 것 같지 않았다. 시는 시로서 존재하고 조해주 역시 시인으로서 존재하나, 둘은 닮기도 닮지 않기도 했다.

매혹적인 무표정.

숙고하며 말하는 조해주 시인을 정면으로 바라본 사람만이 진정한 의미를 알 수 있을 것이다. 의아한 말들이 시인으로부터 흘러나와서 나에게 닿았을 때에야 비로소 정확해지는 순간들. 이것은 시를 읽을 때에도 유효하지만 시 너머의 사람을 읽을 때에도 명백해지는 장면들 같다. 그가 시와 시인 사이에서 자신의 영역을 단단히 하며 흔들리지 않기 때문에 더욱 선명히 그려지는 장면이라는 것도. 직면해오는 나의 질문을 외면하지 않고 오히려 이 이야기, 우리 제대로 해보자며 자주 자세를 고쳐 앉던 그가 생각난다. 가벼운 선물을 건네던 그의 모습도. 손끝에서 소소히 빛나던 그의 『가벼운 선물』도.

열린 공간

조해주

잘 봐
손바닥 위에 놓인 것

목에 걸린 쿠키처럼 무뚝뚝한
아지트를 지어두었어 무성한 나뭇가지 위에

흔들리지 않고
날아가지 않고

열려 있으니까 언제든지 와서 있어

셀 수 없이 푸른 잎들 속에서
누렇게 마른 잎 하나

주인 없는 아지트는 고요하지

펼친 책에 얼굴을 파묻고
안으로 들어가고 싶다는 생각

다시 떼어낸 뺨에는 옮은 문장이
말투가
까맣게 새겨지겠지

길게 기른 머리카락
눈을 살짝 가리는 것도 괜찮아
우거진 나무 뒤편으로 얼룩덜룩 찢어지는 노을
등잔 기름 식어가는 냄새

덜 닫힌 문

얇은 커튼 너머로 만져지는 도마뱀

작고 날카롭게 빛나는 열쇠들

이파리들의 흔들림과 반짝임 속에서
있어
숨김없이

있는 거 다 알아
문 두드리면 너머에서 들리는 소리

열려 있어
밀면 열려

마음의 시간을 생각하는

김연덕

『재와 사랑의 미래』, 민음사, 2021

나는 사랑을 이야기해야 할 때면 조금 죽는다. 과장이 아니고 정말로. 사랑을 잘 알지도 못하거니와 사랑은 만만치 않기로 자자한데 내가 무슨 말을 보탤 수 있을까. 무엇보다 사랑은 내게 배당되어서는 안 된다고 느꼈다. 그런데 사랑의 잿더미와 사랑의 미래에 대해 덤덤히 말하는 이 시인을 보면서 나는 조금 간지러웠다. 내가 느끼는 이 막연한 탈락감 역시도 사랑일 수 있다고 말해주는 것 같았다. 막연한 궁금함과 동경으로 그를 막무가내로 지켜보기만 하면서 그가 잘 사랑할 수 있기를 바랐다. 이런저런 사랑에, 모양도 질감도 제각각인 멋대로의 사랑에, 안겨도 보고 치여도 보면서 지금처럼 씩씩하게 사랑하기를 바랐다.

어떻게 해야 사랑에 대해 말할 수 있는지는 아직까지 나의 영원한 과제로 남아 있다. 해결하지 못할 수도 있다. 하지만 나는 이 사실이 슬프지 않다. 빛나게 사랑하고 그 이상으로 말할 줄 아는 동료와 친구들이 내 곁에 있으므로. 연덕 역시도 그중 하나임을 선명히 알고 있으므로. 나는 언제나 그들을 보며 자라기 때문이다.

● 박참새
○ 김연덕

● 김연덕 시인과 나는 그간 작은 교류가 있었지만 정말, 제대로, 만나는 것은 이번이 처음이었다. 서로 반가워하고 안부를 묻고 많이 웃고 깊이 궁금해하며 첫 인사를 오래 나누었다.

○ 요즘 일이 너무 많아서 하나씩 쳐내다가 오늘 조금 쉬는 기분이에요. 그리고 질문지를 조금 봤는데… (웃음, 그리고 작은 정적)

● 다들 너무 부담스러워하시더라고요. (속상)

○ 어렵긴 어렵더라고요. (웃음) 그래서 다른 시인들은 어떻게 대답했을지가 너무 궁금한 거예요.

● 다들 그래요. 모두가 서로의 답을 궁금해하고 있답니다. 그런데 정말 신기하게도, 결은 조금씩 다르지만 대개 비슷한 말씀을 해주셔요. 큰 맥락으로 보자면요. 시인으로서 가지고 있는 공통의 생각이랄까, 그런 교차점이 있는 건 아닐까 싶더라고요.

우리는 여름의 빛이 야트막이 보이는 서촌의 한 자락에서 만났다. 창 너머로 바람에 흔들리는 은행나무가 보인다. 김연덕의 산문집 『액체 상태의 사랑』에 등장하는 서촌 일대에 대한 묘사가 아름답고 짙은데, 정말 그렇다는 생각을 했다.

집이 이 근처예요?

○ 네, 원래는 부암동 근방에서 살았어요. 유년이라고 할 수 있는 시간을 그곳에서 보냈고요. 중고등학생 때는 마포와 공덕 근처로 잠깐 이사를 갔다가 서촌으로 다시 온 지는 한 6년 정도 됐어요.

● 저는 특별한 일이 있지 않으면 잘 오지 않는 동네라, 매번 느낌이 다른데요. 오늘은 뭐랄까, 기분 좋은 나른함이 느껴지네요.

○ 저도 제가 사는 이곳을 정말 좋아해요. 산책하기도 정

말 좋거든요. 자주 걸어요.

● 그간 어떻게 지냈어요? 요즘 무얼 보고 쓰며 일상을 보내는지 궁금해요.

○ 2023년 5월부터 산문 연재를 하게 되어서, 요즘엔 그것 쓰느라 조금 바빴고요.

● 어디서 연재해요?

○ 《악스트》에서 선보일 예정이에요.

● 지면 연재구나!

○ 네, 맞아요. 제가 지금까지 써온 산문과는 조금 다른 결을 원하셔서 저도 처음 써보는 것들이 많이 들어간 그런 산문인데, 재미있게 쓰고 있어요. 감정적인 요소를 줄이는 대신 물질적으로, 무언가가 만져지는 듯한 느낌이면 더욱 좋겠다고 하셨거든요. 사실 제가 좋아하는 책들도 그런 류의 책들이긴 한데, 그래서 일종의 도전처럼 느껴지기도 했나 봐요. 그래도 재미있어요.

● 맞아요. 좋아하는 글과 내가 쓸 수 있는 글에는 어떤 차이가 있죠. 재미있다니 잘되고 있는 신호 같은데요! 그리고 뭐랄까 인간적인(?) 활동도 많이 하시던데요, 부쩍!

○ (웃음) 네, 다양한 모임을 이끌기도 하고 수업도 많았어요. 또 개인적으로 과외도 하고 있어서 아무래도 사람들과 접촉이 많아 보일 수 있겠어요. 그러면서 다음 시집도 준비하고 있거든요.

● (놀라워하며) 어떻게 살아….

○ (웃으며) 그냥저냥 살아요. 친구들도 만나고. 놀 건 다 놀아요. 그래서 늘 늦는 것 같긴 하지만요. 근데 참새 님도 바쁘잖아요.

● (약간 지쳐 하며) 나는 바쁘지 않아….

이 지면을 빌려 해명한다. 초면인 사람들에게 가장 많이 듣는 (틀린) 말 1위: 요즘 많이 바쁘시죠? 2위: 친구 많잖아요~

○ 이렇게 말하면 바쁨의 기준이 다른 것 아니에요?

● 그러니까 저는 바쁘지는 않고. 할 일이 있긴 한데 게을러서 안 하는 거죠.

○ 아니에요.

아, 저 그리고 '띵' 시리즈[1]에 참여하게 됐어요!

● 정말요? 어떤 걸로 써요?

○ 생강!

● (의아해하며) 생강이요…?

○ 네, 생강. 제가 생강을 정말 좋아하거든요. 진저 티(ginger tea) 이런 것도 엄청 좋아하고요.

● 그럼 연덕 시인의 산문을 볼 기회가 조금 많아지겠네요.

○ 지금 해야 할 일들 중에서는 산문이 사실 더 많은 것 같아요.

● 어때요, 산문 쓰는 일?

○ 쓰는 것 자체는 괜찮은데, 들여야 할 에너지가 비교적 많으니까 아무래도 체력이 조금 부친달까요. 그리고 시를 못 쓰니까 조금 힘들긴 한데요. 그래도 뭐라도 쓸 기회를 주시면 좋으니까 거절한 적은 한 번도 없었어요.

● 시와 산문을 쓸 때, 물론 차이가 있겠지만, 개인적으로 체감되는 이질감이 있나요?

○ 음…. 그 차이를 생각하지 않고 그냥 쓰는 것 같아요. 물론 깊이 들어가서 생각해보면 다른 부분이 물론 있겠지만 그냥 '글'을 쓴다고 생각하고 시와 산문을 짓고 살아요.

● 산문집 『액체 상태의 사랑』을 보고 그런 생각을 조금 했어

1 띵 시리즈는 세미콜론에서 '내가 좋아하는 것을 함께 좋아하고 싶은 마음'으로 펴내는 음식 에세이다.

요. 경계 없이 쓴다는 느낌? 산문에서 거침없는 행갈이를 보니 속이 시원하더라고요. (웃음)

○ 잘 읽어주셔서 감사해요.

● 시와 산문, 말씀하신 것처럼 사실은 경계 없는 하나의 '글'이긴 하지만, 사실 모종의 벽이 있긴 하고 또 그렇기 때문에 둘 다 동시에 탁월하게 하기란 사실 힘든 일이잖아요. 그런데 연덕 시인이 쓰는 글은, 그게 산문이건 시이건 무관하게, 어떤 응축된 힘이 있는 것처럼 느껴졌어요. 그리고 무엇보다 정말 용감한 사람이라고 생각했고요. 책이라는 물건이 실재하기 때문에 너무 좋을 때도 있지만, 같은 이유로 너무 무서울 때도 있잖아요. 저는 책에 대한 공포가 그것에 대한 애정만큼 강하게 있기 때문에, 책이나 지면에 제 글을 실을 수 있는 기회가 종종 오게 되면 정말 많이 움츠러들거든요. 하지만 연덕 시인에게는 그런 망설임 같은 게 없다고 느꼈어요. 필요한 이야기라고 생각되면, 필요한 사랑이고 필요한 경험이라고 생각되면, 정말 가감 없이 말하고 쓰더라고요. 멀리서 보면서도 느껴졌지만, 사랑이라는 재능이 연덕 시인에게 있다고 생각해요. 요즘은 어떤 사랑을 하고 있어요?

○ 새로운 사랑을 많이 하고 있어요. 모임이나 수업을 하면서 만나게 되는 새로운 사람들이 있잖아요. 그분들을 보면서 엄청 사랑하죠.

● 근데 어떻게 그렇게 막… 사랑이 돼요?

○ (웃음) 좋은 분들을 유독 많이 만나는 것 같아요. 제가 운이 좋은 거죠.

저는 사랑하면 궁금해져요. 저랑 만나지 않는 날에, 모임이 없고 수업이 없는 날에, 무엇을 하고 지내는지 너무 궁금해요.

● 저는 오프라인으로 누군가를, 특히 독자를 만날 기회가 생기면 정서적인 거리를 두게 되더라고요. 저도 모르게요. 일종의 방어기제처럼 그것이 작동되는데, 연덕 시인을 보며 감탄한 적 많았어요. 잘 어울릴 줄 알고, 그럴 수 있다는 것 역시 훌륭한 기질이잖아요.

○ 작은 것마저도 소중히 봐주셔서 감사해요. (웃음) 그런데 건강한 거리 두기는 언제나 서로를 위해서 필요한 일인 것 같아요. 오히려 제가 배워야 할지도 몰라요.

조금씩 함께 앞서간다

● 첫 시집인 『재와 사랑의 미래』가 나온 지 2년 정도 되었죠?

○ 맞아요. 2021년 3월에 나왔으니까 2년 조금 넘었네요.

● 출간 직후에는 심경이 복잡해서 마음 정리가 쉽지 않았을 것 같아요. 지금은 시차가 조금 생겼는데, 어때요?

○ 맞아요. 지금은 그냥… 옛날 책이죠. (웃음) 현재의 제가 쓰고 있는 글들과는 다르기 때문인 것 같기도 하고요. 그리고 글쓰기를 어느 시기에 잠깐만 하고 끝낼 것이 아니기 때문에, 전체적인 과정을 생각한다면 이제야 첫발을 내디딘 것 같고, 지금은 그다음을 위해 집중하고 있는 시기라고 봐야죠.

● 지금 쓰고 있는 글과는 다르다는 건 어떤 지점에서의 다름일까요?

○ 사소한 차이일 수도 있어요. 제 주변 친구들도 확실히 달라졌다고 말해주는 쪽과, 그래도 큰 정서는 달라지지 않았다고 말해주는 쪽이 있는데요. 형식적으로는 큰 변

화가 없을지 몰라도 제가 활용하는 이미지나 말하고자 하는 바, 그리고 집중하는 정서의 관점에서는 약간의 이동이 생겼어요.

● 쓰면서 본인도 그 이동을 느끼나요?

○ 아무래도요. 저의 초점이 달라진 것 같다는 느낌이 강하게 들죠.

● (매우 조심스럽게) 혹시… 언제 책으로 나오는지 물어봐도 되나요?

출간일을 묻는다는 것은 실례이자 실례가 될 수 있기 때문이다.

○ 2023년 말까지 원고를 드리기로 했으니까 조금 빠르면 2024년 상반기 즈음에는 나올 것 같아요. 제가 어떻게 하느냐에 따라 시기가 조금 앞당겨질 수도 혹은 미뤄질 수도 있겠지만요.

● 적당한 시차를 두고 차근히 선보이는 느낌이에요.

○ 맞아요. 속도감 역시 중요해요. 독자들이 버거워할 수도 있으니까요. (웃음)

● 저는 요즘 시집들이 너무 많이 나와서 다 따라가기가 조금 벅차더라고요. 다들 정말 시만 쓰는 걸까요? (반성하는 투로 혹은 약간 믿을 수 없다는 어조로) 다들 앉아서 글만 쓰시는 것은 아닐 텐데요….

○ 그런데 참새 님도 첫 번째 대담집을 펴낸 지 얼마 되지 않았잖아요? 또 이렇게 바로 다음 대담집을 준비하는 것도 버금가게 대단한 일인 것 같은데요!

● 이제 1년 조금 지났죠. 그런데 제 경우는 조금 달라요. 타인의 이야기를 듣고 그것을 제 관점으로 다시 돌려보는 것이기 때문에 혼자서 창작하는 것과는 다른 종류의 에너지가 필요해요. 다만 너무 늦어져서는 안 된다는 강박이 저를 조금 힘들

게 하긴 하지만요.

또 모르겠어요. 처음부터 온전히 제 힘으로만 밀고 나가야 하는 책은 아직 써본 적이 없기 때문에, 그때 필요한 에너지는 또 다른 차원으로 어마어마하겠죠?

○ 저는 이 책이 너무 기대돼요. 제가 참여해서가 아니라요. (웃음) 그리고 연락 왔을 때도 너무 기뻤거든요!

● 핑계가 없으면 만나자고 못하는 저에게 이 대담집은 아주 멋진 일곱 가지의 핑계를 만들어주었죠. (웃음)

(무언가가 생각난 듯) 아, 그리고 예전에 제가 운영하는 가상 실재서점 '모이' 오픈 쇼케이스 때 초대장을 무턱대고 보내드렸었잖아요. 그전에 우리 만난 적도 없고, 유의미한 교류도 없었는데 제가 그냥 막 보낸 거란 말이에요. 그래서 저는 안 오실 줄 알았어요. 그런데 진짜 오셔서 정말 깜짝 놀랐거든요…!

과거의 나는 참 일을 잘 벌이고 너무나 대담했다. 그때 좋아하는 사람들, 보고 싶은 사람들, 좋아하고 보고 싶은 사람들의 이름을 다 적어 막무가내로 초대장을 보냈다. 부끄러움 같은 건 몰랐다. 몰라서 연덕 시인을 만날 수 있었다.

○ (웃으며) 진짜요? 저는 완전 반대로 생각했는데! 아무런 연고도 없는데 저를 초대해주신 거잖아요! 그래서 오히려 제가 정말 가고 싶었어요.

● 우리 동갑인 거 알아요?

○ 알죠! 주변에 은근히 동갑내기 동료들이 없어요.

● 맞아요. 그래서 저는 동갑인 동료들을 보면 괜히 더 내적 친밀감이 두터워지더라고요. 동갑이라는 사실을 인지하는 순간 '아, 우린 친구다.'라고 바로 훅 들어가는 것 같아요. (웃음) 저도 얼른 빨리 데뷔해서 멋진 동료가 되겠습니다.

○ 이미 그런걸요! 시 계속 쓰고 있어요?

● 아주 열심히 쓰고 있습니다.

○ 멋있다.

● 본인은 다 (데뷔도, 열심히 쓰는 것도) 해놓고…! 그런데 연덕 시인이 비교적 정말 어린 나이에 등단을 했잖아요. 장단점이 있었을 것 같은데요.

○ 사실은 운이 좋았어요. 제가 대산대학문학상으로 등단했는데, 만약 그때 안 됐으면 영영 등단 못할 수도 있었겠다는 생각도 들거든요. 그전까지는 최종심에도 올라본 적이 없었어요.

● 등단 소식을 접했을 때, 어땠어요?

○ 음, 개인적으로는 그때 제 삶에서 다소 좋지 않은 시기를 지나가고 있었거든요. 큰 위로가 됐어요. 계속 쓸 수 있는 힘이 되었고요.

● 원래는 소설을 쓰기 위해 문예창작학과에 진학하셨다고요. 어떤 계기로 소설이 아닌 시를 쓰게 되었나요?

○ 맞아요. 처음엔 소설가가 되고 싶었어요. 그런데 막상 진학해서 소설 쓰는 일을 정말 진심으로 즐거워하는 사람들을 보니, 제 길이 아니라는 생각이 들더라고요. (웃음) 소설 쓰기는 뭐랄까, 동시에 아주 많은 것을 구상해야 하잖아요. 인물과 사건, 이야기의 구조, 그것이 총체적으로 전달할 메시지… 무엇보다 써야 하는 분량이 많기도 하고요. 이런 부분에서 부침을 많이 느꼈죠. 어쩌면 제 길이 아닐 수도 있다는 생각을 하게 되면서 방황하는 시기를 겪기도 했어요. 1년 동안은 그냥 아무것도 안 썼던 것 같고요.

제가 비교적 착한 학생이었거든요. (웃음) 정해진 규칙이나 규율을 잘 지키는 다소 모범적인 학창 시절을 보냈었는데, 스무 살 성인이 되고 나서 난생처음 해보는 것들이 너무 많은 거예요. 그때 쓰지 않고 세상을 경험한 것이 제게는 큰 의미가 있었어요. 아예 펜을 놨다, 이런 건 아니지만, 어느 정도 자유를 마구 느끼면서 소설에 대한 혼란도 겪으면서, 그렇게 대학 첫 1년을 보냈었어요. 그 시기가 끝나갈 무렵 즈음에 제가 하고 싶은 말을 풀어낼 수 있는 장르가 어쩌면 시일 수도 있겠다는 생각을 문득 하게 되었던 거죠.

● 시로 당도하는 과정에서 여러 가지 발견과 깨달음이 있었네요. 과거의 연덕은 시인 '되기'를 갈망했었는데, 현재의 연덕은 그것을 성취한 사람이잖아요. 짧다면 짧은 시간이겠지만 시인으로서의 삶은 어때요? 정말 바라던 순간을 지나온 것이잖아요.

○ 전형적인 대답일 수도 있는데요, '생각보다 크게 변한 것은 없다'. (웃음) 물론 너무 좋죠. 제일 좋았던 것은 이제 마음 가는 대로 쓸 수 있겠다는 생각이 들었던 때였어요. 물론 제가 눈치를 살피면서 스스로를 조절하고 바꿔나가는 성격은 아니긴 하지만 그래도 등단이라는 관문 자체를 더 이상 생각하지 않고, 오로지 써야 할 것에만 신경 쓸 수 있다는 것만으로도 큰 기쁨이었어요. 그리고 수업을 하면서 여러 학생들을 만나는데요, 그분들을 보면 제 옛날 생각도 나고 여기서 함께 시를 쓰며 나아간다는 게 어떤 의미일지 조금은 알 것 같아서 그분들께 제가 해줄 수 있는 것들을 생각하면 너무 기뻐요. 그리고 참새 님과도 책 덕분에 만날 수 있었던 인연이라고 생각하는데요. 이런 식으로, 오로지 책을 통해서만 연결될 수 있던 사람들을 떠올리면 또 다른 차원에서의 기쁨이 느

껴져요.

그런데 그때만큼 열심히 하고 있는지는 잘 모르겠어요. (웃음) 그때는 학생이었으니까 제 시간 전부를 온전히 쓰는 일에만 쓸 수 있었으니까요. 지금은 생활을 위해, 혹은 현실을 위해 지켜야 하는 약속들이 많아지기도 했으니 아마 그 당시와는 완전히 같은 모습은 아니겠죠. 그때를 생각해보면… 정말 시에 미쳐 있었던 것 같아요. (웃음) 아침에 눈 뜨고 나서부터 눈 감고 잘 때까지 시 생각뿐이었거든요.

● 수상 소식을 접하고 정말 기뻤겠어요.

○ 정말 좋았죠. 사실 수상 연락이 왔을 때, 제가 수업을 듣고 있기도 했고 모르는 번호여서 안 받았었어요. 그런데 같은 번호로 여러 번 오길래 '설마' 하는 마음으로 잠깐 나가서 전화를 받았는데, 바로 '그' 전화였던 것입니다. (웃음) 그때 듣고 있었던 수업이 제 기억으론 이수명 선생님의 시 창작론이었는데요. 수업이 끝난 뒤에 바로 말씀드렸습니다. 마음은 쿵쾅거리지만 아주 차분한 척을 하면서….

● 어떤 반응을 보이시던가요?

○ 큰 축하와 다행을 말하시면서, 동시에 이제 '시작'이니까 열심히 잘했으면 좋겠다고 말씀해주셨어요.

● 과거의 연덕이 미래의 시인 연덕을 상상하면서 그렸을 모습이 있었을 것 같은데요. 그것과 가깝게 지내고 있나요?

○ (엄청 씩씩하게) 네, 그런 것 같아요!

● (엄청 감탄하며) 진짜 멋있다!

과거의 내가 기대한 바를 배반하지 않기란 정말 어려운 일이므로….

○ 왜냐하면 제 바람이 소박하달까, 조금 특이했거든요.

저는 시인이 되면 물론 시집을 펴내는 것 역시 여러 소망 중 하나였지만, 정말 이루고 싶었던 큰 소망은 사실 낭독회였어요. 낭독회를… 너무 하고 싶었어요!

● (모르지만) 뭔지 알 것 같아요!

○ 제가 낭독회를 하면서 여기저기 정말 많이 다녔거든요. 갈 때마다 다르게 낯설고 가까운 분들이 제 책만 보고 와주시고, 그 모습을 보고, 눈을 맞추는 순간들이 너무 좋았어요. 첫 낭독회를 '문학살롱 초고'에서 했었는데, 그때 육호수 시인이 사회를 봐주셨어요. 그때 호수 시인이 그런 질문을 했던 게 생각이 나요. 지금 이 낭독회의 순간이 연덕에게는 과거에 가까운 것 같은지, 혹은 미래에 가까운 것 같은지. 제가 그때는 답하기가 어렵다고 말했었어요. 지금 이 순간이 지나가버리면 물론 과거로 남겠죠. 하지만 첫 낭독회의 자리에서는 또 동시에 정말 많은 것을 상상하게 되기도 하거든요. 앞으로 시작될 다른 많은 일들… 정말 셀 수 없이 많겠죠. 그런 마음은 늘 미래로 남아 있을 것이기에 명확한 대답을 하지 못했었어요. 그때를 생각하면 기분이 늘 묘해요. 그 질문을 받았을 때도 그렇고, 지금까지 지나온 시간을 생각해보아도 그렇고요. 또 아주 오랜 시간이 지나고 난 후의 모습도 흐릿하게 그려지는 것 같기도 하고요.

애초의 사랑

● 연덕 시인은 자기가 쓴 시 자주 보는 편이에요?

○ 가끔 봐요. 제가 쓴 모든 시를 자주 보는 편은 아니고

요. 시인들에게 저마다의 이유로 각별하게 느껴지는 시들이 있잖아요. 그런 시들은 가끔 너무 안 써지거나, 예전에는 내가 어떻게 해왔었더라 하는 궁금증이 들거나, 그때의 에너지를 다시금 체험하고 싶을 때 읽어봐요.

● 최근에 읽었던 본인의 시가 있나요?

○ (잠시 생각한다) 음, 최근에요…?

(책상 위에 놓인 『재와 사랑의 미래』를 가리키며) 이 시집은 펼쳐보지 않았던 것 같아요. 두 번째 시집을 엮기 전에 최근 발표했던 작품들은 조금씩 읽어보는데, 잘 모르겠어요. 이 책은 손이 잘 안 가네요. (웃음)

●「재와 사랑의 미래」가 일종의 연작이잖아요. 원래는 한 편으로 시작했고, 연작으로 이어질 거라는 예측을 못하셨다고, 어딘가에서 하신 말을 읽은 기억이 있는데요. 그 과정이 조금 궁금해요. 어떻게 6편의 연작을 추가로 쓸 수 있었나요? 작품 사이의 시차도 조금 있잖아요.

○ 맞아요. 연작 전체로 보면 2년 정도의 시간을 품고 있죠. 좀 전에 등단했던 시기가 제 인생에서 제일 부침이 많았던 때라고 말씀드렸었잖아요. 그때 「재와 사랑의 미래」의 두 번째 시를 쓰게 됐어요. 등단 소식을 알기도 전인데, 그냥 왠지 모르게 이 시에 대한 생각을 피웠던 것 같아요. 그때 많이 아팠고, 다치기도 해서 병원에서 시를 썼었는데, 첫 「재와 사랑의 미래」 시가 문득 생각이 나서 그것과 자연스레 연결되었어요.

● 연작의 배열이 어떻게 돼요? 시간순으로 되어 있나요?

○ 네, 쓰인 순서대로 배치되어 있어요.

(잠시 생각한다) 그런데 어쩌다 연작이 되었는지는 저도 정확한 이유를 모르겠어요. 그렇게 쓸 수밖에 없다는

생각이 계속해서 들었고 그러다 보니 여러 시가 하나의 제목으로 관통해버린 게 아닐까 싶어요. 쓸수록 연작에 대한 실감이 더욱 짙게 들었고 그렇게 계속 그 시를 만들어나간 것 같네요.

● "도와주려는 사람들"[2]과는 여전히 잘 지내고요? (웃음)

○ (웃음) 네에, 잘 지내고 있어요. 친구들한테 정말 고마워요. 당시에 너무 힘들어하던 저를 너무 많이 도와줬거든요. 가족에게도 큰 고마움을 느껴요.

● 맞아요. 가족 사랑이 되게 깊다고 느꼈어요.

○ 사실 저와는 매우 다른 사람들이에요. 성격도 성향도 다 다르고요. 그리고 그들이 정말로 나를 잘 알고 있나? 하면 그것 역시 잘 모르겠어요. 그런데 뭔가 알 수 없는 이유로 자꾸 뭉치게 되는 것 같기도 하고…. (웃음) 그리고 저희 가족이 워낙 형제가 많기도 해서요.

● (기회를 잡았다는 듯이) 쌍둥이 동생과 언니! 그리고 오빠까지!

○ (손뼉 치며) 맞아요, 맞아요. 너무 감동이다. 이렇게 속속들이 알고 있다니!

● 산문집을 읽는데 진도가 나갈 때마다 새로운 가족 구성원들이 등장해서 계속 놀랐어요. 그리고 조부모님과 같이 지낸 시절도 그려지는데, 부암동에서의 유년 시절이요. 저도 부암동에서 직장 생활을 오래 해서 그런지, 장소 특유의 분위기와 정서가 연덕 시인의 고유한 이야기와 맞물리면서 독특한 질감을 자아낸다고 느꼈어요. 겹겹이 보이는 산들… 사이사이로 돋아난 듯한 여러 채의 집들…. 부암동으로 가는 터널을 지나면 마치 다른 세상에 온 것 같잖아요.

○ 그쵸. 그래서 폭설이 오면 다른 세상과의 연결이 조금

2 김연덕, 「재와 사랑의 미래」, 『재와 사랑의 미래』, 민음사, 2021

차단되기도 하고요. 부암동의 험준함을 모르는 친구들이 그럴 땐 썰매 타고 내려오라고 장난치기도 했던 기억이 나요. (웃음)

● 연덕 시인이 쓰는 거의 모든 글에서 다양한 종류의 사랑이 등장하는데, 그중에서 가족에 대한 애정을 직접적으로 다루는 손짓이 많다고 느꼈어요. 저는 그게 참 신기했고요. 우선 가족에 대한 애착을 갖기도 힘들 뿐만 아니라 그들과 함께한 기억을 세세하게 간직하고 있다는 사실 자체가 정말 큰마음이라고 생각되거든요. 그래서인지 저는 가족에 대한 이야기를 해야 할 때면 조금 버겁게 느껴지기도 해요.

○ 그런데 사랑만 존재하는 것 같진 않아요. 가족을 떠올리면 마음이 정말 복잡해지거든요. 의도적으로 이야기하지 않는 부분들도 많고요. 사실… 제 인스타그램 친한 친구 목록에 언니와 쌍둥이 동생은 빠져 있어요.

(일동 웃는다)

제 일상을 보는 게 부담스럽고 기껍지 않아서 그렇다기보다는, 저한테 감정 이입을 많이 하는 사람들이라 제가 건강한 거리를 두고 싶어서 그러는 것 같아요. 그런데 또 이상하게 뭔가를 써보려고 할 때면 자연스럽게 가족 이야기를 많이 쓰게 되긴 하네요.

● 저는 정말 노력해도 안 되는 것이 두 가지 정도 있는데 사랑과 가족에 대한 글을 쓰는 것이… 정말 너무 어렵습니다. 불능에 가까운 것 같아요.

○ 그럼 참새 님은 글을 쓸 때 어떤 것에 대해 주로 쓰게 되는 것 같아요?

● 사랑을 제외한 모든 것…? (웃음) 쓰고 나서 꼼꼼히 따져보고 벗겨보면 어차피 다 사랑으로 귀결되겠지만요. 내가 아닌

다른 대상을 향해 온 마음을 쏟은 듯한 시나 글을 읽을 때면 약간 씁쓸해지기도 해요. 나는 왜 저게 안 될까….

○ 저는 반대로 너무 감정에 기대서 쓰는 건 아닐까 싶어 혼란스러웠던 적도 있었어요. 저도 제가 잘 못하는 것을 잘하는 사람을 보면 비슷한 생각을 하기도 했어요. 그래서 멋있어 보이고 존경스럽나 봐요.

● 그러면서 서로 또 배우게 되겠죠.

○ (다정히 끄덕이면서) 맞아요.

(잠시 생각하더니) 가족 이야기가 자꾸 마음에 맴돌아요. 그들에 대한 이야기를 왜 많이 쓰게 될까 스스로에게 자꾸 물어봤는데요. 참새 님도 그렇고 세상 사람 비슷하겠지만, 밖으로 내보여지는 자아와 스스로가 생각하는 자아 사이에 괴리감이 클 때가 있잖아요. 그리고 그럴 때 글을 쓰고 싶어지게 되고요. 그러면 이런 질문이 자연스럽게 떠올라요. '이 괴리감을 제공해준 이들이 누구일까?' 그때 가장 많이 생각나는 사람이 가족이더라고요. 그 질문에 대한 답이 그들이라서 좋을 때도 있고 싫을 때도 있고, 너무 답답할 때도 있고 안락할 때도 있고…. 제가 겪어본 첫 세상이기 때문에 감정을 짚어 거슬러 가다 보면 자연스럽게 마주하게 되는 게 아닐까요.

● 할머니와도 각별한 사이였던 것 같더라고요. 저는 조부모와의 기억이 거의 없어서 그 감각이 무엇일까 참 궁금했어요.

○ 할머니도 무척 사랑스러운 분이셨어요. 오히려 저에게 애교를 부리시기도 하셨고요. (웃음)

● 할머니가 등장하는 시편도 꽤 있는데, 저는 그중에서 「예외적인 빛」이 너무나 좋았어요. 서글픈 아름다움, 너무나 정확하게 마음에 꽂히더라고요. 특히 시 안에서 또 시가 등장하는 액

자식 구성에서, 할머니의 시점으로 쓰인 부분은 정말… 심장 쥐어짰습니다.

○ 할머니가 미래에서 전해주는 편지가 이런 내용이지 않을까, 상상하며 썼어요.

정말 솔직히 이야기하자면, 할머니가 사람 자체로 이상적인 인간상이었는지 되물으면 그건 아니었던 것 같아요. 그런데 저에게 매우 친밀하게 남아 있는 기억의 부분들이 있고, 그래서인지 팔이 안으로 굽기도 해요. 생각하면 늘 짠한… 그리고 제가 이렇게 막무가내로 판단해도 될지 모르겠지만 저는 할머니가 배우였다면 정말 뛰어났을 거라고 늘 생각해왔거든요. 속에 있는 에너지가 너무 강한 사람이었어요. 그걸 풀어내고 표현해야 하는 사람인데 시대적으로 여성에게 그런 것들이 쉽사리 허용되지 않았다 보니까, 할머니를 그저 사랑하는 손녀의 입장으로서는 그게 늘 안타까웠어요. 할머니가 할머니 본연의 모습으로 산 것이 아닐 수도 있겠다는 아쉬움이 있어요.

● 그 끼가 세대를 걸러서 연덕 시인에게 잘 도착한 셈이네요. 어쨌든 시도 자기를 발가벗듯 드러내야 할 때가 많잖아요. 시인이 된 연덕 시인을 봤다면 할머니가 너무 좋아하셨겠다.

○ 또 생각해보면 저희 엄마랑은 되게 달라요. 물론 두 분이 혈연관계는 아니지만 엄마는 단순한 편에 속하는데, 또 이것이 제가 그를 사랑하는 이유이기도 하고요. 그런데 할머니는 뭐랄까요…. 좀 귀엽고 뒤틀린 사람이었어요.

● 귀엽다와 뒤틀렸다는 말이 함께 오니까 너무 좋네요.

시를 쓴다고 했을 때 부모님이나 다른 가족들이 반대하거나 하진 않았나요? 저는 아직도 그 허들을 넘는 중인데, 참으로 고됩니다.

○ 엄청 밀어주는 것도 아니었고, 그렇다고 해서 막무가내로 말리지도 않으셨어요. 그냥 하고 싶은 건 다 하게 해주셨거든요. 그래서인지 저희 사남매가 하는 일이 모두 다 달라요.

받는 사랑도 좋아

● 연덕은 평소에 어떤 일상을 보내는지도 궁금해요. 생활인 김연덕과 시인 김연덕은 서로 친한 편인가요?

○ 너무 어려운 질문인데요. 대체로 둘이 엮여 있을 때가 많아요. 물론 때때로 분리될 때도 있지만요. 왜냐하면 제가 생활로서 하는 일 역시도 쓰는 일과 무관하지 않기도 하고, 마음을 다뤄야 할 순간들이 많다 보니 가끔은 균형이 무너질 때도 있어요. 하지만 통장 잔고나… (웃음을 참지 못한다) 뭐 그런 여러 숫자들을 생각하다 보면 쓰는 일과는 매우 다른 일이고 목적도 다르니까 자아 전환을 잘하려고 노력하는 과정이라고 생각해요. 그리고 생활인으로서의 자아가 시를 쓸 때도 도움이 많이 돼요. 아무리 허구의 무언가를 쓴다고 해도, 현실의 자아가 늘 필요하다고 생각하거든요. 현실감이라고 해야 더 맞을까요? 미세한 결이 가지고 있는 힘이 정말 중요한 것 같거든요. 만약 어느 마음이 아주 넉넉하고 선하신 분이 제게 다달이 돈을 줄 테니 시만 쓰라는 선택지를 주고 제가 그 삶을 선택한다 한다면 좋은 시를 쓸 수 있을까요?

저는 아닐 것 같아요. 현실에서만 느낄 수 있는 징그러울 정도로 다채로운 감정들이 글을 쓸 때 정말 좋은 토대가 되어주니까요.

● 생활인 일과 중에서 선생님인 시간이 특히 많은 편이잖아요. 수업에 대한 애착이 정말 굉장한 것 같다고 생각했어요. 또 저는 그것을 보며 '저렇게 막 사랑이 되나…?' 같은 질문을 스스로에게 여러 번 던졌는데요. 비결이 무엇입니까. 학생들과의 어떤 특별한 기운 같은 게 있는지요?

○ (웃으며) 있죠, 있어요. 우선 제 수업을 들으러 와주셨다는 사실 자체에서 비롯되는 감사함과 기쁨이 굉장히 크죠. 요즘 학교가 아닌 곳에서도 문학창작 수업을 많이 들을 수 있잖아요. 정말 많은 작가들의 수업이 있고요. 그런데 그 가운데에서 저를 선택해주셨다는 건 정말 엄청난 거죠.

그리고 고마움과는 별개로 저 역시 그러했던 시절이 있었고 그것을 생생히 기억하기 때문이기도 해요. 저도 한때는 정말 많은 수업을 들으러 여기저기 오가고 했었거든요. 그래서 학생들을 보면 제가 학생이었던 때가 겹쳐 보여요. 그래서 그 당시 제가 느꼈던 갈급함, 얻고 싶었던 것, 필요한 말들을 최대한 많이 주고 싶은 거죠. 물론 제가 그 모든 것을 충족시킬 순 없겠지만, 최선을 다해서 그들이 원하는 것을 정확히 주고 싶어요.

(잠시 생각하더니) 그리고 다른 것과 비교하기는 물론 어렵지만, 시를 배우러 온다는 것 자체가 살짝 신기한 일이잖아요. 생업과 겸하시는 분들도 많은데, 그것과 상관없이 시간과 돈을 쓰면서 시라는 것을 배우기 위해 다짐하고 온 사람들에게 타협하는 정도로만 하기는 싫어요.

아마 시를 가르치는 시인이라면 다들 비슷한 마음일 거예요.

● 그런데 마음과 별개로 그것 역시 노동이니 힘들어할 수는 있잖아요. 근데 힘들어하지도 않는 것 같더라고요.

○ (조금 부끄러워하며) 맞아요. 수업하는 거 되게 좋아해요.

● 그런 연덕 시인을 보면서 내가 저 사람의 학생이라면 얼마나 좋을까? 뭐 그런 생각을 또 하고….

(일동 작은 웃음)

학생들과 함께하는 일을 순수하게 즐길 수 있는 방법이랄까, 연덕 시인만의 태도가 있을까요? 그리고 수업을 굉장히 오래 하는 것으로 정평이 나 있잖아요. 또 한편 시라는 것이 배워서 되는 영역인가 하는 생각이 들기도 하거든요.

○ 맞아요. 만약에 수업이 저녁 일곱 시에 시작하면 거의 매번 자정을 넘겨요. 굉장히 오랫동안 하는데 뭐랄까요, 그냥 그 시간이 저는 너무 좋아요. 수업을 끝내고 나면 피곤하죠. 그건 당연한 거예요. 하지만 약간 다른 종류의 활력을 얻게 되는데, 너무나 쓰고 싶어 하는 사람들의 형언할 수 없는 마음이 뭉쳐져서 큰 동력이 되기도 하고요. 그리고 쓰는 일만으로 이렇게 우리가 시간을 내어 집중하고 마음의 열기를 가질 수 있다는 사실이 아직도 너무 신기해서 마냥 신나요. 머릿속에서 그리던 글을 정말 잘 써냈을 때 느껴지는 이상한 느낌이 있는데요, 수업을 하면서도 그 비슷한 느낌을 받을 때가 있어요. 엄청난 집중과 진심이 모였을 때 만들어지는 진공에 가까운 상태요. 그리고 시가 배움의 영역이냐는 질문에는, 반반인 것 같아요. 어느 정도는 가르치거나 배울 수 있는 것들이 분명

히 있다고 느껴요. 시가 추상을 표현하는 것이긴 하지만 표현 자체가 어떤 실체를 가지고 있는 물질이잖아요. 우리는 눈으로 그것을 읽고 의미를 읽어낼 수 있어요. 그렇다면 그가 쓰고 싶었던, 아직은 언어화되지 않은 그 추상의 영역을 어떻게 하면 가장 가까운 언어로 나타낼 수 있을까에 대해서 함께 고민할 수 있죠. 이 단계에서 답답함을 느끼고 있다면 어떤 부분이 그를 가로막고 있는지 혹은 어떤 부분에서 돌파할 수 있을지도 함께요. 시에 갇힌 듯한 느낌이 들 때, 혹은 시 너머의 무엇에 갇혀 있단 느낌이 들 때, 함께 출구를 만들어보자고 제안하는 거죠. 기술적인 면도 있어요. 저는 시가 건축과 매우 유사하다고 생각해요. 처음과 끝이 있고, 그것을 향해 부단히 나아가는 쌓기의 과정이 있고요. 이미지를 겹겹이 더하거나 혹은 무너뜨리는 방식에서도 유사한 면이 있죠. 시에도 구조가 있는 거예요. 그런데 본인은 잘 몰라요. 심리적인 거리가 너무 가깝기 때문에 자신의 시가 어떤 형태인지, 어떤 구조를 가지고 있는지 판단이 잘 안 되거든요. 그럴 때 제가 함께 더 큰 시선으로 그 시를 바라봐주는 거예요. 의도한 구조와 결과로서의 형상이 비슷하다면 어째서 비슷한지, 혹은 둘 사이의 차이가 크다면 어떤 요소 때문인지 알려주는 거예요. 그러다 보니 글쓴이와 대화를 오래 하게 되는 것 같아요.

저는 수업 시간에 학생들께 꼭 하는 질문 두 가지가 있는데요. 본인의 시에서 마음에 드는 부분이 있는지, 돌파하고 싶은 지점이 있었는데 어려워서 잘되지 않은 부분이 있는지, 꼭 물어봐요. 그러면 앞서 말한 여러 벽들을 허물기가 조금 더 수월해지거든요. 물론 제 의견이 반드시 정답은 아니기에, 제가 아닌 다른 시인들의 수업도 많이 들어보라고 권장하는 편이에요. 어떻게 보면 그 역시도 독자의 의견인 것이잖아요. 다양한 관점에서 읽히는 경험은 많을수록 좋다고 생각해요.

● 어떤 지점에 방점을 두고 수업에 임하시는지 알 것 같아요. 그런데 이것 역시도 말로 표현하기가 굉장히 어려울 것 같은데요. 의견을 전달할 때의 어려움은 없나요?

○ 이 문장이 너무 좋은데 왜 좋은지 설명하기가 어려울 때는 있어요. (웃음) 그럴 때는 그냥 솔직하게 얘기하는 편이에요. "너무 좋은데 왜 좋은지를 정확한 언어로 설명하기가 지금으로서는 어렵다."라고요. 그런데 이렇게 읽는 사람의 말을 잃어버리게 만드는 문장이 좋은 문장인 건 맞아요.

● 정말 너무나 유의미하고 강력한 한마디일 것 같아요. 시라는 것을 떠나서, 좋은 이유를 설명할 수 없음에도 계속해서 좋아하는 게 정말 최고잖아요. 제가 학생으로서 그런 말을 들었다면 집에 도착하자마자 가방 벗어던지고 일기부터 썼을 것 같습니다. "연덕 쌤이 내 문장이 좋다고 했다. 근데 왜 좋은지 모르겠다고 하셨다. 어떡하지, 나도 너무 좋다…."

(일동 폭소)

○ 가르친다는 건 의미가 너무 큰 일이에요.

● 그렇죠. 그만큼 부담도 될 것인데 연덕 시인은 그 기쁨과 즐거움을 잘 느끼고 즐기면서 하는 게 너무 보기 좋고, 친구나 동료로서는 정말 다행스럽기까지 한 일이죠.

'출구를 만들어주게끔 도와준다'라는 맥락이 참 좋았는데요. 연덕 시인에게도 그런 순간이 있었나요? 무언가에 가로막혀서 어디로 가야 할지 모르겠다고 느끼는 순간이요.

○ 시 쓸 때요? 당연히 있죠. 지금도 그런 것 같아요. 아니 사실 매번 그래요. 그런데 그 상태가 또 싫지만은 않아요. 오히려 나아갈 길이 명징하게 보이면 더 별로일 때도 있어요. 재미없잖아요. 맛이 없달까요. (웃음)

● 그럴 때 어떻게 해요?

○ 그냥 오래 앉아 있어요. 시는 엉덩이 싸움입니다.

● (집요하게) 그래도 안 되면요?

○ 그럼 그냥 나가서 뛰어요. 저 달리기를 엄청 좋아하거든요.

괭장히 극단적인 두 행위를 스스로에게 처방하다니, 너무 연덕스럽다.

● 그렇군요. 그럼 보통 오래 앉아 있으면 이기나요?

○ 네, 대부분 제가 이기는 것 같네요. 오늘은 오래 앉아 있었는데도 안 되던 게 내일 오래 앉아 있을 때 되기도 하고, 그냥 무조건 그 시와 오랜 시간을 같이 보내고 있다 보면 어느 순간 출구가 보여요.

● 시간이나 환경을 정해놓고 시를 쓰는 편인가요?

○ 원래는 그런 편이었는데, 요즘에는 너무 바쁘다 보니 그러기가 어려워졌어요. 이십대 초반에는 하루 종일 시만 썼었어요. 아침에 일어나면 무조건 앉아서 시 쓰고, 점심 먹고 또 쓰고, 자기 전에 쓰고, 꿈에서도 쓰고, 잠깐 깨서도 쓰고…. (웃음)

쓰는 일이 아닌 것에 치여서 쓰지 못하고 있다는 걸 자각하는 순간에는 하루라도 빨리 어떤 규칙을 만들어야겠다고 생각하긴 하는데요. 동시에 그게 꼭 필요할까 싶기도 해요. 그래도 최소한 어떤 생산량을 위해서… 뭔지 알죠? (웃음)

● 너무 알아서 괴롭네요. 퇴고는 많이 하는 편인가요?

○ 초고 쓰면서 많이 하는 것 같아요. 초고와 퇴고의 개념을 완전히 분리하기보다는 한 연 한 연 쓸 때마다 시간을 들여서 천천히 쓰는 편이라, 원고가 완성된 상태에서는 큰 수정은 하지 않아요.

● 연덕 시인의 시가 매우 구조적이라는 느낌을 받았는데, 쓰는 순간부터 한 문장씩 쌓아나가는 과정이 있기에 가능했던 것이네요. 그런데 장치도 많고 길이가 긴 경우도 많은데, 씀과 동시에 수정을 해나가는 게 쉽지 않을 것 같아요.

○ 맞아요. 힘들긴 한데… 그래도 완벽한 형태로 조금씩 나아가는 걸 더 좋아해요. 다 만들어놓고 거기서 다시 한 번 완성도를 높이기 위해 수정하는 것보다는, 제 기준에서 완성되었다고 느끼는 상태에서 조금씩 나아가고 싶은 마음이 커서요. 저한테는 이런 방식이 잘 맞더라고요.

● 장시를 쓸 때, 형태를 먼저 정하나요? 혹은 쓰다 보니 길어지나요?

○ 저는 장시는 애초에 장시일 것이라고 생각하고 써요.

● 진짜요? 어떤 기준이 있나요?

○ 제가 쓰고자 하는 이미지가 단일한 것으로 끝날 것 같다면 그에 맞게 짧게 쓰는 것 같고요. 그게 아니라 장면이나 이미지를 넘어서 그것과 결부된 촘촘한 감정이 있고 제가 그것을 말하고자 한다면 이것 역시 그에 맞게 길이감이 있는 시가 나올 것 같다는 예감이 들어요.

● 저는 장시에서 가장 중요하고 어려운 게 호흡 조절이라고 생각하는데요.

○ 맞아요. 그래서 저는 중간중간 기호도 많이 넣고, 행갈이와 연갈이로 많이 조절하죠.

● 행갈이를 정말 파격적으로 하시더라고요. (웃음) 전 그게 그렇게 안 됩니다.

○ 신경을 많이 쓰긴 해요. 저도 잘하는 게 아니라 이런 저런 시도를 해보면서 제일 적절한 형태를 찾아나가는 거구요.

● 그 세심함이 시에서 잘 느껴져요.

○ (사전 질문지를 보며) 그런데… 이 질문에 대해서 다른 시인들은 뭐라고 답하셨나요? 너무 궁금해요.

● "시인은 왜 시인일까?" 하는 질문이요? (웃음) 그러면 해볼까요? 시인은 왜 시인인 것 같아요?

○ 저는 사람들의 기대감이 많이 반영되어서 그렇지 않을까 짐작해봤는데요. 시와 사람이, 작업과 작업자가 일치되길 바라는 마음이 큰 것 같아요. 소설 속 이야기를 재미있게 읽으면서도 우리는 그것이 작가가 직접 체험한 일이라고 생각하진 않잖아요. 그런데 시인이 쓴 시는, 그것이 정말 말도 안 되는 SF적 면모를 담고 있어도, 그 사람의 이야기이기를 바랄 때가 많은 듯해요. 그런 기대감이 반영된 직업명(?)이 아닐까, 하는 생각을 우선 했고요. 아니면 시인이라고 하면 낭만적으로 보이나…? 근데 잘 모르겠습니다. (웃음)

물론 저 역시도 시와 삶이 같이 나아가야 한다는 말에는 동의하는데, 너무나 뻔한 방식으로 그것이 충족되는 건 아니었으면 좋겠어요. 조금 다른 이야기일 수도 있지만, 시와 삶의 동행을 독자가 읽어내지 못해도 저는 상관없다는 생각도 들거든요. 시인이 생각했던 자기 삶의 중심 가치와 독자가 읽어낸 그것이 다를 수 있잖아요. 그러니까 시인과 독자 사이의 어떤 이해적 시차가 발생하는 거죠. 일종의 오독이요. 저는 이런 다름이 발생하는 것도 재밌어요.

아…. 다른 분들은 어떻게 답변했는지 너무 궁금해요.

● (웃음) 책이 나오면 확인할 수 있습니다.

○ 제 답이 가장 이상할 것 같아요.

● 참 시인들이란…. 모두가 똑같은 말을 했습니다.

(일동 폭소)

저도 비슷한 생각을 정말 많이 해요. 다작하는 소설가를 보면서 우리는 저 작가가 성실하고 부지런하다고 생각하지, 자기 이야기가 저렇게 많을 거라고 생각하지 않잖아요. 그런데 시는 내가 아니라고 하는데도 자꾸 나라고 해…. 절대 나 아니고 내 이야기가 아니라고 극구 부인을 해도 믿지 않으시더라고요. 우리도 다른 사람이 되어보고 싶고 다른 마음을 가져보고 싶고 그리고 그것을 시라는 것으로 표현하는 건데, 시와 시의 화자가 너무 밀착되어 있다 보니까 시가 조금 불리한 위치에 있는 것은 아닌가, 그런 생각을 종종 해요. 왜냐하면 좀… 노작질을 하고 싶을 때도 있잖아요.

(일동 작은 웃음)

연덕 시인은 시의 그런 면모를 경계하는 편인가요? 아니면 특이점을 더욱 잘 갖고 놀고 싶어 하는 편인가요?

○ 저는 후자에 가까운 편이에요. 예비 독자의 반응을 걱정하는 마음은 별로 없고요, 사실은 그냥 읽어주시는 것 자체가 저에게 중요한 작업이자 의미이기 때문에요. 그게 1순위죠, 항상요. 이걸 쓰는 게 나한테 의미 있어야 한다는 것. 그러려면 제 삶을 가지고 쓸 수밖에 없더라고요.

(질문지를 다시 한번 살펴보더니) 아! 저 이 질문도 궁금

해요. "스스로를 시인이라고 여기나요? 어떨 때 시인이라고 느끼나요?" 이 질문도 답변이 다 비슷했어요? 아니면 조금씩 다 달랐어요?

● 셀프 질문했으니 자문자답하시지요. 진행을 잘하시는데요. (웃음)

○ 중학교나 고등학교 강연을 가면 제일 많이 하는 질문들이 있어요. "작가가 되려면 어떻게 해야 해요?" "책 열심히 읽어야 해요?" "얼마나 열심히 써야 해요?" "어떤 사람이 작가가 돼요?"

● 마지막 질문은 매우 날카로운데요.

○ 이 질문들에 대한 저의 대답은 늘 같아요. 속에 답답한 게 많은 사람. 지금 여기 교실에 앉아 있지만 뭔가가 답답하고 해결되지 않은 것들이 너무 많은 것 같고, 일상 속에서도 그런 돌파구를 찾고 싶어 하는 사람. 그런 사람이 작가가 되는 것 같다고요. 전 학생 때 책을 많이 읽는 부류도 아니었고, 매우 평범했어요. 반항적이지도 않았고 선생님을 매우 잘 따르는 학생이었거든요. 그런데 속에서 계속 어떤 답답함을 느꼈던 것 같아요. 그것의 정체가 무엇이었는지는 지금에서야 이해되기도 하고 아니기도 하지만, 저는 늘 그랬어요. 갑갑함을 느낀다는 것은 결국 내가 이 세계에 완벽하게 속하고 있지 못하다는 감정에서 비롯되는 것이잖아요. 그러니까 자신이 완벽히 속할 수 있는 유무형의 장소를 만들려고 부단히 노력하겠죠. 그러면 자연스레 무언가를 쓰거나 만들거나 하는 작가가 될 거라고 말해요.

이 답답함이 꼭 부정적인 의미만을 내포하지는 않아요. 무언가를 당장에라도 말하고 싶은데 지금은 내 언어나

상황이 여의치 않아서 미루는 것만이 방편일 때, 그리고 그것을 언젠가 나만의 것으로 표현해내고 말겠다는 의지가 감정의 막힘 아래에 자리 잡혀 있을 때, 작가가 될 준비를 하는 거라고 생각해요.

● 연덕 시인의 가장 큰 동력은 무엇인가요? 저 역시 독자이니 오독을 해보자면, 사랑인 것 같다는 생각을 했거든요.

○ 첫 시집 묶을 때는 확연히 그러했는데요. 요즘엔 조금 달라졌어요. 지금 두 번째 시집을 묶고 있는데요, 어떤 수치심 혹은 부끄러움이 큰 주제가 될 것 같아요.

● 부끄러움에 대한 이야기가 산문집에서도 나오는데, 저도 그런 느낌을 정말 많이 받거든요. 알 수 없는 죄책감과 부끄러움이 마음 깊은 중심에 늘 있어요. 그런데 이유를 모르는 채로요.

○ 너무 반갑네요. 이런 이야기를 했을 때 이해를 못하는 사람들이 훨씬 많았거든요. 왜 부끄러운지, 언제 부끄러운지 물어보고요…. 그런 건 아닌데, 그쵸.

● 항상 부끄러워. 사는 게 부끄러워. 태어난 것도 부끄럽고…. 그런데 저는 그걸 말로 못 내뱉겠는 거예요. (적어도 지금까지는) 아무도 그렇게 생각하지 않으니까요. 연덕 시인의 글을 읽으면서 제 부끄러움을 또 한번 직시할 수 있어서 좋았어요. 부끄러움 자체에 대해서 그렇게 길게 다루진 않았지만 그것의 육신이라든지, 보이지 않을 어떤 형태에 대해서도 세심히 짚어주고 간 부분들이 정말 인상 깊었거든요. 그래서 연덕 시인이 말하는 '부끄러움'에 대해 더 읽어보고 싶다는 생각을 혼자 하고 있었는데…. 또 심장 부여잡고 읽어야겠네요.

○ (웃음) 부끄러워서 사는 것 같기도 하고… 부끄러운 걸 만회하려고 사는 것 같기도 해요.

● 저도, 저도요. 가끔 저더러 다정하다고 말해주시는 분들이 있는데, 저는 그 역시도 어떤 부끄러움을 만회하려고 그러는 것이거든요. 제가 뭘 잘못했는지는 모르겠지만요. (웃음) 그냥 일단 잘해주고 뭔가를 철회하고 싶어요. 어떤 모종의 실수를… (잠시 침묵) 나만 느끼나요? 저랑 연덕 시인이랑 닮은 구석이 참 많은 것 같아요.

○ 저도 느껴요. 그러한 당신이 또 무언가를 다시 잘해보려고 이렇게 두 번째 대담집을 만들고 있는… 기특한 INFP….

연덕 시인도 INFP, 나도 INFP…. 가끔 보면서 서로를 매우 기특해한다.

● INFP가 건강할 때: 김연덕
INFP가 건강하지 않을 때: 박참새
(일동 폭소)
대화 초반에 학생들에게 출구를 만들어주기도 하지만 지금 그리고 있는 건물의 모양새를 알려주기도 한다고 하셨잖아요. 시집을 읽으면서도 매우 건축적이라고 느꼈는데, '그릭크로스'와 '라틴크로스'라는 단어가 각각 시편의 제목으로 등장해서 찾아보니 건축용어더라고요. 그리고 마지막 시의 제목도 「재와 사랑의 중추식 미래」이고요. 아직도 정확한 의미는 모르겠지만 (웃음) 건설 현장에서 통용되는 말이라고 하더라고요. 시 자체를 매우 건축적으로 바라보는 것 같아요.

○ 맞아요. 건축 자체에 대한 로망이 있기도 하고요. 제가 생각하기에 마음과 기술이 제일 잘 맞닿아 있는 학문이 건축인 것 같아요.

● 시보다?

○ 네, 시보다. 지어 올려진 집에서는 정말 그 안에 들어

가서 살 수도 있고 제가 거기서 바깥을 보거나 안을 들여다볼 수 있잖아요. 그런 점에서 시 못지않은 신비로움이 느껴져요. 만약에 다시 전공을 정하거나 무언가를 공부할 수 있다면 해보고 싶은 분야예요.

● 그리고 연덕 시인의 그림! 산문집에서도 언니 방에서 그림만 그렸다는 이야기가 나오기도 하고요. 종종 낭독회 같은 행사를 할 때 당신 꼭… 무언가를 만들어 가잖아요.

(연덕이 웃는다)

각기 다른 모양의 얼음산을 그려서 하나하나 갈피로 만들어서 그것을 독자에게 나눠주고…. 게다가 제가 이걸 한두 번 본 게 아니란 말이죠. 그린다는 행위의 수행성이 연덕 시인에게 매우 유효한 것이라고 느껴졌어요. 그것이 어떻게 시와 다르고 혹은 비슷한지 궁금해요.

○ 그림은 늘 하고 싶었는데 하지 못한 것 중 하나예요. 조금 더 깊이 있게, 전문적인 지도를 받지 못했던 분야인데 지금은 그래서 다행이라고 느껴요. 잘해야 한다는 부담 없이 정말 즐겁게 할 수 있거든요. 시는 어쨌든 제가 전공한 것이기도 하고, 제 일이기도 하다 보니까 어느 정도의 긴장감이 늘 있기 마련이거든요. 그래서 그림 그리는 걸 좋아해요. 정말 아무 생각 안 해도 되거든요.

● 너무 귀여웠어요. 그리고 그거 만드는 거… 진짜 사랑이잖아….

○ (휴대전화를 꺼내며) 이것도 보셨어요? 저 작년에 재미공작소에서는 곰 그렸어요. 보여줄게요, 여기 사진이… (매우 뿌듯한 얼굴로 그림을 보여준다) 그때 제가 곰에 관한 시를 썼었거든요. 제가 그린 거예요!

● 너무 귀엽다….

○ 곰마다 조금씩 다른데요, 뽑기로 순서를 정해서 각자가 제일 마음에 드는 곰을 골라가도록 했어요.

● 아니, 근데 너무 잘 그린다.

○ 정말요? (웃음) 첫 시집 나왔을 때는 초를 많이 그렸었어요. 이것도 사진 보여줄래…. (매우 사랑스러운 얼굴로 그림을 보여준다)

● 어머, 어머, 세상에. 어떡해!

○ 제가 할 수 있는 것, 해드릴 수 있는 것에 최선을 다하는 게 자리에 와주신 독자들께 할 수 있는 최선의 보답이라고 생각해요.

● 주는 사랑을 훨씬 더 선호하나 봐요.

○ (단호하게) 아니요, 받는 것도 좋아해요.

(일동 폭소)

주고받는 걸 좋아하죠.

● 너무 좋다. 사실 주는 걸 좋아하는 사람들이 받는 건 어려워하는 경우가 많잖아요.

○ 어렵긴 해요. 그래도 줬으면 좋겠어.

(또 일동 폭소)

● 저는 사랑을 약간 포기했는데요. 포기라기보다는… 늘 제 몫이 아니라고 생각하며 살았어요. 그래서 사랑에 참 열심이고 진심인 친구들을 보면 부럽기도 하고 궁금하기도 하고, 복합적인 감정이 들어요. 이렇게 열심히 실패하고 또 사랑하는 사람의 마음은 어떻게 생겼을까, 늘 그런 생각을 하는데요. 다행히도 그런 친구들이 글도 잘 쓰더라고요. (웃음) 그러니 오래 많이 써줘요. 사랑에 대해서요. 글이 그 사람의 모든 걸 말해주진 않지만 굉장히 많은 걸 말해주긴 하잖아요.

(잠시 침묵)

아, 그리고 시집에서 많이 사용되는 기호 이야기도 나누고 싶었는데요. 빛, 불, 촛불, 도깨비불, 섬광 등 여러 가지 이름으로 불린다고 하던데 연덕 시인은 ✧을 뭐라고 읽어요?

○ '빛'이요.

● 저는 ✧이 숫자 '4'와 닮은꼴 같은 거예요. 그리고 어디서 주워들은 것이긴 한데, 타로카드에서 '4'가 굉장히 완벽한 숫자래요. 왜냐하면 '4'로 삼각형을 만들 수 있잖아요. 완전한 도형. ✧도 곡선을 품고 있지만 도형이 아니라고 치부할 이유는 또 없잖아요. 매우 아름답게 찌그러진 '4' 같다고 생각했어요. 그래서 저는 '4'라고 부르기로 했답니다. (웃음)

○ 너무 의미부여 같기도 하지만 제 생일이 4월 4일이거든요.

● 또 이런 거 못 참지.

○ 어렸을 때 놀림 많이 당했죠. 애들이 4가 두 개니까 너 생일 무서워 막 이러면서….

● 4월 4일, 안 까먹겠다. 좋은 날에 태어났네요.

○ ✧과 4에 대한 이야기 너무 좋네요. 저도 안 까먹을 것 같아요. (웃음)

시간이 지나면 우리는 만난다

● "연덕아, 네 시는 너무 어려워."라며 다가오는 독자나 지인들도 있나요? 시적인 장치도 많고, 도약을 자유로이 허락하는 공간이기도 하니까요. 그런데 그런 말을 들으면 기분이 어때요?

○ 그냥 그렇구나…. 제게 큰 영향을 주는 말은 아닌 것

같아요.

● 설명을 해주고 싶다거나…

○ (웃음) 그러진 않아요. 그럴 수도 있겠구나 정도?

● 쿨하네요. 시는 어떻게 읽으면 좋을까요?

○ 네? (잘못 들었나 싶은 표정) 저도 못 읽는 시가 많아서… 저 역시도 이해되지 않는 시들이 있어요. 그런데 읽는 모든 시를 다 이해할 필요는 없는 것 같고요. 애초에 그냥… 그냥 읽는 것 같은데요? (웃음)

만약 너무나 시를 읽고 싶어 하는데 그러지 못해서 괴로워하는 사람을 만나게 된다면, 저는 시간을 주고 싶을 것 같아요. 아까 '답답함'을 느끼는 사람이 시를 쓰는 것 같다고 했는데, 사실 안 그런 사람이 없을 거예요. 모두가 일종의 답답함을 느끼죠. 삶에서 조금씩 어긋나는 순간들을 모두 경험하면서 살잖아요. 그래서 저는 모두에게 시인이 될 자질도 있고 시를 읽어낼 수 있는 능력도 있다고 믿어요. 그런데도 시가 어렵게 느껴진다는 것은 자기에게 내재된 그 답답함을 읽어보는 시간을 가지지 못해서이지 않나 싶어요. 단순히 필요성을 못 느껴서 그랬을 수도 있고, 사는 게 너무 바쁘다 보니 그럴 여유가 없을 수 있고. 그래서 그냥 정말, 단순히, 시간을 주고 싶어요. 천천히 자기와 시를 잘 살펴볼 수 있도록, 다른 것에 방해받지 않는 공간. 그런 시공간을 주고 싶어요.

● 시간을 준다는 말, 진짜 너무 예쁜 말이다. 불가능한 걸 주고 싶다는 마음이잖아요. 나를 돌아볼 시간. 시간은 아무도 줄 수 없는데. 시간도 시간을 줄 수 없는데, 그걸 기꺼이 주고 싶다는 생각이 든 게 정말 또 너무… 사랑이네요. (웃음)

○ 그리고 타인을 돌아볼, 세계를 돌아볼 시간도요.

● 다시 태어나도 시인 할 거예요?

(일동 폭소)

○ 다른 삶도 살아봐야겠지만… 그럴 것 같네요. 시인이 아닌 삶을 살 수도 있겠지만 그렇게 살면 살면서도 시인이 되고 싶다는 생각을 할 것 같아요.

● 연덕 시인은 어떤 시인으로 기억되고 싶어요?

○ (난감해하며) 아…. 이것도 정말 어려운 질문 상위권에 있었는데요. 저는 언어에 미심쩍은 구석을 인식하면서도 또 한편으로는 그것을 막 따라가고 싶기도 하거든요. 제가 쓰는 시와 삶이 겹쳐졌으면 좋겠고, 저를 아는 사람들이 나중에 제가 없는 세상에서 "그래도 연덕이는 연덕이 같은 책을 남기고 갔네."라고 이야기할 수 있었으면 좋겠어요. 복잡한 마음이 드는데요…. 그냥 그렇게 기억되고 싶어요. 저답게. 슬프고 따뜻하게. 그리고 그런 삶을 살다 간 사람이 슬프고 따뜻한 시도 썼네.

제가 엄청난 첨단의 단어를 써서 문학사에 길이길이 남는, 이럴 시인은 아니라는 걸 잘 알고 있지만 또 욕심이 있다면, 아주 오랜 시간이 흘러도 그때의 독자와도 연결될 수 있다면 좋겠어요. 비록 언어는 조금 낡았겠지만, 살아가는 시대의 방식과 모습도 판이하겠지만, 시에서 사람이 느껴지고 정서가 느껴지고 그래서 그들과 닿아 있는 부분이 있다고 느낄 수 있다면 정말 기쁠 것 같아요. 제가 지금 수십 년 수백 년 전 작가들에게 그렇게 위로를 받는 것처럼요.

● 우리 그 죽은 사람들 없었으면 못 썼잖아요.

○ 맞아요. 죽은 사람들인데도 현실에서 지금 만나는 사람들보다 훨씬 더 선명하고 적확한 말을 해주고 있는 것

같은 느낌, 자주 들잖아요. 저도 그런 사람이 되었으면 좋겠어요.

● 슬프고 따뜻한 연덕 시인, 이 책을 읽고 있는 독자들과 미래의 시인들에게 해주고 싶은 말이 있어요?

○ (또 난감해하며) 하…. 이것도 정말 어려운 질문이었는데요. (곰곰이 생각한다) 그냥… 만나서 반갑다고. 우리의 시간을 잘 뒤섞어보자고. 당신이 미래에 쓰게 될 시가 과거의 나를 위로해주고 또 내가 이미 쓰고 있는 시가 당신들의 미래를 만져주고. 이리저리 마구 같이 뒤섞여서, 재미있는 시간을 보내요. 반가워요. 너무 반가워요.

나 역시 잠과 씨름하느라 두 눈을 부릅뜨고 있었던 어느 새벽, 연덕의 일기를 보았다. (그는 블로그에 이런저런 이야기를 자주 쓰는 편이다.) 자신을 위해 소원을 빌어달라고 했다. 나는 지금 그에게 무조건 말을 걸어야 한다고 생각하면서 이런 문자를 보냈다.

"(지금은 반말모드를 꼭 하고 싶다.) 연덕아!!!!!!!!!!! 뭐라 뭐라 길게 쓰고 싶다가 다 지웠어. 나 너의 시집 어느 귀퉁이에다가 "나는 연덕이 연덕이라서 참 좋은데 다행인데." 이렇게 써두었었어. 지금도 그렇게 느껴. 언제나 그랬어. 일기 써줘서 고마워. 우리 집 바로 앞에 성당이 있어. 그리고 거의 같은 높이에 예수 얼굴 직빵으로 보여. 기도할게. 기도할게. 기도하는 마음으로 또 기도할게."

평소 지키던 최소한의 선을 다 찢어버리고 나는 고래고래 외쳤다. 연덕아, 연덕아! 그는 나의 부름이 "다정하고 강했"다며, 처음으로 "부드러운 눈물"을 흘렸다고 말해주었다. 나는 답장을 받고서도 한참을 자지 못했다. 자지 않고 있던 시간 동안에는 내내 다행이라고만 생각했다. 서로 비슷한 시간에 깨어 있어서, 그것을 내가 알고 연덕도 알 수 있는 이 지점에서 우리 스스럼없이 말을 건네고 말을 되받고 할 수 있는 사이여서, 너무 소중하다고 생각했다.

연덕이를 정말 자주 생각하게 된다. 이유는 잘 모르겠다. 나는 이게 좋다는 것을 안다. 정말로 귀하고 빛나는 것에는 이유를 붙일 수 없는 일이라고, 우리가 함께 말했으니까. 연덕이는 내게 언제나 이유 없는 사람일 것만 같다.

나의 레리안•

김연덕

1

조용한,

근섬유의, 사나운,

그런 아름다움 앞에 말을 잃기 위해서만 가끔
사는 것 같아

호텔 로비에 거대한 새처럼 장식된 꽃을 보고 생각했다

내가 무엇을 위해 이 지방에 묵었는지
짐을 싸는 동안
기차 차창 밖으로 부드럽게 흔들리는 논밭을 바라보는 동안
어떤 딴생각 속에 있었는지 어떤
잠잠하고 괴롭고 안타까운 생각 속에서 밭의 연기처럼 골똘해졌었는지 땅만 보며 타들어가고
있었는지. 동시에

당장은 눈앞에서
먹어치울 수 없는 저
버려진 자연

나의 논,

무언가 휩쓸고 지나간
연기도 거의 꺼져가는 한낮의
현실 가운데

조금은 잠이 오고 편안해지기도 했었는지를, 이 순백의 꽃 앞에서는 도무지 떠올릴 수 없던 것이

그래 실은
이제 무시할 수 없을 정도로 몸집이 커져 내 기차 옆칸
가방 안쪽까지 따라온
탄내 나는 논이
느리게 흘러가는 모든 나의 수치스러운
장면들이 저 꽃의
따뜻한 깃털 사이사이에서
하나씩
차례로 질식된 채

그렇게 과도한 향과 빛 속에서 바로 삼켜져버리는 것이 좋았다 내게

아름다움이란 내내 끝나지 않던 한순간이 약한 섬광과 함께

죽어버리는 것 오래된 1초를
죽이는 것 죽이고도
불탄 땅값 다 청산해버린 듯한
슬프고

깨끗한 기분을 몇 초간 느끼는 것

2

호텔에 머무는 사이 나의 과묵하고 강인한 새를 만나러 로비로 자주 내려와보곤 했다 천장의 온풍기가 켜지면 꽃잎이
미세하게 흔들릴 정도로만 그는 움직였으나 분명
그는 눈을 뜬 채

호텔 창밖으로 내다보이는 산과 구름을 똑바로 마주보며 살아 있었다 로비를
오가는 모든 이가 새 앞에서 나처럼 멈춰서지는 않았는데 그들은 내가 무심코 지나쳤던 중앙의 샹들리에나 구식 전화기

직원들의 제복 같은 것들로부터

불타던 각자의 땅을 식히는 듯했다 어쩌면 아름다움은 한

사람에게
　하나씩만 허락되는 건지도 모르지 나는

내게 허락된 꽃무더기를 이제 약간은 조심스럽게 바라볼 준비가 되었다

이렇게나 크고 흰 꽃 이렇게나
　적막하고 무서운 감정을 드러내는 꽃을 장식한 사람은 짐을 싸거나 기차를 탈 때마다 무슨 생각을 했을까 공장 굴뚝으로 퍼져나오는 연기들을 연기로 메워진 하늘을 차창 사이로 지켜보며 자기 마음에서 끝없이 가동되는 무언가를
　긴

순간을

더 이상 아름답게 빛나지 않는, 제 몸을 마구잡이로 터트리는 그런 옛날의 빛을 막고 싶지는 않았을까

그의 삶을 대신 죽여준 아름다움은 어디 있었을까

해가 질 때도 나는 이곳으로 내려와보았다 로비의 새는
　어두워 하나로 구별되지 않는 산과 구름과 유리도 같은 자세로 계속해 바라보고 있었다

3

돌아가는 날 아침 로비의 장식은 다른 꽃으로 바뀌어 있었다

그것은 그저 모범적으로 잘 만들어진 꽃으로 보였고 나는 나의 피부에서부터 며칠 전 잊었던 열기
탄 냄새가 되살아나는 것을 느꼈다 이 호텔에서는 한 사람에게 단 한 번만 허락되는 일이 있었고

다시 누런 논밭을 지나가는 기차 안에서 그 일에 대해 생각하게 되었다 거대한
새와 같았던 그 꽃을 장식했던 사람에게
쓸쓸한 범죄를 이해하는 사람에게

나만의 방식으로, 섬광을 일시적으로나마 돌려줄 수 있을지 모른다고

• 레리안LEILIAN은 일본의 의류 회사 '레리안'이 전개하는 패션 브랜드이다. 창립의 배경은 1967년 유럽 시찰로 거슬러 올라간다. 어떤 전통적인 호텔에 숙박했을 때의 것, 로비에 흰 꽃이 장식되어 있었다. 이름을 들으면 흰 백합 꽃, 그리스어로 'Leilion'이라고, 고귀하고 우아한 최고의 여성에게 바치는 꽃이라고 한다. 그런 Leilion 같은 옷을 만들고 싶다. … 그 의도하에 브랜드 '레리안'은 탄생했다.

저마다의 이상한 구석을 사랑하는

김복희

『내가 사랑하는 나의 새 인간』, 민음사, 2018
『희망은 사랑을 한다』, 문학동네, 2020
『스미기에 좋지』, 봄날의책, 2022

복희 시인을 만나러 가는 길이 유독 평탄치 않았다. 무언가를 많이 빠뜨린 채로 나섰고, 그러느라 불필요한 에너지를 소모하였으며, 우선… 기력이 달렸다. 일을 시작하기도 전에 소진된 느낌. 익숙한 느낌이긴 하지만 이처럼 중요한 자리에서는 절대 느껴서는 안 될, 불필요한 기분이었다. 나는 약간 망했다고 생각하면서 복희 시인이 사는 동네 근처로 터덜터덜 걸어갔다. 비스듬한 경사로인데도 열렬히 올라가는 기분이 들었다.

그를 맞이할 준비를 하면서, 복숭아와 초콜릿 그리고 위스키를 대령한 채로, 허탈한 웃음을 내뱉으며 혼자 지껄였다. "그래, 얼마나 잘하려고 이러겠어…. 하하." 그리고 우린 참 잘했다. 복희 시인이 너무 좋은 사람이었기 때문이다. 그가 가지고 있는 단호함과 바로 섬, 그리고 무한한 다정함을 나는 그저 이렇게밖에 표현할 수 없다. 나는 복희 시인을 만나는 순간 잘할 수밖에 없게 되겠다고 직감했다. 상대로 하여금 불필요한 감정을 자연스레 배제하게 만드는 사람. 나에게는 복희 시인이 처음이었다. 뭐지? 이 사람? 이 좋은… 기운은?

● 박참새
○ 김복희

● 복희 시인과 나는 하루 차이를 두고 태어났다. 생일이 얼마 지나지 않은 때라 서로 얼굴을 보자마자 축하 인사를 건넸다. 초면이었다.

○ 그럼 참새 님은 별자리가 뭐예요?

● 애매해요. 딱 그 경계선에 걸려 있어서…. 어디서는 이 별자리라 하고 저기서는 저 별자리라고 하고…. 근데 저는 한 달 주기로 보는 별자리 말고요, 주간 별자리를 봐요.

왜 약간 부끄럽지?

이런 거… 좋아하시나요?

○ 좋아해요. '이런 거' 좋아해요.

● 주간 별자리는 정말 섬세하고 같은 별자리라고 해도 성향 차이가 있기 때문에 주간으로 탐색하시는 것을 추천드립니다. 근데 왜 시 쓰는 사람들은 이런 아름다운 과학을 믿을까요?

내가 만난 '대부분'의 시인이 그랬다. 당신은 아닐 수 있다. 그래도 한 번 맛보시면 좋겠네….

○ (덤덤히) 믿는 사람들만 시 쓰겠죠.

(일동 폭소)

안 그런 사람들은 시도 안 읽을 것 같은데요.

● 그렇긴 하다….

너무나 설득력 있는 논거 없는 결론.

저도 어디서 들은 말이긴 한데 시를 읽을 수 있는 눈이랄까요, 그런 것도 약간 점지받는 것에 가깝기 때문에 운명이라고 생각해야 한다는 그런 농담을 들은 적 있어요. 그래서 시를 읽는 일 혹은 쓰는 일은 어떻게 할 수 있는 게 아니라고….

○ 맞는 거 같은데요? 반은 점지, 반은 훈련. (웃음)

● 그죠. 아주 틀린 말은 아닌 것 같은데 또 막 그렇지만은 않은… 세상만사 같네요.

오늘 평일인데 쉬는 날이세요?

○ 원래 수업이 있는 날이었는데, 비대면 영상 수업으로 전환되어서 마침 시간이 났어요.

● 그럼 촬영하고 오신 거예요?

피곤하겠다고 생각했다.

○ 아뇨, 전에 미리 녹화해둔 수업 영상이 있어서 그것으로 대체했어요.

● 생방송이 아니어서 다행이네요.

○ 녹화본이 오히려 더 힘들어요.

● 아, 정말요? 저는 생방송이면 심적으로 부담되더라고요.

○ 녹화는 편집이 가능하잖아요. 말이 조금만 씹혀도 다시 해야 할 것만 같고(해야 하고)… 그리고 생방은 한 번 하면 휘발되는데 녹화는 그렇지가 않아서 조금 더 부끄럽죠. 제가 틀린 부분을 학생들이 막 계속 돌려보고 또 돌려보고… 회복이 안 된다는 점에서 더 치명적인 것 같아요. (웃음)

● 요즘은 어떤 수업을 하고 계세요?

○ 여러 대학에서 국문학 수업을 맡고 있어요.

● 멋있다….

○ 힘들다….

(폭소)

● 고등학생이 조금 더 낫긴 하죠?

○ 비슷해요. (웃음)

● 몇 살 차이 안 나니까요.

○ 고등학생들은 수업 시간에 졸거나 자면 제가 깨우고 다그쳐야 하는데, 대학생은 뭐 딱히 그렇게까지 할 필요는 없다? 이 정도의 차이가 있겠네요. 성인인데 굳이 내가 재를 깨워야 할까? 못 본 척…. (웃음)

● 학생들의 졸음에 대한 본인의 책임감 차이군요.

수업하는 거 너무 재밌을 것 같아요. 막 점수 매겨보고 싶어요.

○ 아닙니다, 좋지 않아요…. 학점 등록이 끝나면 이의 신청 기간이 있잖아요. 그러면 이제 이런 민원이 속출합니다. "교수님, 제가 왜 B⁺인지 알고 싶습니다. 저는 A라고 생각합니다."

● 그때 심정은 어떠세요. (웃음)

○ '잘 생각해봐….' '아니, 다시 생각해봐….' '너 자신을 한번 돌아봐….'

(폭소)

물론 장난입니다. 혹시 읽고 계실지도 모를 복희 교수님의 제자들이여….

생각만 하고 끝낼 수 있다면 다행인데 또 답장을 해줘야 하거든요. 최대한 설득력 있게 부드러운 언어로 풀어서….

● 취소하겠습니다. 교수 안 하겠습니다.

아무도 안 시켜줌.

○ 진짜 까다로운 건 한 끗 차이를 물어보는 거. A인데 왜 A⁺ 안 주냐고, 선심 써주시면 안 되냐고.

● 안 돼요?

○ (고개를 휘휘 저으며) 안 돼.

정해진 규칙이라는 것이 있기 때문에 어쩔 수 없습니다. 그리고 A와 A⁺은 엄연히 다른 것이기 때문에 더욱 어쩔 수 없습니다.

● 이런 민원이 오는 수업은 주로 시 창작 수업일까요?

○ 창작 수업은 지난 학기에 한 번 했고요, 지금은 다 이론 수업이에요. 창작 수업 때는 웬만하면 다 A⁺ 줬어요.

다들 열심히 하기도 하고, 수업을 듣는 학생 수가 그렇게 많지도 않아서요. 최소 인원을 채워야 상대평가가 가능한데 그렇지 않아서 제 맘대로 했죠. (호쾌하게 웃으며) (허공에 여기부터 저기까지를 찌르며) 그래, 너네 다 열심히 했으니까! A+!!!

● (계속되는 혼자만의 폭소)
창작 수업이랑 이론 수업 중에 가르치는 입장에서 편한 건 어느 쪽이에요?

○ 저는 창작 수업이 편해요.

● 정말요? 조금 의외네요. 저는 말씀 들으면서 이론 수업이 그래도 조금 더 수월할 것 같다고 생각했거든요.

○ (부드러운 단호함으로) 이론 수업은 PPT라는 자료를 만들어야 해서 너무 힘듭니다.

● (웃음)

○ 평소에 하지 않던 일이라 너무너무 힘듭니다.

● 그런데 꼭 PPT를 만들어야 해요? 저는 판서 수업도 좋던데요.

○ 만들지 않아도 되긴 하는데, 판서가 더 힘들어서….
(폭소)
그렇다. 가르치는 일은 여러모로 다 힘든 것이다.
저는 뭔가를 선택할 때의 기준이 늘 이거예요. '뭐가 더 힘들까, 뭐가 덜 힘들까…?'
여전히 판서를 하시는 분들도 있지만 요즘 학생들은 이미지에 더 친숙하잖아요. 그리고 PPT는 만들 땐 힘들어도 한 번 만들어놓으면 또 유용하게 여기저기 쓸 수 있는 기회들이 생겨서 쓸모가 있긴 하죠. 그래도 여전히 싫습니다. 해도 해도 하기 싫어. 해야 하는데 하기 싫어. 나 이론 하기 싫어. 나 학교 가기 싫어….

(폭소)

● "그래도 가야지 어떡해…. 네가 교수인데…."

○ 근데 저 이래놓고 PPT 그렇게 길게 만들지도 않아요. 정말 많아봤자 일고여덟 장 정도예요. 그냥 엄청난 엄살입니다. 그래서 다른 동료들은 어떻게 하는지 너무 궁금해서 여럿에게 물어봤는데, 한 동료는 두 시간짜리 수업에 108장짜리 PPT를 만들었다는 거예요.

"108페이지…? 그럼 학생들은 언제 말해?"

"왜 말을 해? 내가 혼자 다 할 거야."

사람마다 성향이 다르다는 걸 느꼈어요. 저는 저 혼자 말하는 수업을 별로 선호하지 않거든요. 학생들이 계속 말하면서 자신의 의견을 말하게 유도해요.

● 이론 수업 때도요?

교수가 질문 공격을 멈추지 않는 이론 수업이라니….

○ 어차피 저 혼자 다 말할 거면 학생이 스스로 책 읽고 돌파해도 되고, 유튜브의 도움을 받아도 되고, 그럼 굳이 학교에 올 필요가 없겠다는 생각이 들어서요. 그러니까 자기 스스로 말하는 법, 생각하는 법, 그리고 발화된 언어로 소통하는 법 역시도 이론만큼이나 중요하다고 생각해서 그렇게 해요. 이를테면 말을 끝까지 하지 않는 학생들이 많아요. "선생님, 저 이번에 과제가 좀 어려운, 어려운 것…" 문장을 끝맺지 않고 말하는 습관이 너무 짙게 배어 있어요. 어렵다는 것인지, 어렵다고 생각한다는 것인지, 어렵지만 생각을 해보겠다는 건지, 그러니 도와달라는 건지, 수용자의 입장에서는 문장이 끝나지 않으면 정확한 정보를 취하기가 어렵잖아요. 눈에 보이는, 활자화된 언어를 잘 다루는 것도 중요하지만, 그렇지 않은

언어 역시도 그래야 한다고 생각해요. 그러지 않으면 나중에 영영 문장을 끝맺지 못하는 사람이 돼서 다른 사람을 고통스럽게 합니다.

(폭소)

복희 시인 너무 웃기다고 생각하는 중이다.

● 저도 그 현상에 대해서는 너무 공감해요. 그리고 잘 들어보면 어미까지 깔끔하게 다 말하는 사람이 별로 없어요.
예전에 낭독 수업을 들었을 때, 선생님이 무척 강조하셨거든요. 한번 뱉은 문장은 꼭 끝맺어야 한다고요. 그러지 않으면 전달이 안 되니까요. 그런데 우리는 말하는 '방법'을 따로 배우거나 하지 않고, 서술어까지 다 듣지 않아도 대충 느낌으로 어떤 맥락인지를 파악할 수 있으니까 소통에 문제가 없다고 생각하는 것 같아요. 저는 그 수업 들은 이후로 사람들의 어미밖에 안 들리게 됐어요. '뭐지…. 영수증 주시겠다는 건가, 필요 없을 거 아니까 버리겠다는 건가…?'

○ 맞아요. 그렇게 되어버린다니까요. 아주 작은 부분인 것 같지만 훈련도 시킬 겸 자꾸 말을 하게끔 지도하게 돼요. 그리고 창작하는 학생들이 특히 본인은 입말을 하지 않아도 된다고 생각하는 경향이 매우 강하거든요. 왜냐하면 '작품'으로 얘기할 것이니까요. 근데 아직 너네 작가 아니잖아, 말을 해보자! (웃음)

● 『시를 쓰고 싶으시다고요』에서는 모두가 시인이라고 해놓고! 너무해요!

○ (손을 휘저으며) 그건 어떤 큰 규모의 대중 집단을 위한 표현이었고요. 창작학과는 작가가 되려고 작정하고 온 사람들이잖아요. 이제는 조금 더 고강도의 훈련을 해야죠. (앞서 언급된 산문집을 가리키며) 여기서는 부드

럽게. (웃음) 왜냐하면 일단 시를 좋아하게 만들어야 하니까요. 하지만 전공생은 이미 시를 너무 많이 좋아해서 온 거잖아요. 그러면 이제 가야죠. 다음 단계로.

● 그럼 그다음 단계에서의 복희 선생님은 어떤가요? 부드러운 카리스마, 아니면 흑요석 같은 날카로움?

○ 후자에 가까울 거예요. 왜냐하면 언어를 사용하는 일에 더 예민하게 반응해야 하니까요. 창작자가 되려는 학생을 이끌어가야 한다는 측면에서도 제가 그 기민함을 먼저 보여줘야 잘 따라올 수 있지 않을까 하는 생각도 들고요. 하지만 시를 처음 접하거나 막 써보고 싶다는 생각이 들 때는 언어의 예민함보다는 언어가 가진 풍부함에 먼저 빠져들 수 있게 하는 게 중요해요. 언어라는 것이 이렇게 즐겁다는 사실을 알려주는 것이죠. 그래서 그런 경우에는 부드러운 칼날이 되려고 합니다. (웃음)

● 타고난 천생 선생!

○ 트레이닝이죠. 셀프 트레이닝. 하면서 저도 배우니까요.

● 열심히 가르치면서 동시에 열렬히 배우기도 하는 복희 시인이잖아요. 유튜브 코너 '무엇이든 배워복희'를 보니 최근에 자전거 타기에 도전하셨다고요. 성공하셨나요?

○ 아뇨, 맹렬히 실패했어요. 얼마나 아쉬웠는지 꿈에도 나오더라고요. 꿈에서만 탄 거죠. 근데 너무 잘 타는 거예요. 알고 보니 나 자전거 탈 줄 아는 거 아니야? 그런 게 아니라면 이렇게 능수능란하게 자전거를 타는 꿈을 꿀 수 없다! 이런 생각이 들어서 혼자 다시 시도해봤는데요, 여전히 못 타더라고요. (웃음) 꿈은 꿈입니다.

● 실패는 어렵고 슬퍼요. 그리고 이미 다 커버린 상태에서 무언가를 배우려고 하면 더 잦게 실패하고 그래서 힘들잖아요.

○ 자전거 가르쳐주던 동료 시인께 너무 미안했어요. 이렇게 열심히 가르쳐주는데 이렇게 못하다니….

● 아니에요, 다르게 생각하면 되죠. 복희 시인도 너무나 열심히 가르쳐주고 이끌어보려고 하는데 모든 학생이 다 수월하게 따라오지는 않잖아요.

○ 그쵸. 그래서 그게 중요한 것 같아요. 선생님이 나를 포기한다는 느낌이 들지 않게 해주는 것이요. 안 그래도 하기 싫은데, 그런 느낌마저 들면 마음까지 상하잖아요. 그런 의미에서 저는 아주 멋진 자전거 선생님을 만난 것 같습니다. (웃음)

● 그것과 비슷하게 중요한 건, 누구 하나를 편애하는 것 역시 드러나지 않게 잘 다스려야 한다고 생각해요. 자신의 학생들을 공평하게 좋아해야 하고, 티 내서는 더더욱 안 되는 것 같아요.

제가 예전에 한 시인의 외부 수업을 들었었는데, 매우 소규모 수업이었어요. 아마 정원이 다섯 명 정도였을 거예요. 대부분의 학생이 비전공자이거나 이제 막 시를 쓰기 시작한 분들이었어요. 저도 마찬가지였고요. 딱 한 분 전공생이 계셨는데, 첫 주에 그분의 작품을 보고서는 선생님이 이렇게 말씀하시는 거예요. "제가 심사위원이었으면 이 작품 뽑았을 거예요." 그래서 뭐지…? 싶었어요.

제 철칙 중 하나가 '시인을 절대 만나지 않겠다'였는데 수업을 듣기 시작하면서 자연스레 불가능해졌고 그때 처음 아차 싶었죠. 그냥 책만 읽을걸…. (웃음)

○ 근데 꽤 괜찮은 철칙인 것 같은데요?

● 저도 여전히 그렇게 생각합니다. (웃음)

그럼 요즘은 대학 강의가 일상의 큰 부분을 차지하고 있겠어요.

○ 네, 대학 강의만 하고 있어요. 예술대학 두 곳, 일반대학 한 곳, 이렇게요.

● (조금 놀라며) 너무 빡센 거 아니에요?

○ 뭐… 어쩔 수 없죠. 어쩌다 보니 그렇게 됐어요. 그래도 일 주시는데 감사한 마음으로 해야죠. (쓰게 웃는다) 게다가 일이 없을 때는 또 완전 없으니까, 아시잖아요. 물 들어올 때 약간 무리해서 노 젓게 되는 부분이 조금 있고요. 비정규직 특유의 불안감과 초조함.

● 왜 우리에게 안온한 분배를 해주시지 않으시고….

○ 항상 단기 계약으로 일하니까, 출근이라는 개념도 잘 없잖아요. 물론 가끔 출퇴근을 해야만 하는 일이 있고 또 거기서 오는 고충을 느껴보지 않은 건 아니지만, 매일매일 오랜 시간 동안 정기적인 생활을 하는 분들의 생활과는 차원이 다를 것 같아요.

● 저도 회사 경험이 없는 건 아닌데, 이제는 좀 불가능하다는 생각이 들어요. 그땐 어떻게 했을까 기억도 나지 않고요.
같이 시 쓰는 친구들이 몇 명 있는데, 그중에서 한 명만 정규직이거든요. 그래서 제가 엄청 놀려요. 경제적인 미래에 대해 이야기할 때면, "정규직이… 건방진데…?"라고요. (웃음)
물론 너무 장난이고 농담이고, 정규직 선생님들의 재능을 정말 존경합니다.

○ "너 사대보험 있잖아." (웃음)

● 저도 아주 기본적인 생활을 위해서 할 수 있는 안정적인 일을 찾고 있는데, 한참이나 잘 안 되네요. 정말 시만 쓰고 싶다. 왜 안 될까요?

○ (단호하게) 그런 삶은 오지 않아요. 그리고 또 그런 생각도 들어요. 시만 쓴다고 해서 좋을까?

● (쉽게 설득당하는 편) 그러네…. 그러네요.

○ 그런 세상이 온다면 마음만 먹으면 사람 일절 만나지 않고 시만 쓸 수 있잖아요. 그런데 그게 제가 쓰는 시에 좋은 영향을 줄까라는 생각을 해보면 마냥 그렇지만은 않거든요. 일상과 사람에 부대껴야만 생겨나는 특이한 삶의 질감 같은 게 있으니까요. 또 그것이 시에 큰 활력이 될 때도 많고요.

● 저보고 친구들이 밖에 좀 나가고 햇볕도 좀 쬐라고 합니다.

○ 진정한 내향인이시군요.

● 더 심해진 것 같아요. 이 정도까지는 아니었는데 일이 서서히 줄어들면서 나가야 할 이유 역시 없어지니까 자연스레 그렇게 된 것 같고…. 그래서 이 책도 원래는 이미 나왔어야 했는데요. (말을 잇지 못하며 웃는다)

○ 맞아요. 그렇게 들었던 기억이 나요.

복희 시인, 기억력도 좋구나!

● 망했어요. (자조하는 웃음)

하지만 이 책의 마지막인 여기까지 와주신 당신들을 상상하며 정말 기쁘게 작업하고 있다. 저 성공했나요? 성공했으니 우리 만났겠죠. 정말 다행입니다. 미래의 나에게 축하를 보낸다.

○ 책이란 게 그렇죠, 뭐. 나올 때 되어서 나오는 거잖아요.

낙담 뒤의 새 인간

● 요즘은 밥벌이에 대한 생각을 진짜 많이 하는데요. 일단 글을 쓰는 것만으로는 삶을 온전히 지탱해나갈 수 없다는 사실을 완전히 받아들였어요. 몇 년 전까지만 해도 할 수 있지 않

을까 하는 아련한 희망이 있었다면… 이제는 정말 아니라고 스스로에게 말해요. (웃음)

이런 생업에 대한 고민이, 저만의 문제일 것이라고 생각했거든요. 분명한 성취랄까, 그런 것도 없고 게다가 아직은 (조금) 어리니까요. 그런데 최근 만나본 몇몇 시인과 대화해보면… 정말 '똑같은' 고민을 하고 있더라고요. 큰 상을 받아도, 시집을 수 권 내도, 학력이 좋아도, 역시 마찬가지로 앞으로의 생활에 막연함을 느끼는 것을 보면서 조금 놀랐던 기억이 있는데요. 복희 시인을 보면서도 느꼈어요. 『시를 쓰고 싶으시다고요』의 말단에 '낙심'에 관한 이야기가 나오잖아요.

○ 낙심이요. (웃음) 사실 맨날 느끼는 거예요. 매일 거절당하는 사람 아세요? 그게 나야.

● 아니, 누가 복희 시인을 거절합니까!

○ 지금 하고 있는 강의 일 같은 경우에는 지원을 해야 하는 구조다 보니 당연히 거절당하는 경우는 숱하고요. 작년까지는 진짜 정말 많이 떨어졌어요. 박사 학위를 받은 지 그래도 2년 정도 지났을 때였는데도요. 그렇게 되면 생각 회로가 이렇게 돼요. '내가 뭐가 부족하지?' '뭘 또 더 해야 하지?' 그때는 그 낙담의 시간들이 정말 괴롭고 무의미한 것처럼 느껴졌는데 또 그 시간이 지나고 나니까 상승의 계단이 나타나고…. 의미 없는 시간은 없다면서 자기 위로를 하죠.

● 그럼 그 낙심의 시기엔 어떻게 시간을 견디셨나요?

○ 뭐, 별거 없어요. 술 마시는 거죠.

(폭소)

술 먹고, 자기 파괴하고…. 대부분의 사람들이 낙담을 견디는 방식과 비슷해요. 애써 건강해지려고 노력하지 않

고, 충분히 낙담하면서 그 시간을 다 채워서 보내요. 그러는 게 더 나은 것 같기도 하고요.

● 음주를 좋아하시는군요.

○ 좋아하고~ 잘 먹고~ 많이 마시고~

(폭소)

● (혼잣말이지만 모두에게 들리게) 부럽다….

○ 술 잘 못 드세요?

● 네, 나기를 잘 안 받는 몸으로 난 것 같아요.

○ 근데 못 먹는 게 나아요. 건강에 좋지 않아.

● (억울하다는 듯이) 다 마셔놓고!

○ (진정하라는 듯이) 권장하는 방법이 아니라는 거죠. 제가 술을 많이 마시기 때문에 "얘들아, 시인이라면 자고로 술을 마실 줄 알아야 한단다." 이런 맥락이 아니라는 거죠. 제가 찾은 방법이 아직은 이것밖에 없으니 그냥 편하게 스트레스를 푸는 거고요. 그런데 더 건강하고 건전한 방법이 있다면 그것을 택하는 게 훨씬 현명하죠. 예를 들면 여행을 간다든가…. (잠시 침묵) 근데 일단 돈이 없죠.

● 맞아요. 여행이 웬말이야.

○ 마음의 여유도 없고요. 사실 여행도 돈이 아주 많아야만 갈 수 있는 건 아니잖아요. 마음먹기에 따라 지하철만 타고 가도 여행이라고 생각할 수 있으니까요. 그런데 여러모로 돈과 시간과 마음의 여유가 없기 때문에 빠르게 해소할 수 있는 방법을 선택하는 거죠.

그리고 그 글은 이런저런 창작 기금 같은 것도 다 떨어졌을 때, 그래서 쓴 글일 거예요. 기억도 안 나요, 하도 많이 떨어져가지고요. (웃음) 전 등단도 정말 어렵게 했거든요.

● 정말요?

너무 놀랐다.

○ 떨어진 횟수를 셀 수가 없어요. 저는 하나만 얻어걸려라 하는 마음으로 정말 여러 곳에 많이 투고했었어요.

● 그런데… 중복 투고가 안 되잖아요.

같은 기간에 응모가 진행되는 문학상, 공모전, 신인상 등에 작품을 투고할 때 동일한 작품으로 동시에 투고할 수 없다는 것을 의미한다. 나는 이 사실이 아직도 놀랍고 믿기지 않는다.

○ 그러니까 일단 시가 많아야 하는 거죠. 투고 자체를 많이 하려고 하다 보니까 시를 많이 쓰게 되더라고요. 한두 군데 정도만 투고할 수 있을 정도의 작품 수가 있을 때는 안 됐거든요. 그런데 뭘 좋아하실지 몰라 죄다 준비했습니다, 하니 되더라고요. (웃음)

● 저는 중복 투고가 안 된다는 사실을 작년 신춘문예 때 알아가지고… 정말 충격이었어요.

○ 그건 문단을 잘 아는 사람이 근처에 없으면 모를 수도 있어요. 명시되어 있지 않은 곳이 많기도 하고요. 그래서 저는 학생들에게 작품 수가 많으면 (아주 높은 확률로) 등단할 수 있다는 것을 자꾸 상기시켜줘요. 30~50편 있어? 그럼 곧이야, 조금만 기다려. (웃음) 왜냐하면 똑같은 작품을 계속 낸다는 건 좋은 시가 그것밖에 없다는 거잖아요. 그걸 매년 내면 사실… 나중엔 눈에 익어서 어디서나 알아봐요.

● 저 50편 넘게 있는데. (웃음)

○ 다 쪼개서 내요. 다 쪼개. 하나는 된다.

● 제발…. 저 최근에 문턱까지 갔었거든요.

○ 그때 포기하지 않고 계속하면 돼요. 저도 최종심에 몇 번 이름이 올라갔었거든요. 그런데 그다음 또 몇 번의 실패를 겪잖아요? 그럼 그때 무너지는 경우도 있단 말이에요. 될 줄 알았는데 계속 안 되니까요.

근데… 그런 애들은 원래부터 잘 썼고 늘 칭찬받던 애들이고요. (농담의 웃음) 저는 그런 학생은 아니었기 때문에 이름이 여러 번 오르니까 곧 되겠다는 마음이 들었어요. 그리고 그거 알죠? 최종심에 올라간 분들 몇 년 지나면 다 시인 되어 있어요. (웃음)

● 맞아요. 뭔가 예비 후보 명단 같기도 해요.

○ 한 번 호명되었는데 그 후로 호명되지 않으면 영영 안 쓰시는 분들도 많거든요. 그들이 열심히 하지 않았던 것도 아닌데요. 그래서 그때 추진력을 갖고 더 성실히 하는 게 중요할 거예요.

● 복희 시인은 언제 시를 쓰기 시작했어요? 선명한 기억이 있나요?

○ 전 대학원 진학하고 나서 쓰기 시작했어요. 늦게 시작한 편이죠. 그래서 오히려 별생각 없이 꾸준히 할 수 있었던 건가 싶어요. 아주 어린 나이부터 돌진했던 게 아니니까요. 시간이 많이 걸릴 것도 알고 있었고, 늦은 만큼 더 열심히 해야 한다는 것도 알고 있었어요.

● 그럼 합평 수업도 그때 처음 들으셨겠어요. 어땠어요? 문학의 전쟁터.

○ 좋은 말은 잘 듣고… 그렇지 않은 건 보내고…. (웃음) 그런데 나쁜 말이 항상 기억에 더 오래 남긴 하죠. 나쁜 말이라는 말도 조금 웃기긴 하지만요. 한 귀로 듣고 한 귀로 흘리려고 해도 그때는 잘 안 됐던 것 같아요. 그런

데 쓰다 보면 알게 되잖아요. 그게 정말 악의적인 말뿐이었는지 아니면 정말로 건설적인 조언이었는지를요. 전 대부분 후자인 경우가 더 많더라고요. 그러면 이렇게 하는 거죠. "널 싫어하지만 너의 조언은 듣겠어…."

(폭소)

● 제일 상처가 됐던 말이나 반대로 가장 큰 힘이 됐던 말 등, 기억에 남는 합평 한 줄이 있을까요?

○ 제일 힘이 됐던 말은 사실 기억이 안 나고요. (웃음) 좋다, 재밌다, 뭐 이런 정도는 그냥 비슷한 말이니까 기분 좋게 스쳐 지나가는 것 같아요. 음…. 상처까지는 아니지만 시를 쓸 때 특정 지점을 자꾸만 신경 쓰게 만든 말은 있죠. "시에 '나'가 너무 많은 거 아니니?" 이 말이 정말 잊히지 않아요.

● 그 말을 많이들 하시더라고요.

○ 습작기의 어떤 보편적인 문제인가 싶기도 하고요.

● 그런데 주어를 생략하면 또 주어를 생략한다고 뭐라고 하고…. 헷갈린다고.

○ 근데 잘 생각해봅시다. 주어를 생략하든 '나'를 백 번 천 번 썼든… 시가 너무 좋으면 그런 말 안 해요.

(일동 슬픈 폭소)

● (웃느라 조금 나온 눈물을 닦으며) 아, 뭔지 너무 알겠어요.

○ 근데 그렇지 않으니까 뭐라도 얘기해줘야겠고, 그러다 보니 가장 눈에 띄는 부분을 문제적이라고 말하게 되는 거죠. 시가 미치도록 좋으면 '나'의 향연이어도, '나'가 하나도 없어도, 주어가 있든 없든 바로 문장이 끝나버려도…

● 상관이 없죠. (웃음)

저는 시를 쓴 지 얼마 안 되었을 때 시가 '착하다'는 말을 너무 많이 들었는데, 그게 너무 싫었어요. 너무 추상적인 데다가 가치 판단이 모호한 말이잖아요. 착해서 좋다는 건지, 그렇지 않다는 건지 이해가 안 됐어요. 그리고 무엇보다 전 착하려고 쓴 게 아니고요. 칭찬도 아니고 고쳐야 할 점도 아닌 것 같아서 나중엔 조금 짜증이 나더라고요.

그래서 이 고민을 다른 수업 때 나눴었거든요. 제가 이런 말을 자꾸 듣는데, 이유도 모르겠고 저는 그렇게 생각하지 않는다고요. 왜 그럴까요? 그리고 시가 착하면 나쁜 건가요? 정말 답답한 마음으로 여쭤봤는데 선생님이 조금 생각하시더니 "착한 게 나쁜 게 아니라 아마 재미없게 착해서 그런 말을 했을 확률이 매우 높다."라고 하시더라고요. 바로 이해했어요. 제가 초점을 다른 데다 두고 이상한 거에 매달리고 있었던 거죠. 착하고 말고 그건 상관없고, 그냥 재미가 없었던 거구나. (웃음)

○ 맞아요. 좋으면 막 다 좋아요. 시가 매력적이면 착하든 나쁘든 미쳤든 다 상관없게 만들잖아요.

● 정말 최고의 답변이었어요. 단번에 이해했죠.

그러면 여러 번의 두드림 끝에 등단의 문을 부순 셈이잖아요. 간절하고 낙심하고 절망하지만 다시 계속 쓰면서요. 이제 정말로 당선이 되었다는 소식을 들었을 때는 어떠셨어요?

○ 마침내….

(웃음)

좋았죠. 엄청 좋았는데, 마냥 좋아하기만도 힘들었던 때이기는 했어요. 하지만 오래도록 바라고 성실히 준비했던 시간 때문인지 좋은 마음을 막 억누를 순 없기도 했죠. 게다가 신춘문예의 장점은 친척들에게 아무런 설명 없이도 즉각적인 납득을 가능케 한다는 점에 있습니다.

신문에 발표되는 거잖아요. 신문 하면 또 친척들이고요.

"이야, 너 신문에서 봤다~ 뭐 된 거 아니야?"

"네…. 뭐 됐어요."

● 설명 필요 없는 거, 최고죠.

○ 그리고 등단하기 전에는 사소한 말에도 신경이 곤두서곤 했어요. 예를 들어 조금 전에 말했던 '나'의 등장 이슈라든가요. 그런데 등단했잖아요? 이제 내 마음대로 해야겠다, 할 거야, 그런 자신감이 생겨서 좋았어요.

그 마음을 따라간 시들이 아주 다양한 방식으로 기괴하고 아름다워서 참 좋지 않은가.

● 첫 시집 준비할 때 비교적 수월하셨을 것 같아요. 그간 쌓아둔 작품이 많았을 테니까요.

○ 그래도 꽤 괜찮은 시차를 두고 펴냈던 것 같은데요. 2015년도에 등단하고, 2018년도에 첫 시집이 나왔으니 햇수로 딱 4년을 채웠네요. 당시에는 더 빨리 내고 싶은 마음도 없진 않았지만, 지금 와서 생각해보면 적절한 시기에 잘 낸 것 같아요. 왜냐하면 「새 인간」이라는 시가 원래 있던 게 아니라, 시집 묶으며 거의 막바지에 쓰인 작품이라서요. 만약 「새 인간」 없이 제 시집이 나왔다면 제가 지금 쓰는 다른 시들 역시 매우 다른 결을 가지고 있지 않았을까 하는 생각도 들거든요. 결과론적인 이야기이긴 하지만, 다 필요한 때와 시기가 있다고 느끼게 됐죠.

● 「새 인간」에 그렇게 멋진 비화가 있었군요!

○ 출간 계약할 때는 그 시가 없었어요. 그런데 시집을 묶는 과정이 거의 끝에 다다랐을 때 느지막이 쓰여진 작품었어요. 쓰자마자 이 시를 표제로 올려야겠다고 생각

했고요.

● 저 『내가 사랑하는 나의 새 인간』을 지인들에게 정말 많이 선물했어요. 왜냐하면 나 참새니까.

(폭소)

"네가 사랑하는 너의 새 인간? 나야." (웃음)

첫 시집을 바라보는 시인들의 태도가 조금씩 다르더라고요. 『시를 쓰고 싶으시다고요』에서는 복희 시인이 첫 시집을 탈피된 피부처럼 느끼는 것 같다고 생각했어요. 시인의 말을 그대로 인용하자면 "첫 시집은 나를 시인으로서 알아보는 사람들이 있을 때 문득 켜지는 인공적인 조명"[1]이라고, 나를 다르게 보이게 만들고 일종의 연기를 수행하도록 만드는 장치인 것처럼요. 저는 이 묘사가 정말 인상적이었는데요, 이 부분에 대해서 조금 더 듣고 싶어요. 지금에서 바라보는 첫 시집은 또 어떤 모양과 의미를 가지고 있는지도 궁금하고요.

○ 방금 말씀드렸던 것처럼, 「새 인간」이라는 시가 없었다면 다음 시집 『희망은 사랑을 한다』도, 그다음 시집 『스미기에 좋지』도 쓰여지지 않았을 것 같은데요. 그래서인지 첫 시집과 「새 인간」이라는 시가 시인으로서의 방향성을 크게 결정하게 된 사건이지 않을까 싶어요. 물론 제가 쓴 시이지만, 저 혼자만이 쓴 시인 것 같지는 않거든요. 그래서 산문집에서도 그렇게 표현한 것이 아닐까 싶어요.

연극도 그렇고, 영화도 그렇고, 혼자 하지 않잖아요. 연출도 들어가야 하고, 조명도 필요하고, 다른 제작자와 연기자의 도움도 많이 필요하고요. 그런데 결과물은 결국 감독의 이름을 달고 나오잖아요. 그런 느낌이에요. 첫 시집이 제 이름으로 나왔지만 저 혼자 다 한 것 같지는 않

1 김복희, 『시를 쓰고 싶으시다고요』, 달, 2023

고, 하지만 이 아이, 새 인간은 영원히 날 따라다니겠구나, 얘 없이 내가 어디 가서 시인이라고 말할 수는 없겠구나, 그런 생각이 많이 들죠. 저에게는 각별한 책이죠.

● 그 마음이 느껴지더라고요. 자주 들고 다니시고, 시집 꾸미기 '시꾸'도 하시고….

복희 시인은 시집이 나올 때마다 초판본에 눈알 스티커를 붙여놓는다고 한다. 그러면 책이 아니라 살아 있는 무엇처럼 느껴진다고…. 그리고 그것을 꽤 많이 사랑하는 것 같다.

○ (웃음) 맞아요. 물론 힘들게 쓴 시들이 많기도 하지만 좋아서 쓴 시들이 훨씬 많거든요. 그러니까 시가 너무 좋고, 시에 대한 애정이 너무 커서 오히려 시에 대한 생각은 하지 않고 그 좋음만으로 내달렸었어요. 그러다 보니 두 번째 시집부터는 오히려 시라는 소위 '장르'가 가지고 있는 구조와 가능성을 더 염두에 두고 썼어요. 처음엔 그냥 맨땅에 헤딩했고요. (웃음) 그다음부터 자세를 고쳐 앉고 즐거움을 넘어선 요소들을 더욱 인지하면서 써내려갔어요.

●「새 인간」이 막바지에 써졌다고 했는데, 어떤 사건이 있었나요? 복희 시인에게 '새 인간'이 어떻게 왔나요?

○ 사건이랄 건 없었어요. 집에 있다가 그냥 썼거든요. 그런데 쓰고 나서 떠올린 건 있어요. 시에서 동묘시장이 등장하잖아요. 애완동물 거리가 있는 곳인데요. 사실 거기를 직접 가본 건 시를 쓰기 수년 전이었어요. 그런데 그때의 기억이 매우 강렬했나 봐요. 그 강렬함을 시간이 아주 지나「새 인간」을 쓰며 다시금 상기한 거죠. 많은 시들이 이러해요. 무슨 엄청난 사건이 있어서 썼다기보다는 쓰고 나서 제 안의 기억들을 짚어보는 편이에요.

● 저 어젯밤 복희 시인 유튜브 〈복희도감〉에서 새 인형 인간이 읽어주는 「새 인간」 낭독 영상을 틀어두고 잤거든요. 너무 좋더라고요. 그리고 새 인간이 천변을 걷다가 갑자기 확 뛰어가잖아요. 그 장면에서 나오는 자막이 "이렇게 뛰면 날 수 있을 것만 같은 기분이 든다."고 하는데 약간 울컥하는 거예요. 정말 그렇지, 정말 전력을 다해 뛰면 정말 날 수 있을 것만 같지, 혼자 중얼거리면서… 기분 좋게 잠들었어요.
그래도 이 시집으로 강렬한 인상을 남기지 않았나요?

○ 저는 잘 몰라요. (웃음) 아무래도 제 시집이라 그런가 봐요. 제 주변 친구들은 그렇게 기억하는 편인 것 같아요. 전 오히려 막 나왔을 때의 반응이 뜨거웠냐 하면 잘 모르겠고, 이제야 좀 읽어주시는 느낌이랄까요? (웃음) 왜냐하면 요즘 비인간 담론이 수면 위로 떠오르면서 자꾸 제가 소환되거든요.

잘 먹어야지 그래야지

● 책 출간 직후에 우울감을 느끼시는 분들도 꽤 있잖아요.

○ 전 그렇지는 않았어요. 마냥 좋았어요. 너무 오래 기다렸거든요. 그래서 그런 작가님들도 계시다는 걸 잘 몰랐어요.

● 제가 추측을 해보건대, 첫 시집을 펴내고서도 거기에 수록되지 않은 시가 많았을 것 같거든요. 다음 시집을 위해 살짝 빼놨다든가, 실시간으로 쓰여지는 시들도 있으니까요. 그러니 곳간이 갑자기 동났다는 느낌이 들지 않으셨을 것 같아요. 그 감각이 주는 든든함이 또 있잖아요.

○ 맞아요. 정말 부스러기라도 좋으니 무언가가 남아 있어야 해요. 그것이 어떤 결과물이 아니더라도, 출간은 출간대로 기뻐하고, 그 이후에 계속 신작을 쓸 수 있는 지속성이 남아 있다면 괜찮을 거예요. 방향감각을 잘 잡아줄 거예요. (잠시) 하지만 제 멘탈을 지킬 수 있었던 건 수많은 거절의 경험이 아니었나. (웃음) 너무 많이 떨어져서 책 인쇄하는 게 어디야, 너무 큰 복이다. 게다가 해설도 이수명 시인님이 써주셨고, 너무 짱이죠.

● 대학원 재학 후에 본격적으로 시를 쓰기 시작하셨다고 했는데, 이것 역시 계기라고 할 만한 그런 이야기가 있었을까요? 없었겠죠? (웃음)

○ 네, 계기는 없고요. (웃음) 그냥 시집을 많이 읽었어요. 많이 읽으면 쓰고 싶어지잖아요. (알지 않느냐는 눈빛을 보낸다)

● 그리고 읽는 순간에도 늘 머릿속으로는 뭔가를 쓰고 있으니까요.

○ 처음에는 좋아하는 시인들을 흉내 내며 쓰는 연습을 했던 것 같아요. 본인만의 지향점이 있잖아요. 그것을 비슷하게 이미 쟁취한 것 같은 시인들의 작품을 열심히 읽고 열심히 따라 하고…. 그러다 보면 또 이런 말 듣게 되거든요. "이거 너무 누구 같지 않니?" 그러면 그 순간부터 달라져야 해요. 거기서 변화를 주지 않고 계속 가면 안 돼요. 머리 빠질 듯한 고민을 하면서 내 글의 지문을 찾아야 하고 달라져야 하니까요. 그래서 저는 시를 쓰기 시작한 지 얼마 안 된 분들이 누군가와 엇비슷하게 쓰는 현상을 나쁜 거라고 생각하지는 않아요. 그리고 비슷하게 쓴다는 것도 사실은 엄청 어려운 일이거든요. 그 사람

을 이루고 있는 핵심을 파악한다는 거잖아요. 눈이 좋다는 뜻이고요. 그러니 발전할 가능성도 있을 거고요. 그다음 자기의 것을 만들어가기까지의 과정이 정말 고되고 힘들겠지만, 여기까지 왔다면 그다음도 가능할 거라고 믿어요.

● 그때 복희 시인에게 거울이 되어주었던 시인들은 어떤 분들이었어요?

○ 처음에 막 따라 쓰고 싶었던 분은, 허수경 시인님. 근데 안 돼. (웃음) 제가 허수경 시인이 아니잖아요. 허수경 시인의 그 곡진함, 그 쓸쓸함… 안 되죠. 그래서 얼마 안 가서 패스했고요. 음…. 이장욱 시인도 매력적이었어요. 그런데 생각해보면 허수경과 이장욱? 너무 다르잖아요. 그 사이의 무언가를 원하는 건가 자꾸 질문하면서 쓰고 또 쓰고 했죠. 그러다 보니까 제가 된 것 같아요.

(잠시) 근데 또 절대 따라 하고 싶지 않은 시인들도 있다?

(일동 폭소)

● 있죠, 있죠.

○ 재밌는데 따라 하고 싶지는 않다. 이 감각도 되게 중요해요. 혹시라도 엇나갈 수 있잖아요. 자기가 원하는 영역 바깥에 있는 것 역시도 명확히 인지할 줄 알아야 해요.

● 그런데 복희 시인, 원래 뭐 하나에 꽂히면 약간… 미치나요?

○ (웃음) 네, 정도 없이 하는 편이에요.

● 뭐 하나 먹을 거에 꽂히면 토할 때까지 먹고?

○ 그것만 몇 날 며칠을 먹는 거죠.

● 질리지 않아요?

○ 충분히 사랑했다고 느끼면 잠깐 쉬죠. 쉰다고 해도 그

사랑이 사라진 건 아니잖아요. 그때 이거 참 좋아했었지, 지금도 좋아하지만 그때만큼 먹거나 읽진 않아도 될 것 같아, 이런 마음 정도랄까요.

● 먹는 이야기가 나와서 그런데요. 복희 시인의 시에서 '먹는다'는 행위의 수행성이 일종의 기둥 역할을 하고 있다고 느꼈거든요. 없으면 무너질 기둥은 아니지만 있긴 있어야만 하는 그런 기둥이요.

○ 그냥 제가 먹는 걸 좋아해요.

(참새만 폭소)

● 그 대답만은 아닐 거라고 생각했는데.

○ 저를 이루고 있는 많은 요소 중 하나가 자연스럽게 시에 스며드는 것 같아요. 먹는 일을 즐겨 하기도 하고 고민도 많거든요. 그리고 그냥 이 삶을 유지하려면 우선 뭐라도 먹어야 하잖아요. 먹는 것이 갖고 있는 다채로운 상징과 은유들도 너무 좋고요. 자연스럽게 쓰게 되는 것 같아요. (잠시 생각하더니) 너무 많이 쓰나요…?

● (웃음) 아니에요. 제가 면밀히 읽어서 그런 걸 수도 있어요. 저는 먹는 일을 수사적으로 말하지 않고 꿋꿋하게 표현하는 것이 독특했거든요. 사실 섭취나 먹는 행위에 대해서 발화하기를 꺼려 하는 지정성별 여성들이 조금 더 많다고 느끼고, 저 역시도 그렇거든요. 그런데 그냥 아무런 기교도 속임수도 없이 '복숭아, 초콜릿, 위스키'라고 하니까 저한테는 일종의 충격이었어요. 두 번째 시집, 세 번째 시집에서도 계속해서 잘 먹고 잘 먹는 것에 대해 생각하는 화자들이 나오니까 이게 위협적인 행위가 아니구나, 생각을 하게 되기도 했고요.

○ 저는 누구와 무엇을 먹느냐도 정말 중요해서, 사람을 만나게 되면 또 자연스레 먹는 일에 대해 고민하게 돼요.

특히 제가 비건을 지향하니까 동물성 재료를 기피하는 걸 이해하지 못하는 사람을 만나게 되면 서로가 불편해지니까요. 비건을 떠올리면 대부분의 사람들이 덜 먹고, 굶주리는 식생활을 상상하는 것 같은데요. 전혀 아니고요, 오히려 더 많이 먹을지도 몰라요. 코끼리가 초식동물인 것처럼요. (웃음) 깔끔히 정리된 생각은 아닌데, 말씀해주시니 저도 다시 한번 생각해보게 되네요. 그런데 먹는 거 그냥 좋잖아요?

● (웃음) 좋죠. 집에서 요리도 자주 하시나요?

○ 요즘은 바빠서 잘 못하는데, 작년까지는 꽤 많이 즐겨 했었죠. '낙담'의 시기에 요리가 도움됐던 것 같기도 하고요. 그때는 정말 술만 마시고 요리하고 먹고 그랬거든요. 그때 알아낸 사실이 있습니다. "숙취에는 양배추가 좋다."

● (웃으며) 꼭 여기다 써야겠네요. 또 시인들 중에 애주가가 참 많잖아요.

○ 그러게요, 왜 그럴까? 술 마시다 시인 됐나?

(일동 폭소)

그런데 전 저만의 원칙이 있어요. "술 마시고는 안 쓴다."

● 왜요?

술 마셨을 때만 나오는 바이브로 시를 쓰는 몇몇 동료들을 보았기 때문에…. 폭발적이더라.

○ 해봤는데, 별로예요. 진짜 내가…. 너무 별로야. 한 구절 정도는 건질 수 있어요. 그런데 나머지는 다 버려야 해요. 그래서 술 마시고 시는 안 써요. 술 마실 때는 술만 마신다. 그래서 사실 술 마시는 시간을 줄여야 시를 많이 쓸 수 있어요.

● (웃음)

○ 술 마시면 쓰거나 읽거나 하는 그런 노동 자체가 일절 중단됩니다.

● 시 쓰는 시간이 정해져 있나요? 규칙적으로 쓰는 편인지 궁금해요. 다작하신다고 하셔서요.

○ 예전에는 오전 시간을 주로 활용했는데요. 요즘은 오전에 강의하는 일정이 생겨서 주로 저녁에 써요.

● 오전과 오후 중 언제가 더 잘 써지나요?

○ 큰 차이는 없는 것 같아요. 왜냐하면 그냥 앉아서 아무거나 막 쓰는 거거든요. 쓰기 시작한 그날 안으로 완성해야 한다는 부담감도 없고 하다 보니, 한 줄이라도 쓰면 괜찮아요. 다음 날 똑같은 문장을 또 들여다보고 또 고치고, 이렇게 조금씩 쌓아서 한 편이 되어가거든요.

● 저의 각별한 동료는 백지 공포가 심해서 신작 쓰는 걸 너무 어려워하는데요. 그러다 보니 정말 고되게 써서 품에 고이 가지고 있던 구작들에서 어떤 구절만을 빼와서 조립하고 편집하고 이런 식으로 하다 보니까 본인도 지치고…. 쓰기만 하면 정말 더할 나위 없이 잘 쓰는 친구라서 옆에서 어떤 도움을 줄 수 있을까 고민하게 되더라고요. 복희 시인이라면 그런 친구에게 어떤 말을 해줄 수 있을 것 같아요? 만약에 어떤 학생이 "복희 교수님…. 저 백지 공포증이 너무 심하게 왔습니다. 아무것도 못 쓰겠습니다. 어떡하죠?"

○ "평소에 메모해놓은 거 있냐?"

(일동 폭소)

"일단 그것부터 옮겨라."

● (너무 웃는다) 그런데 "메모해둔 것 없어요." 이러면?

○ "없어? 너 일기 안 써?"

● “네, 안 써요.”

○ “친구들이랑 카톡은 하지? 그거 옮겨.”

● “욕밖에 안 하는데요….”

○ “그거라도 옮겨. 그다음에 이어서 써.”

(일동 폭소)

지금 옮기면서도 너무 웃기다. 나는 메모도 많이 하고 일기도 많이 쓰고 친구들이랑 이야기하며 욕도 많이 해서 참 다행이다….

● 너무 괜찮은 방법이다! 정신 빠진 대화를 하다 보면 되게 좋은 문장이 은근하게 나온단 말이죠. 너무 좋은 방법이네요. 제 동료에게 전수하겠습니다.

○ 일단 방법을 물어봤잖아요. 안 써지는데 ‘어떻게’ 하냐고. 그러니까 저는 방법에 대한 대답을 해야 한다는 생각이 먼저 드네요.

● “그래, 못 쓰고 있구나. 너무 힘들겠구나….”가 아니고요. (웃음)

○ 그 말은 해줘도 의미가 없어요. 스트레스만 받잖아요. 빨리 쓸 수 있게 해주는 게… (두 손으로 크게 영어 대문자 ‘T’를 만든다) 정 힘들면 앞에 앉혀놓고 하게 할 수도 있어요.

● 전 혼자 잘해볼게요. (웃음)

절대 독자의 절대 재미

● 제가 다른 인터뷰에서 읽은 복희 시인의 말 중에 매우 공감이 갔던 게 바로 “경험이 별로 없다. 게다가 기억력도 너무 안

좋다. 작가로서는 최악의 조건이 아닐 수 없다."는 맥락의 말이었는데요. 저도 참 그래요. 내가 뭔가를 쓰기에는 너무 평탄한 삶을 산 건 아닐까? 다른 동료들은 막 피 튀기고 난리가 났는데 나는 어떡하지? 이런 느낌을 저도 항상 가지고 있어요. 그래서 삶의 반경을 넓혀야겠다고 늘 생각하는데 그게 생각만으로 되는 일이 아니잖아요. 어디로 가야 그게 될지도 모르고요. 그리고 나간다고 해서 반드시 넓혀지는 것도 아니고…. '나는 경험이 부족하다.'는 이 마음이 지금은 어떻게 바뀌었는지도 궁금해요.

○ 예전에는 정말 '특별한' 경험을 해야 한다고 생각했어요. 일종의 사건을 맞닥뜨려야 한다고 생각했는데요. 그 사건을 제가 직접 만들 수도 있잖아요. 근데 그것은 종종 얼마간의 위험이 따르고…. 또 저는 그런 식의 방법이 맞지 않을 것 같더라고요. 그래서 다른 사람의 이야기를 많이 잘 듣자, 그리고 생각을 많이 하자고 다짐했어요. 아까 장난처럼 이야기 나누긴 했지만, 저는 가까운 타인이 어려움을 겪을 때 어떻게 힘든지, 어떤 식으로 힘든지 꼼꼼히 물어보는 편이에요. 그리고 다 들으려고 해요. 들어야만 해줄 수 있는 말이 또 따로 있거든요. 제가 할 수 없는 경험을 사람을 통해서 할 수 있지 않을까 생각한 거죠. 그리고 그래도 채워지지 않는 궁금증이나 경험은 다른 매체로 충원할 수 있으니까요.

오히려 경험은… 경험이 많은데도 그것을 쓰지 못하는 사람이 훨씬 많거든요. 그것을 가공할 수 있느냐 없느냐는 훈련의 영역이기도 하잖아요. 그래서 저는 우선 모든 것을 가공할 수 있는 훈련을 열심히 해야겠다고 마음을 바꿔 먹었어요. 그러니까 제게 경험적으로 결핍이 있다는 생각이 조금 사라지더라고요.

저마다 유별나게 다루기 어려워하는 소재나 이야기들이 있잖아요. 사람마다 다르겠지만 저도 있어요. 이제는 그런 소재를 다룬 비슷한 작품들도 일부러 더 찾아보고, 지금 당장 쓰지는 않아도 계속 정보값을 축적해둬요. 그러다가 제 고유한 목소리라고 느껴지는 부분이 틈입할 수 있는 새를 찾으면, 거기를 또 파고드는 거죠. 하지만 그러지 못해도 괜찮아요. 보고 듣고 배운 것만으로도 정말 족하거든요.

● 그런데 타인의 이야기, 혹은 타인에게서 비롯된 소재를 쓸 때 매우 조심스러워지잖아요. 조심해야 하고요. 저는 그래서 최대한 피하는 편인데, 또 반대로 그것을 매우 능숙히 하시는 분들이 많더라고요. 제 주변에도 있고요. 그래서 늘 궁금해요. 그 비결이 뭘까?

○ 거리 조절을 잘해야 하는 것 같아요. 그리고 어느 정도까지, 어디까지 써도 되는지 당사자에게 확인도 받고요. 그런데… 사실 쓰기 전에 제가 뭘 어떻게 쓸지 모를 때가 더 많거든요. 그래서 쓰고 나서 보여줘야 할 때가 있어요. 그런데 원하지 않는다? 그러면 폐기. 폐기해야 해요. 너무 아까워도요. 그것이 제 원칙이에요. 그런 식으로 제 휴지통에 들어간 작품이 몇 개 있답니다.

● 폐기하는 것 자체도 경험이니까요. 한두 줄도 아니고 작품 전체를 그냥 냅다 던진다는 건… 정말 엄청난 용기와 대담함이 필요한 거잖아요. 일종의 체념도 필요하고요. 저는 그렇게 완전히 한 작품을 버려본 적은 없거든요. 남의 이야기이건 아니건 그걸 떠나서요. 저는 그냥… 싹이 안 보인다 싶으면 애초에 버려요. (웃음)

○ 싹이 안 보이면 더 좋은 거 아니에요?

● 왜요?

○ 싹은 보기만 해도 그냥 보이는 거잖아요.

보이는 것을 보이지 않게 하고 보이지 않는 것을 보이게 하는 시의 기능이 불필요해지기 때문이지 않을까. 당시엔 그렇게 납득했었다. 그래, 도무지 모르겠어서 파헤치고 뿌리를 뽑아서 난리를 쳐보는 게 시 읽기의 재미이기도 한데. 쓰기의 편리함만 생각하다 보면 이렇게 스스로가 지루해지기도 한다.

● 그렇네요! 그런 공(空), void의 상태…. 그렇게 버린 시를 다시 한번 봐야겠어요.

○ 시간이 또 많이 지나고 나면 다른 돌파구가 보이기도 하니까요.

● 맞아요.

(잠시 생각하다가) 시 쓰는 거 너무 좋은데 너무 힘들고, 너무 사랑하는데 너무 돈이 안 되고. 어쩌다 이렇게 됐을까?

○ 근데 뭐 누가 시킨 게 아니니까….

● (반성과 세뇌를 동시에 하는 어조로) 그렇지…. 맞아, 맞아.

○ 누가 시 쓰라고 협박하지도 않았잖아요. (웃음) 좋아서 하는 거니까요. 내가 벌인 일, 내가 수습한다 이런 느낌으로. 그렇게 한다고 해서 힘들어지지 않는 건 아니니까 이렇게 동종업계 종사자들 만나서 위로받는 거죠. 서로서로 위로해주고, 세뇌시키고….

(일동 웃음)

● 시, 매일 써요?

○ 매일 쓰지는 않아요. 그냥 생각 날 때 쓰는데요, PPT 만들 때 그렇게 생각이 잘 납니다.

(참새 폭소)

PPT 한 줄 쓰고, 시 두 줄 쓰고, 다시 PPT 한 줄 쓰고, 시 세 줄 쓰고…. 하기 싫은 일 할 때 더 잘 써지잖아요.

● 너무 그렇죠. (웃음)

저는 복희 시인의 시가 정말 좋아요. '새 인간'이 뭔지 알 것만 같아요. 설명은 못하겠어요. 그냥 나도 나만의 새 인간이 있고, 그게 복희 시인의 시집에 살고 있는 거예요. 그런데 나의 새 인간이 그 책들 속에 살면서 내가 읽을 때마다 등을 토닥토닥 두드려주는 것 같아요. 이 느낌이 세 시집을 관통하고 있어서 너무 좋은 거예요. 새 인간의 존재에 더 확신이 들고요.

저는 뭐랄까, 막 독보적이고 튀고 전위적이야 하고 그런 것만이 개성이라고 생각하진 않거든요. 서핑을 하려고 하면 파도가 너무 거세도 안 되고 너무 잔잔해도 안 되잖아요. 그런 것처럼요. 우리는 모든 목소리가 필요한 거예요. 다 저마다의 물결이 다른 건데 정말 많은 심사평에서 "기성 시인의 느낌이 너무 많이 든다." "오랜 습작 기간의 능숙함이 느껴진다."라고 하면서 그것을 외면하잖아요.

○ 늘 반복되는 심사평 중 하나죠.

● 그러다 보니 등단을 준비하는 예비 시인들은 자연스레 개성이나 특별함에 신경을 안 쓰려야 안 쓸 수가 없는 것 같아요. 그런데 그것보다 정말 중요한 것은 스스로를 속이지 않는 거잖아요. 복희 시인은 그게 느껴져요. 매번 달라져야 한다는 갱신의 필요성도 없고, 그냥 내가 잘하는 거 하고, 지금 말하고 싶은 거 하고, 말하고도 다 말 못한 건 계속 끝까지 말하고. 그다음은 그다음에 생각하려는 자신만의 태도요. 저는 이것이 복희 시인의 아주 큰 매력이자 장점이라고 생각해요.

○ 미리 생각해도… 미리 생각한 게 좀 구릴 수도 있어요. (일동 폭소)

제가 뭔가 준비를 한들 그게 무언가를 보장해주지는 않으니까요. 어차피 과거가 될 생각이니까, 후지겠죠. 순간에 최선을 다하려고 해요. 시에서도, 삶에서도. 아쉽지 않게요.

● 그게 제일 중요한 것 같아요.
그런데 『스미기에 좋지』 개정판 전에는 좀 아쉬우셨나 봐요.
(복희 폭소)
『스미기에 좋지』는 1쇄 이후 개정판을 펴냈는데, 말미에 〈낭독에 관한 지시 사항들〉이라는 제목으로 여러 편의 시가 재수록되어 있다. 시인의 지시 아래에 안전히 호흡하며 시를 읽을 수 있고 소리로 완성되는 시가 비로소 무엇인지 알게 된다.

○ 제가 욕심을 부려본 거죠. 나도 멋있는 거 한번 해보고 싶다… 그런 욕심이요. (웃음) 그리고 또 봄날의책 대표님께서도 잘 받아들여주셨고요.

● 〈낭독에 관한 지시 사항들〉을 보면, 복희 시인의 낭독 철칙 같은 것이 느껴져요.

○ 맞아요. 낭독할 수 있는 시가 좋은 시라는 생각은 있어요. 보는 것만으로도 족하고, 눈으로만 봐도 괜찮은 시들도 있잖아요. 저는 그런 시들을 읽을 때 조금 아쉽다는 생각이 있거든요. 소리 내서 읽을 수 있다면 무조건 더 좋을 테니까요. 이 생각이 크게 변하지 않는 이상, 저는 묵독과 낭독이 함께 잘될 수 있도록 쓸 거예요.

● 그런데 여기 실린 시가 모두 두 번째 시집 『희망은 사랑을 한다』의 수록작들이에요.

○ 아까 제가 말씀드렸듯이, 첫 번째 시집은 마냥 좋아하는 마음으로 쓴 시들이었다면, 두 번째 시집은 '시'라는 골조를 자각하면서 쓴 작품이 많아요. 낭독을 염두에 두

며 기획을 했죠. 그런데 출간 당시는 코로나가 매우 심각했던 때라, 제가 마음먹은 만큼 낭독회를 많이 못했거든요. (웃음) 그게 너무 아쉬웠던 거죠. 그런데 『스미기에 좋지』 나올 때도 코로나가 기승을 부릴 때여서 해소되지 않았습니다. 마침 2쇄를 찍어야 했고, 이 숙성된 아쉬움을 제가 그렇게 표현해본 것이에요.

● 집요함이 느껴졌어요. 첫 시집의 시가 단 한 편도 없더라고요. 저는 「새 인간」 정도는 있지 않을까 생각했는데. (웃음)

○ 솔직한 거죠. (웃음) 첫 시집 때는 미숙해서 낭독까지 생각을 못했었으니까요. 두 번째 시집에서 제가 생각하기에 낭독한다면 더 좋을 시들이 계속 마음에 밟히는데, 방법을 못 찾았던 거예요. 그래서 조금 고집을 많이 부렸죠. 이 시들만큼은 꼭 이 리듬으로 읽어줬으면 좋겠다고 생각한 시들을 골라 넣었어요. 이건 내가 양보 못한다….

● '호흡' '반 호흡' 이런 지시문을 보면서 저는 희곡도 잘 쓰실 것 같다는 생각을 했어요. 말맛을 살리는 숨의 길이를 잘 알고 계시니까요.

○ 예전에 한 시인께서 저에게 같은 제안을 했었는데…. 시와 소설은 학교를 다니다 보면 최소한의 창작 기회가 있는데 희곡은 그렇지가 않잖아요. 그래서 아예 생각을 해보지 않았어요.

● 희곡집 읽는 건 좋아하죠?

○ 너무 좋아하죠.

● 저도 정말 좋아하거든요. 연극에 미쳤던 때가 있었어요.

○ 근데 그런 얘기 몰라요…? "희곡집을 재밌어한다는 것 자체가 좀 이상하다."

(일동 폭소)

● 근데 반박 못하겠네요. 좀 이상하긴 하죠.

○ 왜냐하면 공연으로 상연되는 것도 아니고 읽는 사람 스스로가 정말 부단히 상상하며 읽어야 하잖아요. 소설과 시에서 필요한 상상력과는 또 맥락이 다르고요.

● 세 권의 시집을 펴낸다는 게 저는 아무나 할 수 있는 일은 아니라고 생각하거든요. 처음과 시작도 정말 중요하죠. 하지만 그 뒤를 자꾸만 이어나가는 힘 같은 것이 없다면 결국 이야기는 완성되지 않잖아요.

○ 저도 그렇게 생각해요. 저 말고도 제 앞에 있는 수많은 선배 시인들을 보면서, 힘도 얻고 아직 멀었다는 생각도 들고 그래요.

저는 늘 그런 게 있었거든요. 타고난 재능이 있는 게 아니니까, 양과 성실함으로 승부를 봐야 한다는 생각요.

● 그런데 저는 성실함이 가장 큰 재능이라고 생각해요.

○ 맞아요. 저도 이제는 그렇게 느껴요. 그래서 만약 저에게 재능이란 게 있다면 꾸준히 하는 것, 그것이 제 재능이에요. 예전에는 이게 콤플렉스이기도 했는데요, 부럽잖아요, 재능 넘치는 사람들 보면요. 멋있기도 하고. 그런데 저는 그냥 안 될 거면 빨리 접자, 그리고 그런 생각할 시간에 더 쓰고 더 읽고 더 생각하자, 그러기로 했어요.

● 다른 시인께는 시를 쓰지 않게 될 수도 있지 않을까 생각해본 적 있는지 질문을 드렸었는데, 복희 시인께는 안 해도 될 것 같아요. 그냥 계속 쓸 것 같아요.

○ (웃음) 아직까지는 생각해본 적 없어요. 오히려 시 쓰기 전의 삶이 잘 기억나지 않아요.

● 나중에 어떤 시인으로 기억되고 싶어요?

○ 시 쓰는 거 좋아하고, 열심히 즐겁게 했던 사람.

● (웃음) 정말 그렇게 기억될 것 같아요. 저는 만나기도 전에 이미 그런 생각을 하고 왔는걸요. 이 사람, 시 너무 좋아한다, 너무 사랑한다.

○ 많은 책에서 시 쓰는 게 고통스럽다는 묘사를 너무 많이 하잖아요. 일종의 반감일 수도 있겠다는 생각을 해요. 아닌데, 아닌데? 시 쓰는 거 짱이고 이거 말고 더 재밌는 거 없는데?

(일동 폭소)

근데 진짜 재밌잖아요! 다른 무엇보다 제가 해본 모든 활동 중에 가장 재밌기 때문에, 이토록 산만한 제가 끈기 있게 오래 한다는 것 자체가 그런 의문에 대한 방증일 거예요. 여러분, 시 쓰는 거 정말 재밌습니다. 즐거워요!

● 다음 시집도 출간 예정에 있나요?

○ 우선 2024년에 내야지, 생각하고 있는데요. 열심히 해봐야죠. 사실 지금 제가 살면서 이렇게 바빠본 적이 없어서 감이 잘 안 와요. 예전에는 시간 내서 쓰는 게 어렵지 않았는데 지금은 완성하는 데까지 시간이 조금씩 더 걸리는 것 같아서요. 우선 목표는 그렇고, 더 늦어질 수도 있겠죠.

● 천천히 하셔도 돼요. 독자는 기다릴 줄 아는 사람이니까요. 마지막 질문이에요. 미래의 시인들에게 한마디 해주신다면요. (웃음)

○ 당신이 쓰고 싶은 걸 쓰세요! (잠시 침묵) 아닌 것 같다. 이거 어떻게 말해야 해요? 다른 분들은 뭐라고 했어요?

● 비밀이에요. (웃음)

○ 누구도 시키지 않은 걸 하겠다고 마음먹었으니, 책임

지고 열심히 하라는 말밖에 해줄 수 없네요. 그리고 당신의 '절대 독자'가 있다는 사실을 잊지 말라는 말, 그러니 걱정하지 말라는 말도 꼭 해주고 싶어요.

● 아, 산문집에서 하신 절대 독자 이야기 너무 인상 깊었어요. 복희 시인에게는 절대 독자가 구체적인 대상인가요, 아니면 개념인가요?

○ 이 말을 하면 몇 명이 서운해할 것 같은데요. 왜냐하면 본인이 저의 절대 독자라고 선언한 몇몇이 있어요. (웃음) 그렇지만 저에게는 개념에 더 가까운 것 같아요. 미래의 독자가 될 수도 있고, 평행 우주의 독자가 될 수도 있잖아요.

절대 독자의 존재를 믿으면 불필요한 걱정 다 제쳐놓고 더 자유롭게 쓸 수 있어요. 분명해요. 분명히 있으니 꼭 믿으세요.

● 여기 당신의 절대 독자 하나 추가하면서 끝내도록 하겠습니다.

○ 봐봐요. 진짜 있잖아요! 방금 당신이 저의 절대 독자라고 선언했어요. 저는 이제 덜 외로운 시인이 되었고요. 그러니 미래의 시인도, 참새 님도, 독자님도 모두 그것을 믿었으면 좋겠어요.

복희 시인은 요청한다. 자신을 복희 시인도, 복희 선생님도, 복희 작가님도 아닌 '복희 씨'라고 불러줄 것을. 복희 씨, 복희 씨, 하고 조용히 읊어본다.

나 역시도 많은 사람들에게 종용한다. 그 어떠한 호칭도 없이 내 이름만을 호명해달라고. 내가 느끼는 사랑은 거기서부터 비롯되기에 그렇다. 그러니까 나는 타인들에게 내 사랑을 강요했던 것이다. 어느 날엔 이게 참 폭력적일 수도 있겠다는 생각이 들어서 밀어붙이기를 중단했지만 여전히 그렇게 생각하고 있다.

하지만 복희 씨도 이렇게 말하네, 자기를 그냥 복희라 불러달라고. 복희 씨, 당신을 만날 수 있어서 얼마나 기뻤는지 몰라요. 동네방네 자랑도 했고요. 매 순간을 복희 씨만의 방식으로 즐거워하는 모습을 보면서 나도 덩달아 행복해졌어요. 복희 씨, 복희 씨, 노래하고 시를 쓰고 안내하고 배우며 살아가는 복희 씨. 당신의 절대 독자가 단 한 명이 아니라는 사실을 잘 알고 있지요? 나는 그게 참 다행입니다. 절대 독자가 있다는 사실보다도, 당신이 그것을 충분히 잘 알고 있다는 것이요. 복희 씨, 우리 다음에 또 만나요. 또 만나서 이야기해요.

미래의 시인에게

김복희

너
네가 꾸릴 수 있는 가장 깊은 주머니,
네 손끝을 언제까지나 안타깝게 만들

떨어뜨려라. 떨어뜨려.
네가 놓은 손과 놓친 손과 꽉 잡은 손 모두.

네 가장 훌륭한 주머니 가득.

오래전 문 닫은,
아이들이 전부 사라진 학교처럼

폭염 속 그늘에서 잠든 노인의
벌린 입처럼.

주머니는 네가 채운 손들을 살랑살랑
흔들지. 서로 꼬집지 않도록 서로 엉겨 붙지 않도록.

이쯤 되면 주머니보다 자루가 더 어울리려나
싶겠지만. 주머니는 누구에게도 주목받지 않는다는 점에서
자루와 다르지.

손들이 나타내는 말을 한번 살펴봐.

주머니만 보고 손들이 하는 말을 고민해봐.

큰 나무 뿌리의 들뜸을
악의로 읽지 않기.

갑자기 오는 비를
징조나 선언으로 여기지 않기.

비가 흐르는 도로를
물개들이 헤엄치는 해안이라고 말하지 않기.

모두가
모든 소리를 듣는다는 생각에서
빠져나오기.

모두라는
개념에서 빠져나오기.

밤이 온다
잠이 온다
비가 온다
는 표현이
표현만은 아니라고 주장하기.

네가 주머니에 새로운 손을 집어넣을 때마다
달라지는 말들.
주머니를 달랠 때마다 조금씩 바뀌는.